AF204056

www.tredition.de

www.tredition.de

Ralf Göring

Wasser und Croissants

www.tredition.de

© 2017 Ralf Göring

Verlag und Druck: tredition GmbH, Halenreie 42,
22359 Hamburg

ISBN

Paperback: 978-3-7439-7117-2

Hardcover: 978-3-7439-7118-9

e-Book: 978-3-7439-7119-6

Inhaltsverzeichnis

Wasser und Croissants

Für Gabi,

Benjamin, Viola, Mia und Lucas,

Maximilian und Theresa,

meinem „inneren Kreis"!

Vorwort:

Zuerst an alle die mich kennen. Ich mag keinen Whiskey

Ähnlichkeiten mit meiner großartigen Familie sind gewollt und haben mir das Schreiben erleichtert. Die große Gemeinschaft der Jakobswegpilger möge mir verzeihen, dass ich nicht immer ortsgenau bin, da ich vieles aus dem Gedächtnis oder nach Kurzrecherche aus dem Internet niederschrieb. Mir war der Weg an sich nicht so wichtig, sondern die Storys währenddessen. Die meisten Geschichten habe ich auch erlebt, aber war bei der Niederschrift nicht detailgetreu und habe mich auch, um des Unterhaltungswillens, meiner Fantasie bedient. Ansonsten kann ich jedem, der mit Alltagsproblemen kämpft, nur empfehlen, sich auf Pilgerschaft zu begeben. Es war beide male ein Erlebnis. Gehen Sie alleine oder mit einem Menschen, dem Sie tief vertrauen, weil sehr viel an die Oberfläche kommt, mit dem Sie keinesfalls rechnen. Auf alle Fälle wünsche ich Ihnen alles Gute für den Fall, dass Sie sich entschlossen haben, diese Strapazen auf sich zu nehmen. Sie werden bald erkennen, wie wenig man braucht, um zufrieden zu sein. Da heißt es:

"Back to the Roots!"

Ihr

Ralf Göring.

Ich

Wie erzählt man eine Geschichte? Am besten von Anfang an! Doch wo ist der Anfang? Bei der ersten Zigarette hinter der Mauer unserer kleinen Kirche? Oder war es doch der erste Schluck Whiskey im "Priors Pub"? Keine Ahnung, also fange ich einfach mit mir an und taste mich dann weiter.

Mein Name ist Dr. Jaden Spooner, Allgemeinarzt in Old Basing, ca. 70 Meilen westlich von London. Ich hasse Ignoranz, Arroganz und große Kaffeelöffel.

Einziges Kind von Hillary und James Spooner. Ich bin 54 Jahre alt, 1,67 groß und mit 78 kg auf dem besten Weg, so breit wie hoch zu werden. Seit 30 Jahren mit Mary verheiratet, habe ich mit ihr 2 Söhne, Josh und Jake. Ein Ur-Ur-Ahne kam einmal auf die verrückte Idee, dass die Vornamen aller männlichen Spooners mit dem Buchstaben J beginnen sollen. Und die Spooners zogen das durch. Auch ich wehrte mich nicht gegen diese Tradition. Josh ist 30 Jahre alt und bei der britischen Polizei. Er ist mit Tamara verheiratet und hat eine bezaubernde, 4 Jahre alte Tochter namens Sophie und mit Jason einen kleinen Wirbelwind mit gerade mal 13 Monaten. Jake, mein 2. Sohn, ist Journalist und 25 Jahre alt. Seine Freundin Samantha ist eine hübsche Mikrobiologin und ich hoffe, dass Jake bald mal seine schlaksigen Beine knickt und ihr einen Antrag macht. Das ist der innere Kreis meiner kleinen Welt. Ab dem 40. verlor ich so nach und nach meine Haare und die Freundschaft meines Friseurs.

Mein Ältester sagte zu mir:" Dad, ich kenne Männer deren Haare werden grau und welche, die ihre Haare verlieren, aber bei dir werden sie zuerst grau, dann hauen sie ab!" Meine Androhung der Enterbung quittierte er mit einem „Hurra! Keine Schulden nach deinem Abtritt!" Da ich die paar Haare, die ich noch hatte, extrem kurz schnitt, war meine Devise: „Solange es Bruce Willis gibt, kann ich damit leben!" Nach meiner Assistenzzeit ließ ich mich als Allgemeinarzt in meinem Heimatort nieder. Für die Einrichtung der Praxis nahm ich einen hohen Kredit auf, weil ich nur das Beste vom Besten haben wollte. Übersetzt kann man sagen, ich war blöd wie 2 Meter Stacheldraht. Ich hatte vergessen, dass ich eine Geschichte in diesem Ort hatte und ich lange brauchte, bis ich den Kredit nur ansatzweise zurückzahlen konnte, länger als die Bank warten wollte. Das war der Beginn meiner Problemserie.

Old Basing hat um die 7000 Einwohner und wird von zwei Ärzten allgemeinmedizinisch versorgt. Das wären zum einen meine Wenigkeit und zum anderen mein selbstgefälliger Kollege Dr. "Wunderheiler durch Gottesgnaden," Percy Miller in, Gott sei es gedankt, zwei getrennten Praxen. Dieser arrogante Snob ist nicht nur ein äußerst unfreundlicher Zeitgenosse, sondern ein diagnostischer Stümper. Letztens kam die liebe und rüstige Muriel Jenkins mittags zu mir. Normalerweise tauchte sie jeden zweiten Tag in der Praxis auf, dazwischen bei meinem lieben Kollegen Percy. Das heißt, sie ging jeden Tag zum Arzt, obwohl sie nicht krank war, nur einsam. Ihre Devise lautete „jedes Unternehmen im Ort muss unterstützt werden". Da sie aber gestern bei mir war, wunderte ich mich doch über ihren Besuch.

„Guten Tag Muriel, sollten sie heute nicht bei Dr. Miller sein?" „Da war ich schon, aber irgendwie kann er mir nicht helfen." Ich war etwas erstaunt, da ich ja auch nie etwas diagnostizieren konnte bei ihrer eisernen Gesundheit. „Welche Beschwerden haben sie denn?" „Gestern Abend bekam ich einen Ausschlag an meinem Hintern, auf der linken Seite, das tut furchtbar weh und juckt." Ich konnte mir schon vorstellen, was es war und bat sie sich freizumachen. Während sie ihre Hose nach unten zog, sagte sie: „Dr. Miller meint, ich hätte da eine "arische Anke" also so Pusteln, die man eigentlich im Gesicht bekommt." „Eine was?" „Fragen sie doch ihren Kollegen!" erwiderte sie säuerlich. Jetzt konnte ich ihr Dilemma auch sehen. „Muriel, sie haben da eine satte Gürtelrose und die tut natürlich sehr weh. Ich gebe ihnen alles mit was sie brauchen. Ihre Nachbarin soll die Schüttelmixtur täglich zwei Mal auftragen und die Tabletten nehmen sie 3 Mal täglich, früh, mittags und abends." Ich ging ans Telefon und rief in der Praxis meines Kollegen an. „Guten Tag, hier ist Spooner, geben sie mir doch bitte mal ihren Boss." Ich wartete eine halbe Minute, dann war der Kollege am anderen Ende. „Hallo Jaden, was verschafft mir die Ehre ihres Anrufs?" „Hallo Percy, Muriel ist gerade bei mir." Erstaunt erwiderte Dr. Miller: „Seltsam, die ist gerade bei mir raus. Offensichtlich ist das eine atypische Akne gluteal links." Soviel zur "arischen Anke"! "Ehrlich Percy? Haben sie schon mal was von Herpes Zoster gehört?" „Ach ja, das wäre auch eine Möglichkeit." Ich schluckte kurz, „die bessere, würde ich sagen, da Muriel mit 88 schon ein paar Tage aus der Pubertät ist und Akne am Arsch wäre mal was ganz Neues!"

„Na dann gratuliere ich Ihnen, Herr Kollege. Ich ruf dann gleich beim Nobelpreiskomitee an und melde ihre fantastische Diagnose,“ sagte er und legte auf. Ich glühte: „Du verdammtes, selbstherrliches, arrogantes Arschloch!“ brüllte ich in den jetzt leeren Äther. Jetzt erst nahm ich Muriel war, die verblüfft zu mir hersah. „Entschuldigen sie, Muriel, da bin ich wohl gerade etwas zu weit gegangen.“ „Kein Problem, Doktor, dann spare ich mir den Weg zurück zu diesem Quacksalber.“ Sie lächelte trotz Schmerzen und verließ den Untersuchungsraum. Leider musste ich gestehen, dass Percy ein sehr guter Chirurg war. Wobei ich mir einen kleinen chirurgischen Eingriff, zum Beispiel die gefühlte zwanzigste Kopfplatzwunde des kleinen Bobby Fawler, schon zutraute. Dank diesem Windbeutel werden meine Nähte deutlich besser. Wenn der so weitermacht, hat er in 5 Jahren mehr Narben als Haare auf dem Kopf und ich kann mich als Neurochirurg bewerben. Also Hände raus aus den Hosentaschen und ab und zu hinschauen, wo der Weg endet. Da sich also mein Kollege mehr auf die Chirurgie konzentrierte, blieben die meisten internistischen Probleme meiner Praxis überlassen. In großen und Ganzen ist meine Klientel jenseits der 50 und hat Magen- Darm- und Herzprobleme. Wobei ich dann auch schon beim Thema bin. Sinnvollerweise war ich ein talentierter Hypochonder. Das hieß, ohne Schweißausbrüche und hysterischen Episoden konnte ich mir nicht den Blutdruck messen. Wie praktisch! Zudem rauchte ich wie ein defektes Kohlekraftwerk und soff Balvenie Single Malt Whiskey, und zwar eine halbe Flasche täglich! Das heizte meine Blutdruckerwartungshaltung ziemlich an. Ich brauchte also den Stress mit Dr. Percy Miller gar nicht, um Herzprobleme zu bekommen.

Als ich Anfang des Jahres wegen starkem Schwindel in die Klinik musste und einen Blutdruck von 220 zu 170 aufwies, durfte ich mir drei Tage von meinen Kollegen einiges zu diesem Thema anhören. Seltsamerweise rauchte und trank ich in diesen Tagen nicht und es fehlte mir auch nicht. Gefunden haben sie auch nichts! Das zeigt aber auch, wie gut Angst und Hypochondrie wirken. Aus der Klinik entlassen, kehrte ich sofort wieder zu meinen alten Gewohnheiten zurück, da ich mich durch die Einnahme von Blutdrucksenkern jetzt auf der sicheren Seite wähnte. Der Unmut meiner lieben Mary war mir sicher. Da sie aber auch selbst eine passionierte Raucherin war, hatte sie schlechte Argumente. Irgendwann musste ich aber dann vor meinen Spiegel treten und sagen: „Hi, Jaden, du bist Alkoholiker." Für den Anfang ganz gut, aber da ich ein Weltmeister im Selbstbetrug war, half mir dieses Eingeständnis in keinster Weise.

Die Anderen

Keiner der mich kennt, würde mir außer dem Rauchen eine andere Sucht unterstellen. Nur mein bester Freund Terence wusste von meinem Problem. Wir waren seit Christi Geburt Nachbarn und wie Brüder aufgewachsen. Erst nach der High-School haben sich unsere Wege getrennt. Ich wandte mich der Medizin zu und er machte eine Schreinerlehre, obwohl er immer der hellste Kopf der Schule war und deutlich bessere Noten hatte als ich. Seine Einstellung zum Leben war geprägt vom Individualismus, Pragmatismus und den persönlichen Stärken des Einzelnen. "Du kannst Leben retten und ich bau dir dafür ein Dach über den Kopf!" war sein, durchaus vernünftiges, Argument. Wo wären alle Denker und Philosophen ohne die Handwerker dieser Welt. Obdachlos auf der Straße! Nein! Es gäbe ja nicht mal Straßen. So stand er auch zu meinem Alkohol- und Nikotinproblem! "Irgendwann schlägt`s auch bei dir ein und dann kommst du in die Gänge." Nun, es hat eingeschlagen! Doch was sollte ich tun? Ich hatte kapiert, konnte mir aber nicht helfen. Nach meiner Schwindelattacke und frisch aus der Klinik, ging ich im Nachbarort zu einer Kollegin, die von der Schulmedizin die Schnauze voll hatte und nur noch die klassische Homöopathie vertrat und lehrte. Sie überwies mich zu einem Chiropraktiker, der mit einem schnellen Griff und lautem Krachen meine Halswirbelsäule einrenkte und den Schwindel damit sofort beendete. Das brachte meine heile Medizinerwelt ins Wanken und meine kritische Einstellung zur klassischen Homöopathie auf den Prüfstand. Nach vielen langen, intensiven Gesprächen mit meiner Therapeutin musste ich erkennen, dass eine individuelle Behandlung in der Medizin nur möglich war, wenn ich die Grundproblematiken erkannte. So kann man sich selbst und auch allen anderen eindeutig besser helfen. Problematisch ist hierbei nur der Zeitbedarf. Während ich nie unter einer Stunde aus der Praxis meiner Kollegin ging, habe ich selbst höchstens 10 Minuten für meine Patienten oder ich könnte nach einem Jahr die Praxis schließen. Wobei meine Kollegin nur Privatzahler behandelt und ein großzügiges Honorar verlangt. Das hieß auch, dass sich die meisten Menschen eine sinnvolle Behandlung gar nicht leisten können. Ist das so sinnvoll? Produziere ich ungewollt chronisch Kranke für den gierigen Schlund der Pharma? Und werde ich deswegen gegen alle Vertreter der Naturheilverfahren gehetzt? Und schon wieder ein Problem mehr! Mein Weltbild veränderte sich in der Zeit von Tag zu Tag. Keine Woche verging ohne Nachrichten von Terror und Gewalt. Ich schaute in die Glotze und nahm war, was mir präsentiert wurde, ohne die Möglichkeit zu erkennen, ob ich hier auch so manipuliert wurde, als würde ich Werbung sehen. Aber ich erkannte auch, dass wir alle hier in Europa in einer Blase leben, die jederzeit platzen konnte. Und der Terrorismus war nur eine von vielen Nadeln, die immer wieder versuchten, diesen Ballon zum Bersten zu bringen. Mein Nachbar, Kemal, war praktizierender Moslem und ein feiner Kerl. Ich beobachtete, wie er von Tag zu Tag verzweifelter wurde. "Glaub mir, Dr. Jaden," so nannte er mich, seit er mich kannte", die, die das tun, sind keine Moslems." Ich versuchte immer ihn zu beruhigen, aber mit jedem Anschlag wurde er trauriger und zog sich mehr und mehr zurück. Auch seine Frau und Tochter sah ich nur noch sehr selten. Das war das Produkt dieser Zeit.

Eine Gruppe wird an den Rand gedrängt und die andere radikalisiert. Das nenne ich erfolgreiche Terrorpolitik. Eigentlich war das kontraproduktiv, weil ich immer mehr Gründe fand, um mich in mein Kämmerchen zu verziehen, ein Glas Whiskey nach dem anderen zu trinken und jedes neue Glas mit einer Zigarette zu begrüßen. Soff ich mir die Welt schön? Wahrscheinlich! Dann aber sah ich meine kleine Sophie und ihren Bruder Jason, die Kinder meines Ältesten, Josh, und blicke in glückliche Kinderaugen und lachende Gesichter. Ich hatte überhaupt keinen Grund für Bitterkeit. Ganz im Gegenteil. Zwei tolle Söhne, die mich jeden Tag stolz machen. Beide in sehr glücklichen Beziehungen mit hübschen, klugen Frauen und diese beiden Kleinen, die mein hochdruckgeplagtes Herz springen ließen vor Glück. Und da war noch Mary, meine geliebte Frau, die es einem eigentlich unmöglich machte, unglücklich zu sein. War das der Grund? War ich zu blöd, um glücklich zu sein!? Von was ist Zufriedenheit abhängig? Von der Erkenntnis derselben? Als vor zwei Jahren meine liebe Jack-Russel Dame Sally plötzlich starb, brach ein großes Stück heile Welt aus meinem Leben und ich bedauerte zutiefst, dass ich nicht erkannt hatte, was für ein sorgloses Leben ich bis dahin führte. Ich bekomme noch heute einen Kloß im Hals, wenn ich an die großen Augen denke, die mich anblickten und mich anflehten etwas zu unternehmen um ihr zu helfen. Da wurde mir bewusst, wie zufrieden ich hätte sein müssen, weil ich bis zu diesem Zeitpunkt alles hatte, was notwendig war, um nicht nur glücklich, sondern selig zu sein. Ich konnte ihr nur beim Sterben zusehen und als ich das auch nicht mehr konnte, holte ich den Tierarzt, um ihr Leid zu beenden. Diese Hilflosigkeit werde ich nie wieder vergessen.

Ab diesem Zeitpunkt eskalierten auch meine Suchtprobleme. Ich trank niemals, wenn andere Menschen um mich herum waren. Vielleicht ein Bier auf einer Party, aber nie mehr, und schärfere Sachen sowieso nicht. Zuhause im Wohnzimmerschrank stand immer eine Flasche Balvenie, die blieb da stehen und wurde jeden zweiten Tag gegen eine volle ausgetauscht, denn die Dosis war immer eine halbe Flasche. Niemals mehr, selten weniger und immer zwischen 20 und 24 Uhr. Wenn ich aufhören wollte, fand ich immer einen Grund, um weiter zu trinken. War es ein ruhiger Tag, fand ich einen Anlass mich dafür zu belohnen. War der Tag stressig, hatte ich ja einen Grund. Ich war morgens gerädert und schwor einen Tag mindestens auszusetzen, um dann vollkommen regeneriert abends wieder eine Flasche zu öffnen. Nach einiger Zeit zog sich die bleierne Müdigkeit aber über den ganzen Tag und ich merkte, dass ich unkonzentriert wurde. In meinem Job einfach zu gefährlich. Das hieß, ich hatte sofort was zu unternehmen! Doch was? Ich musste mit Terence sprechen. Dem fiel immer was ein. Als wir uns eines Abends im "Priors" trafen, sah Terence sofort, dass es nicht einer unser üblichen Abende würde, sondern deutlich ernster. "Ich muss mit dir sprechen, Terence, es kann so nicht weitergehen, ich habe aber keine Ahnung, wie ich einen Entzug durchziehen kann, ohne dass meine Leute irgendetwas bemerken. Und Fakt ist, sie dürfen nichts merken!" "Schade," erwiderte er, "sie könnten dir helfen und du brauchst Hilfe von anderen." "Ich habe nichts gegen Hilfe von Anderen, aber auf keinen Fall von jemandem, der mich kennt! Eher lass ich mich aus irgendeinem Grund stationär einweisen." Ich war nun leicht genervt, weil ich merkte, dass Terence vollkommen Recht hatte.

"Du musst auf alle Fälle weg, aber wenn du dein Problem alleine regeln willst, darfst du nicht in eine Klinik gehen, weil dich deine Leute besuchen wollen und dann sofort erkennen, in welcher Einrichtung du dich befindest!"

"Du hast recht! Ich muss weg! Aber wie verkaufe ich das Mary? Wir waren seit 30 Jahren nie länger als drei Tage getrennt und jedes Mal waren wir dabei in einer Klinik. Mary zweimal, als sie meine Jungs bekam, und ich, als ich meine Krise mit dem Schwindel hatte!"

"Du machst es einem schwer! Aber mir fällt schon was ein" Der restliche Abend war dann ein einziges Grübeln über mein Problem, aber die Lösung kam erst sehr viel später. Die Tage zogen an mir vorbei wie in Zeitlupe. Die Praxis lief, auch dank meiner Praxishelferinnen, sehr gut und ich konnte mich nicht über zu wenig Arbeit beschweren. Doch das Gefühl, vollkommen ausgebrannt zu sein, blieb und wurde stärker. Doris, meine leitende Arzthelferin, die nun schon hundert Jahre bei mir arbeitete, gefiel meine Verfassung gar nicht. Sie hasste Schwächen und benahm sich auch entsprechend. Ich konnte nichts mehr richtig machen. Jedes Formular, das ich ausfüllte, hielt sie mir wieder unter die Nase, um ein Kreuz zu ergänzen oder ein Komma zu setzen. Das war ihre subtile Art, mir zu zeigen, dass sie gerne ihren alten Boss wiederhaben möchte. Leider zog sie damit die Praxis noch mehr runter und allen fiel die Arbeit sehr schwer. Sogar unser Sunny Girl Heather, die eigentlich nichts aus ihrer Gutelaunebahn wirft, wurde immer missmutiger. Gelegentlich teilte ich meiner Praxisleiterin auch mit, was ich von ihrer Erbsenzählerei hielt, wurde aber ein ums andere Mal ignoriert.

Ich beschloss daher, meinen Kolleginnen einen längeren Urlaub anzukündigen. Die Reaktionen waren unterschiedlich schlecht. Heather hatte Angst, ich würde vorzeitig in Rente gehen, Doris strafte mich mit Schweigen, Jenny, meine Laborantin, freute sich, da sie meinte, auch in einen langen Urlaub zu gehen. Nur Lilly, unsere Azubine, hatte wie üblich keine Meinung. Heather beruhigte ich mit dem Hinweis, dass sich kein Mensch mit 54 zur Ruhe setzen kann. Doris ignorierte diesmal *ich* und Jenny erlebte eine tiefe Enttäuschung, als ich ihr mitteilte, dass ich natürlich vertreten werde. Jetzt hatte ich aus purer Verzweiflung einen Stein ins Rollen gebracht, den ich nicht mehr aufhalten konnte. Noch dazu musste ich jetzt schnell handeln, da Old Basing ein Kuhdorf ist. Wenn ich Pech hätte, würde Mary diesen Plan erfahren, bevor ich zum Mittagessen nach Hause kam.

Der Plan

Meine Rettung kam just in diesem Moment in mein Sprechzimmer und es war mal wieder Terence. Seine Lösung war aber so bizarr, dass ich in ein hysterisches Lachen verfiel. "Du musst pilgern!" Als ich mich wieder gefangen hatte, sah ich ihn an und sagte: "hast du was getrunken? Ich gehe selten in eine Kirche und habe auch nicht vor das zu ändern!" Aber Terence blieb ganz cool, eben Terence: „Du glaubst doch an Gott, oder?"

"Ja sicher! Obwohl ich in der Namenswahl durchaus flexibel bin, glaube ich, dass da draußen irgendjemand ist!"

"Na dann kannst du doch pilgern! In Spanien gibt es den Jakobsweg nach Santiago de Compostela, den du mit anderen Pilgern, aber auch alleine für dich, gehen kannst. Ich habe gehört das kann jeder."

"Ich soll tatsächlich, mit den ganzen katholischen Pseudochristen, über 100 km durch halb Spanien marschieren, ohne einen Tropfen Alkohol?"

"Es sind **800** km, durch **ganz** Nordspanien und **Ja**! das wäre der Plan"

Ich konnte meinen offenen Mund nicht schließen. „Das kannst du knicken!" Doch Terence blieb hart. „Überleg doch mal," salbaderte er weiter, „du musst weg! Du bist zu dick!" "Ja, vielen Dank!"

„Nein, versteh doch! Du brauchst Zeit, Anonymität und eine Infrastruktur auf dem langen Weg. Und ganz im Ernst, ein bisschen Bewegung schadet dir wirklich nicht!" Knurrig erwiderte ich: „Du hast Glück, dass du mein bester Freund bist, sonst gäbe es jetzt nen Kieferbruch!" „Und zwei Köpfe größer," grinste Terence breit. "Ich würde aber noch weitergehen, wenn ich du wäre." "Wie? Weiter als bis Santiago de Schlagmichtot?" fragte ich etwas blöde nach.

„Nein! Im übertragenen Sinne", belehrte mich Terence. „Wenn du in den kalten Entzug gehst, solltest du eine Diät machen, damit die Giftstoffe aus deinem Fettgewebe befreit werden." „Grüß Gott Dr. Tyler! Darf ich fragen, wo und wann sie promoviert haben" erwiderte ich säuerlich, obwohl er vollkommen Recht hatte, aber das wollte ich ihm nicht auch noch auf die Nase binden. "Und Dr. Tyler, wie soll diese Diät dann aussehen?" Er grinste nur ob seines neuen Titels und erwiderte, „mach es wie die Strafgefangenen im Mittelalter, die wurden bei Wasser und Brot eingekerkert. Da brauchst du unterwegs nicht teures Zeugs kaufen und komplizierte Pläne beachten. Viel trinken und wenig essen. Das klappt sicher."

„Du weißt schon, wie viele Gefangene damals ihren Kerkeraufenthalt überlebt haben?" konterte ich. "Aber dieser vollkommen verrückte Plan hat was. Wahrscheinlich, weil der genauso durchgeknallt ist wie du und ich." Ich war die ganze Nacht wach und wälzte mich von einer Seite auf die andere. Ich vergaß diesen Abend sogar das Trinken und das wollte was heißen. Am nächsten Tag konnte ich das Ende der Sprechstunde gar nicht erwarten und war froh, keine Hausbesuche machen zu müssen. Ich stürzte mich aus der Praxis, was Doris wieder eine Zornesfalte mehr auf ihrer Stirn einbrachte und klinkte mich zuhause sofort ins Internet ein. Unter dem Suchwort "Jakobsweg", explodierte mein Bildschirm geradezu. Ich suchte nach Literatur und meine Wahl fiel auf Shirley MacLaine, einen Spanier namens Paolo Coelho und einen deutschen Komiker. Ich war fasziniert, was einen berühmten Star wie Shirley MacLaine auf so eine Idee brachte, so einen Blödsinn zu machen.

Ich bestellte mir die Bücher der drei Protagonisten und stöberte noch ein bisschen im Internet. Die Meinungen zum Thema Jakobsweg gingen sehr weit auseinander und man konnte an manchen Eintragungen schon erkennen, dass da sicherlich auch Menschen unterwegs waren, die tatsächlich glaubten, von allen Sünden befreit zu werden, wenn sie in Santiago ankommen. Wie blöd kann man sein? Dieses Angebot war so typisch für die katholische Kirche, dass ich gute Lust hatte, diesen Weg nicht weiter zu verfolgen. Ich musste aber auch aufhören, alles persönlich zu nehmen und fing praktisch hier damit an. Ich mag die große Literatur nicht besonders. Ich musste mich mit Goethe, Shakespeare und Konsorten herumschlagen, solange ich lernte und studierte, aber an sich lag mein Interesse mehr an der Trivialliteratur. Harry Potter habe ich verschlungen, nachdem mich mein damals 10-jähriger Jake, zu 50 Seiten des ersten Bandes überredete. „Du musst nur 50 Seiten lesen, dann weißt du, ob du ein Buch magst oder nicht", meinte mein kleiner Philosoph. Er hatte Recht. Seit der Zeit machte ich es immer so, bevor ich ein Buch in die Ecke warf. Ich las 50 Seiten von Harry Potter und war begeistert. Ab der Zeit musste ich die Neuerscheinungen **a.** mit 24 Std. Service bestellen und **b.** immer drei Stück pro Band, sonst hätte es Mord und Totschlag im Hause Spooner gegeben. Also hatte ich auch kein Problem, die Wegbeschreibungen von drei so unterschiedlichen Menschen ein paar Tage später zu lesen. Shirley McLain machte mir Angst mit ihrer Darstellung und auch etwas befangen, weil ich erkannte, dass sie auch nicht alle Semmeln in der Box hatte. Paolo Cohelo war der eher transzendente Wanderer, auf einem ganz anderen Weg, den ich zu keinem Zeitpunkt auch nur ansatzweise verstand.

Da war es mit dem deutschen Komiker, Hape Kerkeling, was ganz anderes. Der hätte im Laufe des Buches nicht erwähnen müssen, dass er schwul ist. Jeder Leser hat das nach den berühmten 50 Seiten erkannt. Ich muss aber sagen, dass sein Buch das unterhaltsamste von allen war. Am Anfang hatte ich Mitleid, und er erzählte voll Gefühl und Humor. Schlussendlich wurde er aber mit der Zeit albern und respektlos. Kurzum, ich wusste, von wo nach wo ich gehen müsste, aber ansonsten war ich nicht schlauer nach der Lektüre. Mein Spanisch war nicht mal rudimentär vorhanden. Holla und Ole gingen mir akzentlos über die Lippen, aber beim Buenos Dias hörte man schon den Inselaffen. Jetzt hatte ich nur noch das wichtige Gespräch mit Mary vor mir. Mitte Juni nahm ich sie dann zur Seite, setzte eine bitterernste Miene auf und begann mit der größten Lüge, die ich ihr jemals aufgetischt hatte. Nicht mal übertroffen von dem Lackschaden am Auto, den ich ihr unterschob, obwohl *ich* die Garage nicht getroffen hatte. „Mary, ich muss mit dir sprechen!" „So ernst? Was ist denn los?" Sie schaute mich erstaunt an. Ich hatte mir jedes Wort eingeprägt, das ich sagen wollte und trotzdem schlotterten mir die Beine wie beim Staatsexamen. Meinen angekündigten Urlaub nahm sie damals erfreut auf. „Ich brauche eine Auszeit!" Ihre Augen weiteten sich und ich fügte schnell hinzu, „nicht von dir, Dummerchen, ich muss weg von der Praxis und den Patienten!" Sie erwiderte etwas erstaunt: „das verstehe ich, aber das können doch wir beide zusammen machen!" Jetzt verschlug es mir die Sprache, wie sollte ich hier jetzt argumentieren? "Versteh mich nicht falsch", stotterte ich nun herum, "aber ich fühle mich ausgebrannt. Ich muss meinen Weg wiederfinden und ich glaube, das kann ich nur alleine".

"Das verstehe ich nicht, Jaden, willst du sagen, du hast ein Burn Out?" Sie wusste, ich hasste das Wort, weil es missbraucht wurde und die wirklich Betroffenen vollkommen falsch erscheinen lässt. Trotzdem nutzte ich ihren Steilpass und machte das Tor. "Ich fürchte ja!" Ihre Augen wurden groß und feucht. "Wieso hast du nie etwas gesagt? So etwas muss eine Ehefrau wissen!" Ich duckte mich etwas unter ihrem Blick, log aber tapfer weiter. "Ich habe es selbst erst erkannt und möchte mir selbst helfen, indem ich pilgern gehe."

"Du gehst was?" Ich war mir sicher, dass sie sich zusammenreißen musste um nicht los zu prusten. "Ja pilgern! Hier habe ich die Möglichkeit meine Gedanken zu sammeln und meinen weiteren Weg zu finden", kam es pathetisch aus meinem doch normalerweise so unpathetischen Mund. "Und jetzt meinst du, wenn du, absolut unkirchlicher Mensch, nach Jerusalem rennst, dann lösen sich deine Probleme in Luft auf?" "Wer sagt denn etwas über Jerusalem? Ich bin doch nicht lebensmüde," schoss es aus mir heraus. "Nein! ich möchte nach Spanien auf den Jakobsweg." „Tut mir leid Schatz, aber jetzt kapiere ich gar nichts mehr." Mary war wirklich perplex und ich erzählte ihr von Terences Idee, natürlich ohne die eigentlichen Fakten, aber den Büchern die ich gelesen hatte. Besonders hob ich das Buch des Deutschen hervor, den Mary seltsamerweise kannte, "der wurde von einer Engländerin begleitet, ich habe ein Interview mit ihr gesehen". Ich erzählte ihr von der Krankheit des Entertainers und seine Lösung. Und tatsächlich! Dank diesem linksdrehenden Deutschen, konnte ich sie tatsächlich überzeugen und Terence bekam kein Hausverbot.

Am folgenden Wochenende weihten wir unsere Söhne samt Anhang in meine Pläne ein. Nachdem meine Söhne sich genug am Boden gewälzt hatten, waren sie der Vernunft wieder zugänglich. Ich muss aber zugeben, dass es mir nicht anders ergangen wäre. Ich, der außer zu Hochzeiten oder Taufen bzw. Beerdigungen, nie in die Kirche ging, auf einem Pilgerpfad zu wähnen, trieb auch mir die Tränen in die Augen. Nun, jetzt war es mal so, da musste ich durch. Meine Söhne waren auch erstaunt, hinsichtlich der Aussage über meinen Burn-out. Auch sie wussten ganz genau, wie kritisch ich zu dieser Diagnose stand. Gott sei Dank, musste ich mich nicht erklären. In dem Fall hätte ich wenige Argumente gehabt. Ich erklärte den 14. September zum Antrittsdatum, damit wenigstens das mal feststand. Die Suche nach einer Vertretung war da schon schwerer. Letztendlich konnte ich über den Hausärzteverbund einen älteren Kollegen als Vertretungsarzt gewinnen. Groß, hager und mürrisch stellte sich Dr. Souther im Juli in der Praxis vor. Er war uns allen vom ersten Augenblick unsympathisch und im Stillen war ich ganz froh, weil sich meine Belegschaft und Patienten dann wieder auf mich freuten. Ich weiß das ist sehr egoistisch, aber man wird gerne vermisst und Altruist konnte ich später wieder werden. Sogar Doris, meine Vorzimmerfee, war wieder ganz fürsorglich. Sie dachte wohl, mit der neuen Vorgehensweise könnte sie meine Reisepläne zu Fall bringen. Ich genoss diesen Zustand und verlor ab da keinen Ton mehr bezüglich meines Vorhabens. Drachen, die schlafen, spucken kein Feuer. Mary überraschte mich mit einem Geschenk. Ein riesiger Rucksack stand in der Küche und ich schluckte schwer, als mir bewusst wurde, was da reinpasst. „Glaubst du wirklich, dass ich so einen Riesen brauche?"

Mary lachte: „Was glaubst du eigentlich, was man braucht, wenn man 4 Wochen durch die Gegend watschelt?"

"Was heißt hier "watscheln"? Du meinst wohl "schweben?" feixte ich. "Nein mein Schatz, du watschelst wirklich wie eine Ente. Deine Plattfüße lassen eine andere Gangart gar nicht zu". Jetzt war ich wirklich beleidigt. „Du bist gemein. Jeder Mensch hat Plattfüße, mehr oder weniger." "Bei dir eher mehr, " setzte sie noch einen drauf und lachte. Sollte ich mir sicherheitshalber noch Einlagen mitnehmen? Nein! Bin doch kein Waschlappen. Ich kann Schmerzen ertragen! Gehört wahrscheinlich sogar dazu. "Leicht gedacht, schwer gemacht" konterte mein Unterbewusstsein. Seid jetzt beide still, befahl ich Weib und Unterbewusstsein ohne Worte. Tatsächlich reichte für Mary mein wütender Blick. Mir selbst aber hallten meine eigenen Gedanken noch lange durch den Kopf. Ich schnappte mir den Rucksack und betrachtete seine vielen Außentaschen einschließlich Flaschenhalterungen. Das waren alleine schon zwei Kilo, wenn ich auf beiden Seiten Trinkflaschen steckte. Ich nutzte wieder mal das Internet und schaute nach, was man so alles mitnehmen sollte. Erstaunlich, an was man alles denken muss. Die Liste war ellenlang und manches erschloss sich mir nicht. Tapfer folgte ich aber der Liste und stopfte alles, was empfohlen wurde in dieses bodenlose Gefäß. Die Waage zeigte 13 kg. Das ist ja gar nichts, sinnierte ich vollkommen falsch, da sich dieser Gedanke in einem gotteslästerlichen Fluch auflöste, als ich den Rucksack auf meinen Rücken hievte. Wie weit war gleich wieder die Strecke? 800km! Auf-oder abgerundet? „Ab Morgen wird trainiert"! War meine erste Reaktion auf diesen Schock. Getan habe ich das natürlich nicht.

Ich versteckte nur den Rucksack. Es reichte, wenn ich ihn am Reisetag finden würde. "Du brauchst noch ein Credencial," teilte mir Mary vier Wochen vor Reisebeginn mit. „Ein was?" „Einen Pilgerpass!" „Mit Foto?"" Mach dich nicht lustig darüber! Ohne das Ding kommst du in keine Unterkunft." Das war mir jetzt vollkommen neu. „Und, Miss Schlaumeier, wie komme ich an das Ding?"

„Miss Schlaumeier war im Internet und hat dir das Ding bestellt! In ein paar Tagen wird es hier sein, dann kannste ja dein Foto reinkleben," konterte sie elegant und machte mich im Handumdrehen zum vollkommenen Deppen. Auch mein Kumpel Terence ließ es nicht an guten Tipps mangeln. "Du musst dir noch einen Stein suchen." Jetzt war ich wirklich verwirrt, „einen Stein? Was soll ich denn damit?"

"Den legst du am Cruz Ferro ab, der symbolisiert deine Last, die du mit dir herumschleppst!"

"Wie dramatisch! Stell dir vor, das würde jeder machen, dann hätten die einen Berg voll Steine bei, wie heißt das Ding gleich wieder?"

"Cruz Ferro, eisernes Kreuz, und da ist tatsächlich schon ein beträchtlicher Berg entstanden!" „Die spinnen, die Pilger" zitierte ich etwas verzerrt meinen Lieblingsgallier.

"Du meinst also, ich soll mir zu den 13 Kilo in meinen Rucksack auch noch einen Stein legen" "Ja, das meine ich. Wenn schon dieses Programm, dann das Volle!"

"Das macht dir Spaß, oder?" Ohne Ohren hätte er rundum gegrinst.

"Und wie! Ich glaube, das hast du dir verdient. No pain, no glory!"

Wie ich seinen Sarkasmus hasste. "Hast du dir eigentlich schon Wanderschuhe gekauft?" Verdammt! Das hatte ich total vergessen. "Ne, aber das werde ich heute noch nachholen!" War aber gar nicht so einfach, die richtigen Schuhe zu finden. Nach eingehender Beratung und einem meilenweiten Marsch durch das Schuhgeschäft, mit 20 verschiedenen Tretern, hatte ich nach zwei Stunden endlich ein Paar gefunden das mich nicht nach 10 Metern drückte. Blasenpflaster!! Ich muss dringend Blasenpflaster besorgen. Die guten Ratschläge in meinem neuerworbenen Pilgerführer hinsichtlich der Vorsorge oder Behandlung von Marschblasen, waren nicht nur vollkommen dämlich, sondern teilweise gefährlich. "Ziehen sie mit einer Nadel einen Faden durch die Blase und belassen sie diesen darin, so kann die Flüssigkeit langsam entweichen" Das hieße, ich öffne eine sterile, geschlossene Läsion und baue den Keimen eine schöne Leiter! Geht`s noch? Und ich werde mir meine Füße auch nicht mit Melkfett einschmieren. Ich bin mir sicher, die stinken auch ohne Unterstützung. Ich stellte mir also meine Pilgerapotheke selbst zusammen. So! Mein Rucksack war jetzt zum Bersten voll. Zudem hatte ich außen noch eine Isomatte geklemmt. Die nahm ich nur mit, weil Mary darauf bestand. Ich hatte nicht vor, draußen zu übernachten. Ihr Argument hierzu überzeugte mich. "Auf den Matratzen, die du vor Ort findest, haben schon Hunderte vor dir gelegen!" Ich möchte gar nicht weiterdenken, wer und was vor mir darauf lag. Jetzt kapierte ich auch den Sinn des Schlafsackes, der über der Isomatte angebracht war. Leicht angewidert sortierte ich nochmals den Inhalt meines Kleiderschrankes auf zwei Beinen. Terence empfahl mir Kleidersets zu machen und einzeln in Plastiktüten zu tun.

"Wenn es regnet und dein Rucksack nicht dicht ist, hast du immer was Trockenes zum Anziehen" Kluger Mann, dieser Terence. Wenn er jetzt auch noch für mich marschieren würde, wäre er der perfekte Freund. Aber leider ist Nobody perfect! Nun zum nächsten Schritt. Wo fange ich den Marsch an und wie komme ich dahin? Internet, Reiseführer und meine tollen Bücher nannten unisono einen Ort, „Saint Jean Pied de Port". Gut! Den hätten wir! Nach der Lektüre von ein paar Einträgen auf einschlägigen Internetseiten, bestellte ich mir ein Flugticket nach Toulouse und Fahrkarten für die Zugreise von Toulouse nach Bayone und weiter von dort nach Saint Jean Pied de Port. Wenn die Zeiten einigermaßen genau angegeben waren, dann war ich ungefähr von 6 Uhr 30 bis 17 Uhr 30 toujour unterwegs. Hört sich gut an, so kann man eine Tortur mit einer Tortur beginnen. Die Fahrkarten waren innerhalb einer Woche zugestellt. Dank sei dem 21. Jahrhundert. Jetzt wurde es Zeit abzuhauen. Meine Gedanken kreisten nur noch um dieses Thema und ich musste mich die letzten vier Wochen wahnsinnig zusammenreißen, um konzentriert arbeiten zu können. Ich tat mir und meinen Patienten den Gefallen und zog mein Restprogramm professionell durch.

Auf und davon

Und irgendwann war er da, der Tag der Abreise. Ein vernieselter Freitag. Am Vortag habe ich mich von meiner Familie verabschiedet und Terence fuhr mich, nach einem tränenreichen Abschied von Mary, nach London zum Flughafen. Ich war mir sicher, dass der harte Hund einen Kloß im Hals hatte, als er mich am Flughafen umarmte und sagte: „Hör zu, nutze diese Chance und komm gesund wieder. Heul nicht die Welt an, die kann nichts dafür. Dieses Problem ist deins, nur deins und nur du kannst es lösen. Also, hau ab und tu, was zu tun ist" mit diesen Worten kehrte er mir abrupt den Rücken zu und rannte fast, als er mich stehen ließ. Verwirrt begab ich mich zu meinem Abfluggate. Pünktlich um 10 Uhr 30 landete ich in Toulouse und zu meiner großen Verwunderung kam auch mein Rucksack mit mir an. Da sich ganz Frankreich weigert, Englisch zu sprechen und wir genau so stur sind, versuchte ich, anhand des Aushanges am Flughafen, einen Bus zum Hauptbahnhof zu finden. Das war dann weniger schwer, als ich dachte. Bus Nummer 18 fuhr zur „Gare Central". Nachdem aber hinter dem Wort „Gare Central" ein Zug aufgezeichnet war, konnte sich sogar der tumbe Brite einen Reim darauf machen. Zum ersten Mal schulterte ich mir bewusst meinen Rucksack und ging sofort in die Knie. Das musste sich ändern. Aber meine Muskeln würden sich schon noch entwickeln. Hoffentlich schnell! Als ich am Hauptbahnhof ankam, war ich positiv überrascht. Ein großer, alter Bahnhof aus dem 18 Jahrhundert, mit allem dazugehörigen Flair, dominierte den riesigen Platz, zeigte sich aber im Inneren aufs Modernste getunt.

Auf einer großen, digitalen Anzeige konnte man alle ankommenden und abfahrenden Züge sehen und daneben gleich die Ziele. Auch mein Zug nach Bayonne war schon angekündigt und würde in einer Stunde abfahren. Ich kaufte mir eine Coke und setzte mich neben dem großen Eingang einfach auf den Boden. Das machten hier alle. Die Sonne strahlte vom wolkenlosen Himmel und im Schatten konnte man es durchaus aushalten. Hier machte ich auch das erstes Foto, nämlich von meinem Rucksack. Da dieser intensiv rot leuchtete, hob er sich wunderbar von der weißen Mauer ab. Ich überlegte, ob Mary das Buch von dem deutschen Komiker gelesen hatte, bevor sie mir den kaufte. Dieser hatte auch davon berichtet, dass er einen leuchtend roten Rucksack hatte, damit man ihn aus der Luft besser sehen konnte, falls er verloren ginge. Diese Art britischen Humor traute ich meiner lieben Mary jederzeit zu. Wer meinte, dass sie eine trockene Buchhalterin wäre, weil sie früher Wirtschaftsprüferin war, hatte sich tief getäuscht. Die war schon immer taffer, als man ihr ansah und es war immer, zu jeder Zeit ein Fehler, sie zu unterschätzen. Pünktlich um 12 Uhr 10, fuhr mein Zug aus dem Bahnhof Richtung Bayonne. Die dreistündige Fahrt gab mir nochmal die Gelegenheit, über viele Dinge in meinem Leben nachzudenken. Wie war es eigentlich zu meinem Trinkproblem gekommen? Ich hatte, außer zu meiner Rowdyzeit, bis zum Alter von 28 Jahren selten bis gar nicht getrunken, was auch daran lag, dass es unklug war, während der 36 bis 48 Stundenschichten als Assistenzarzt auch nur an der Bierflasche zu riechen. Mit 32 Jahren war ich fertiger Allgemeinmediziner und eröffnete eine Praxis in meiner Heimatgemeinde.

Das war vielleicht auch ein Fehler. Jeder der älteren Bürger, also eigentlich meine Klientel, kannte den damals wilden Spooner aus der Arlington Road, der ziemlich respektlos mit seinen Kumpanen, rauchend und Bier saufend, hinter der Kirchenmauer saß und durchaus den vorbeigehenden wiederholt einen blöden Kommentar zurief. Der sollte nun als Arzt plötzlich als Respektsperson fungieren. „Der Prophet gilt nichts im eigenen Lande." Es war sehr schwer und langwierig an Patienten zu kommen. Nur die Überfüllung der Praxis meines Kollegen und dessen charmante Art, füllten langsam meinen Praxiskalender. Dazu kamen noch meine Notarzteinsätze im Ort, wenn mich die Polizei mit Blaulicht vor die Haustüre eines Schwererkrankten brachte. Dies und meine Gier nach Wissen brachten mir so nach und nach einen guten Ruf als Mediziner ein. Noch heute stehe ich mit meiner Privatnummer im örtlichen Telefonbuch und nicht selten muss ich in der Nacht aus dem Bett, weil jemand um Hilfe bittet. Mein Bankkredit war aber, durch die lange Durststrecke, so aufgebläht, dass ich nur durch dauerndes Umschulden und Einsatz meines kompletten Erbes, die Schließung der Praxis verhindern konnte. Ich war auch nicht dazu in der Lage, eine meiner Mitarbeiterinnen zu entlassen. Sie haben sich immer auf mich verlassen. Ich wollte und konnte sie nicht enttäuschen. Zudem habe ich es nie geschafft, mich von meinen Patienten zu distanzieren und litt sehr häufig mit ihnen. Nach ein paar Jahren mit diesen Problemen, begann meine Schlaflosigkeit und ich war ein häufiger Konsument der Nachtspielfilme. Irgendwann sagte irgendwer, "Jaden, versuch es doch mal mit einem Glas Whiskey. Der macht angenehm müde und du kommst gut aus den Federn."

In meiner Verzweiflung probierte ich dann tatsächlich diesen „guten Ratschlag" aus und es klappte vorzüglich. Ich schlief die ganze Nacht und war tatsächlich einigermaßen munter am nächsten Morgen. Was danach kam, bräuchte ich eigentlich gar nicht weiter zu erzählen. Ich musste natürlich die Dosis meines Schlafmittels nach und nach erhöhen, bis ich Jahre später bei meiner nächtlichen Flasche Belvenie ankam. Jetzt soff ich nicht mehr nur, um zu schlafen, sondern auch, um ein Gefühl zu generieren, das andere als Zufriedenheit bezeichnen würden. Nüchtern war ich dazu nicht mehr in der Lage. Mit diesen tristen Gedanken kam ich in Bayonne an und bestieg 30 Minuten später den Bummelzug nach Saint Jean. Ich wäre sicher schneller gewesen, wenn ich zu Fuß gegangen wäre. Der Zug fuhr nicht nur extrem langsam, der hielt auch noch an jedem Haus, das an der Strecke stand. Um 18 Uhr kam ich endlich an und stieg am Bahnhof Donibane Garazi aus. Saint Jean ist tief im Baskenland und daher musste jeder Ortsname auch in Basko, der hiesigen Landessprache, angegeben werden, obwohl an der französischen Grenze gelegen. Der Sprachenwirrwarr sollte mich auf dem gesamten Weg begleiten. Von Basco über Catalan zu Madrilen usw. Das waren aber nicht nur andere Dialekte, sondern tatsächlich komplett andere Sprachen. Die Zerrissenheit dieses Landes konnte man zu jeder Zeit sehen und spüren. Ich verließ den Bahnhof und begab mich, den Pfeilen folgend, auf den leichten Anstieg zur Altstadt. Jetzt erst bemerkte ich, dass mit mir noch über 50 weitere Rucksackträger aus dem Zug gestiegen waren und still, fast meditierend, dieselbe Richtung nahmen. „Gute Güte" dachte ich mir.

Wenn die alle mit mir morgen loslaufen, stehe ich tatsächlich in den Pyrenäen im Stau. Die kleine Ortschaft war in ihrem alten Kern faszinierend und wunderschön. Ich schlenderte durch die charmanten engen Gassen dieses mittelalterlichen Dorfes und genoss jeden Augenblick an diesem frühen Abend. Zuerst habe ich gar nicht bemerkt, dass all die anderen, die mit mir den Zug verlassen hatten, plötzlich nicht mehr zu sehen waren. Ich beschloss also, auch mein Sightseeing zu beenden und wie empfohlen die Pilgerzentrale aufzusuchen. Kurz nach dem großen Burgtor, machte die Gasse eine leichte Linkskurve und hier fand ich dann auch das gesuchte Büro. Wäre aber auch ohne Schild nicht schwer gewesen. Alle Rucksackträger von vorhin standen in einer langen Reihe vor der Tür und durch meine Trödelei war ich natürlich der Letzte. Nach gut einer Stunde kam ich dran. Das Büro hatte die Ausmaße eines größeren Wohnzimmers und war mit Tischen und Stühlen längs an den Wänden bestückt. Hinter jedem Tisch saß ein freundlicher Mitarbeiter und wie ich feststellte, so ziemlich aus jedem europäischen Land. "Wir sind freiwillige Helfer der europäischen Pilgervereinigung und verbringen jedes Jahr zwei, drei Wochen, um hier in Saint Jean zu helfen, " beantwortete ein gut Englisch sprechender Däne meine ungestellte Erkundigung. Wahrscheinlich hörte er diese Frage zu häufig, um darauf zu warten. Er knallte mir, vollkommen unsensibel, den ersten Pilgerstempel in mein Credencial und entjungferte es ohne Gemütsregung. Etwas verblüfft packte ich meinen Pilgerpass wieder ein. „Ich hoffe, sie haben bereits eine Unterkunft!"

„Wieso hoffen sie das?" war meine erschrockene Reaktion, obwohl ich die Antwort kannte und fürchtete.

„Es sind leider keine Zimmer mehr frei hier im Ort. Sie können entweder zelten oder im Freien schlafen. Die Nächte sind noch mild und mit einem Schlafsack ist es problemlos. "Und wo gehe ich auf die Toilette oder wasche ich mich?"

„Kein Problem, da klopfen sie an irgendeine Türe. Die Leute hier sind es gewöhnt und helfen gerne." „Ohne mich," dachte ich und versuchte verzweifelt eine Lösung zu finden.

„Sie können aber auch schon losgehen. In ca. zwei Stunden schaffen sie es bis Huntto in die dortige Pilgerherberge. Die finden immer eine Matratze für sie. Die andere Alternative wäre natürlich ein Hotel hier vor Ort." Und mit dieser Information wartet dieser dänische Kretin bis zum Schluss? Erleichtert schnaufte ich etwas theatralisch auf und mein Gegenüber grinste. „Sie werden es kaum glauben, aber die meisten Pilger halten es für eine Schande in einem Hotel zu nächtigen." Gut, dass mir die Meisten vollkommen egal waren. Auf meine Bitte hin rief er in mehreren Hotels an und hatte durchaus Probleme, noch ein freies Zimmer zu finden. Letztendlich war er doch erfolgreich und nach einer intensiven Wegbeschreibung suchte und fand ich die Unterkunft. Hotel Donibane hieß es großkotzig von dem halb verfallenen Bauwerk herab. Drinnen war es noch schlimmer. Der Portier am Empfang roch wahrscheinlich meinen Angstschweiß von vorhin, denn der Preis, den er mir nannte, konnte nur der Kaufpreis für das komplette Etablissement sein. Dieser französische Beutelschneider hatte auch noch die Frechheit, mich zu dieser Toilette mit Matratze zu begleiten.

Das Zimmer hatte ca. 8 qm und die Kloschüssel war ungefähr 20 cm vom Kopfende meines Bettes entfernt, getrennt durch eine Wand aus Pappe. Eine Türe hat man sich, der Einfachheit halber, gleich gespart. Stocksauer warf ich meinen Rucksack auf das Bett und begab mich ins Restaurant gegenüber. Bevor ich hineinging, telefonierte ich noch kurz mit Mary und erzählte ihr von meinem Missgeschick. „Tja," gluckste sie, „da hast du was gelernt. Erst Zimmer suchen, dann schlendern!" ich versprach ihr säuerlich das zukünftig zu berücksichtigen, gab ihr einen Kuss und legte auf. Da ich mir zu Pilgerzwecken ein Prepaidhandy zugelegt hatte, musste ich sparen. Kein Erbarmen mehr, es war 20 Uhr und Zeit für meine letzten Drinks. Ich aß eine Kleinigkeit, immer daran denkend, dass auch das meine letzte vernünftige Mahlzeit sein würde und begab mich an die Bar. Hier war einiges los und ich sah auch ein paar Leute aus dem Zug. Ich wollte meine Ruhe haben und setzte mich mit dem Rücken zu der illustren Gesellschaft, an die Bar. Während ich Glas für Glas leerte, wurde es immer ruhiger um mich herum und um 22 Uhr war ich tatsächlich der letzte Gast. Jetzt fiel es mir wieder ein. In meinem Pilgerführer stand ja, dass jede Herberge um 22 Uhr schließt. Das erklärte natürlich alles. Ich bestellte mein letztes Glas Whiskey und schüttete es in einem Zug in mich hinein. Ich bezahlte den verblüfften Kellner und zog von dannen. In meinem Zimmer angekommen, riss ich meinen Rucksack auf und entnahm eine kleine Dose Rasierschaum und einen Einmalrasierer, den ich zuhause oben aufgelegt hatte. Ich schmierte mir den Kopf mit dem Rasierschaum ein und rasierte mir eine Glatze.

Warum ich das tat, und warum ich das von vorneherein vorhatte, weiß ich heute nicht mehr, aber ich fühlte mich danach wie befreit. Sollen sich die Psychologen um die Antwort streiten. Betrunken und zufrieden schlief ich ein.

Mordecai

Mein Wecker klingelte um Punkt 5 Uhr und ich sprang fast aus dem Bett. Da ich normalerweise nie vor 1 Uhr nachts ins Bett ging, war ich, nach doch 6 Stunden Schlaf, einigermaßen fit und so aufgeregt, dass mir die Zahnbürste vibrierend über die Zähne stolperte. Nach 15 Minuten war ich fertig, schloss die Türe meiner Suite und begab mich vor das Hotel auf die Straße. Es war stockdunkel und ich musste ein paar Minuten suchen, bis ich den Weg fand, der aus dem Ort führte. Ich war alleine unterwegs und spürte intensiv den Druck meines Rucksacks auf meinen Schultern. „Gewöhn dich dran", sprach ich laut zu mir selbst. An einer Hausmauer lehnten mehrere griffige Weidenstäbe, ungefähr 170 cm lang, also etwas größer als ich. Kurzentschlossen schnappte ich mir den Geradesten von allen und schritt mutig voran, wobei jetzt jeder Schritt vom Geklapper des Stockes auf dem Asphalt begleitet wurde. Kurz vor dem großen Stadttor, mit der Marienstatue über dem Tor, war tatsächlich eine Bäckerei, die schon geöffnet hatte. Wie mit mir vereinbart, kaufte ich mir einen größeren Laib Brot und zog weiter. Meine beiden Wasserflaschen hatte ich im Hotel gefüllt und sofort gehasst, weil sie mir zwei Kilo mehr verschafften. Aber die Hinweise in jedem Buch und Führer waren klar. Nie ohne ausreichend Wasser marschieren. Lieber auf die Schuhe verzichten, aber niemals auf Wasser. Ich durchschritt das Tor und war Pilger! Kein komisches Gefühl, keine Regung, einfach durch und weiter. Ich überquerte die Brücke und nach 200 Metern musste man sich entscheiden, ob man die "Route Napoleon" entlang wollte, oder der Straße nach Roncesvalles folgte.

Da ich keinesfalls auf der Straße gehen mochte, bog ich nach links ab und folgte der üblichen Pilgerroute. Kurz nach dem Ortsschild stieg der Weg kurz massiv an und ich geriet in akute Atemnot. Verdammt! Das waren keine 500 Meter und ich kämpfte um Luft und Kraft. Nicht zum ersten Mal verfluchte ich Terence wegen dieser saublöden Idee und wollte nur noch nach Hause. Ich reduzierte mein Tempo fast auf null und konnte meinen Puls wieder auf erträgliche Werte bringen. Trotzdem schnaufte ich wie ein Ackergaul. Lustig pfeifend überholte mich ein junger Bursche, nickte mir fröhlich zu, brüllte ein "buen Camino" und entschwand. Jetzt war ich wirklich fertig. Ich wollte ihm hinterherschreien „Was ist hier so bueno du Aushilfsamöbe?" aber mit fehlte die Luft zum Brüllen. Der Weg weiter bergan wurde dann etwas flacher und ich tat mir etwas leichter. Trotzdem überholten mich auch die Spätaufsteher so nach und nach und es stand fest, ich war der langsamste Pilger, der hier jemals unterwegs war. Im Laufe der nächsten zwei Stunden lichtete sich der Nebel, oder besser gesagt, wanderte ich darüber hinweg. Der Sonnenaufgang war sensationell. Anfangs durch die Nebelschwaden nur zu erahnen, kletterte unser Zentralgestirn nun über die Pyrenäen und änderte langsam seine Farbe von hellem Rot in sattes Gelb. Vollkommen unromantisch dachte ich bei mir: „Na toll! Das wird heiß werden!" Nach einer weiteren Stunde erreichte ich Huntto. Hier gibt`s vielleicht eine Tasse Kaffee. Aber die Herberge war wie ausgestorben. Alle schon ausgeflogen? Vor Wut tötete ich eine Zigarette mit meiner Lunge und machte mich wieder auf den Weg. Die Straße war bisher geteert und mäanderte sich leicht ansteigend durch die Gegend.

Mittlerweile hatte ich ein Tempo eingeschlagen, das ich ertrug und trotz Raucherlunge auch mit meinem Atemvolumen vereinbaren konnte. Um 11 Uhr setzte ich mich an den Wegesrand und holte mein trockenes Brot aus dem Rucksack. Zusammen mit dem Wasser machte ich ein Frühstück daraus. Kurzum, es war grauenhaft. Die können tatsächlich nicht backen, die Franzosen. Das Ding zerbröselte mir unter den Händen. Hätte ich kein Wasser gehabt, wäre das staubtrockene Gebäck nicht zu schlucken gewesen. Ich hoffte nur, dass die Spanier da mehr draufhaben. Nach dem feudalen Mahl und zwei Zigaretten ging ich erneut auf die Piste. Zwei Kurven und 200 Meter weiter, stand ich plötzlich vor einer Wirtschaft. Diese Herberge hat mir mein verfluchter Führer tatsächlich unterschlagen. Ich ließ mich aber nicht unterkriegen und legte nochmals eine Pause, diesmal mit einem Café au Lait, ein. Soll keiner sagen, dass ich nicht flexibel wäre. Um 13 Uhr hatte ich ungefähr die Hälfte der Strecke hinter mir. Wiesen säumten den Weg zu beiden Seiten. Links steil ansteigend, rechts genauso steil abfallend. Plötzlich sah ich, etwas abseits vom Weg, eine blaue Madonnenfigur auf einem Felsen thronend. Ich bog vom Pfad ab und näherte mich der kleinen Statue. Ich staunte nicht schlecht. Hinter dem Felsen öffnete sich ein Tal und der Ausblick war mit Worten nicht zu beschreiben. Jetzt war mir klar, warum die Madonna hier positioniert wurde. Mein Lieblingsspruch fiel mir spontan ein: "Der Herrgott malt die schönsten Bilder!" Das hier war so pittoresk, dass es schon fast schmalzig wirkte. Nach einer kurzen Weile der Besinnung und einer massiven Beschwerde hinsichtlich meines Mühsals, gen Himmel, zog ich weiter.

Der Weg bog nun am Rolandskreuz ab und es ging quer durch die Pampa. Ich war mittlerweile so erledigt, dass ich ab und zu rückwärts lief, um dem Abwärtszug meines Rucksackes entgegen zu wirken. Seit zwei Stunden kreisten nun auch tatsächlich Geier über mir. Ich hatte davon gelesen, aber das Gefühl dabei war schauerlich. Meine Pausen, die ich jetzt immer häufiger brauchte, machte ich im Stehen, um denen da oben zu zeigen, dass ich noch lebte. Auf einem der vielen Felsblöcke im durchaus wegsamen Gelände, saß eine große Gestalt vornübergebeugt und voll Sorge schritt ich schnell auf die Stelle zu. "Ist alles in Ordnung? Kann ich Ihnen helfen?" Ich unterließ den Satz, "ich bin Arzt" absichtlich. War ja schließlich privat unterwegs. Der große Mann hob den Kopf und setzte sich aufrecht hin. Ich war fasziniert. Ein wettergegerbtes Gesicht, umrandet von einem stahlgrauen Bart, der ihm bis zur Brust reichte und von ebenso stahlgrauen, schulterlangen Haaren. Ich wollte schon sagen: „Hallo Professor Dumbledore, nett sie persönlich zu treffen", konnte mich aber gerade noch bremsen. Harry Potter folgte mir also auch nach Spanien. "Keine Sorge mein Freund, ich raste nur etwas, aber danke der Nachfrage." Ich glaubte ihm das nicht und setzte mich einfach daneben. "Etwas dagegen, wenn ich mich hier auch etwas ausruhe?"

"Ganz im Gegenteil, ich freue mich über etwas Gesellschaft." erwiderte er freundlich. Er war mir sofort sehr sympathisch und nicht nur, weil er aussah wie mein Filmheld. "Wie heißt du, mein Junge?"

" Jaden, Jaden Spooner, und wie ist ihr Name?"

" Mordecai Elohim." „Das nenne ich einen Namen", dachte ich bei mir.

" Und Jaden, woher kommst du und was treibt dich auf diesen schweren Weg?"

"Ich bin Brite und ich denke mal, aus demselben Grund, den die da haben", sagte ich und deutete auf eine Gruppe junger Leute, die lachend und schwatzend an uns vorbeizogen. "Wie kann man bei diesen Strapazen nur lachen?" fragte ich meinen Nachbarn. "Sie empfinden es vielleicht nicht als Strapaze," meinte Mordecai und fuhr fort: „Du glaubst also, dass hier alle denselben Grund haben, um auf den Pilgerweg zu ziehen."

„Nun, nicht alle, aber sicherlich die meisten," erwiderte ich. "Man kann optimal abschalten oder grübeln oder auch jammern, so wie ich, ohne dass man dauernd unterbrochen wird. Man ist anonym und wenn man es nicht will, braucht man mit keinem zu sprechen."

„Da gebe ich dir Recht, aber ist der Pilgerweg kein Weg des Glaubens?" sinnierte er. "Für mich nicht! Das Wenige dessen ich mir jederzeit sicher war, ist, unter anderem, mein Glaube. " antwortete ich lapidar. Mordecai schien erfreut. "und was gehört noch zu dem wenigen?"

"Meine Familie! Da muss ich mich keinen Tag fragen, ob ich ihnen wichtig bin." Auch diese Antwort gefiel ihm. „Dann hast du doch einen speziellen Grund hier zu sein?" bohrte er weiter. "Ja, aber das ist sehr speziell und ich glaube ich brauche noch ein Weilchen, bis ich darüber sprechen will, wenn überhaupt!" Ich beendete meine kurze Rast: "Ich ziehe dann mal weiter, und bei Ihnen ist wirklich alles in Ordnung?" Mordecai lächelte:" Ganz sicher! Ich brauche keinen Arzt." Ich war zu verblüfft, um zu antworten und begab mich zurück auf den Weg. Ich drehte mich noch einmal um und rief:" Ich hoffe, wir sehen uns nochmal."

Er grinste:" Hier kann man sich gar nicht aus dem Weg gehen. Halte einfach deine Augen offen!" Dass er mich dauernd duzte, ärgerte mich nicht. Das Recht des Alters ist es auch, Förmlichkeiten auch mal zu umgehen. Den restlichen Weg, hoch bis zur Abzweigung nach Roncesvalles, ging ich wie in Trance. Den schweren Abstieg bis zum Kloster werde ich aber nie wieder vergessen. Meine Knie zitterten, als ich mich nach 12 Stunden Marsch im Kloster um ein Bett bemühte. Eine umgebaute Scheune gegenüber dem Konvent, hatte Platz für 150 Pilger, unter denen ich mich dann befand. Ich duschte noch kurz, packte meine neuen Sachen aus dem Beutel, zog mich an und fiel zum ersten Mal seit langem, in einen tiefen, traumlosen Schlaf, den ich nicht mit Whiskey erzwungen hatte.

Und weiter

Mein Wecker holte mich um 5 Uhr zurück in die Wirklichkeit. Entgegen meiner Befürchtung, tat mir nichts weh und ich sprang von meinem Bett leise auf den Betonboden der Scheune. Leise zog ich meinen Rucksack halb auf meinen Rücken, schlüpfte in meine Schuhe und ging nach draußen. Erst mal ne Zigarette! Nach dem Genuss und dem folgenden üblichen Hustenanfall, wusch ich mich an einem öffentlichen Wasserhahn vor der Abtei und suchte danach verzweifelt meine Stirnlampe. Dieser vermaledeite Rucksack hat definitiv zu viele Fächer. Kurzum, ich fand meine Lampe nicht, stellte aber zu meiner Freude fest, dass die Wanderer die mit mir aus der Unterkunft kamen, sich alle gut beleuchtet auf den Weg machten. Kurzentschlossen folgte ich ihnen und hatte genug Licht um dem stockdunklen Weg zu folgen. Leider hatte ich vergessen, dass ich immer noch der langsamste Pilger aller Zeiten war. Das hieß, nach 10 Minuten war ich wieder in vollkommener Dunkelheit unterwegs. Ich hätte fast gerufen: "Verdammt, rennt nicht so schnell oder seid ihr auf der Flucht?" Bis Sonnenaufgang dauerte es aber noch mindestens 45 Minuten! Dann erkannte ich, dass langsam pilgern auch Vorteile hat. In der nächsten Stunde wurde ich im Minutentakt von Schnelleren überholt und bestens mit Licht versorgt. Zuerst über schmale Wege entlang eines Waldes, danach über das Betriebsgelände einer Magnesit Fabrik, marschierte ich mit strammem Schritt voran. Nach einer Stunde kam ich in Burguete an und zu meiner großen Freude, hatte in der Ortsmitte ein Bäcker erkannt, dass man hier ein gutes Geschäft machen kann.

Nun probierte ich das spanische Brot, aber natürlich mit einen Café con Leche, wie der Cappuccino hier genannt wird. Es ist schon fast lustig, aber wenn man sich in Spanien einen Cappuccino bestellt, kriegt man nichts. Die tun so, als hätten die noch nie was davon gehört. Sogar bei McDonalds kennt man nur Café con Leche! Das spanische Brötchen war genauso schlecht wie sein französisches Pendant. Lieber Terence, ich scheiß auf dein Wasser und Brot, schoss es mir heiß durch den Kopf. Ich ging wieder in die Bäckerei und kaufte mir 2 Croissants, oder wie es hier heißt, "Croissantes". Nicht Wasser und Brot, sondern *Wasser und Croissants* wird der Diätplan heißen. Die paar Kalorien mehr verbrenne ich in einer halben Stunde, dachte ich mir grimmig. In Espinal habe ich bei einem kurzen, aber sehr steilen Anstieg bestimmt die erforderliche Kalorienmenge eingebüßt. Danach ging es auf und ab, aber durchaus gehbar bis zu meinem Ziel Zubiri. Ich war übellaunig und schwieg verbissen, auch wenn andere an mir vorübergingen und freundlich grüßten. Woher meine miese Laune plötzlich kam, wusste ich aber nicht. Über die Puente de la Rabia, Tollwutbrücke, wanderte ich, nach etwas über 20 km, in den Ort ein. In meinem Wanderführer stand hierzu, dass die Einwohner im Mittelalter ein an Tollwut erkranktes Tier dreimal über die Brücke laufen ließen und die Krankheit damit geheilt gewesen wäre. Wer denkt sich solche Storys aus? Leise lächelnd über diesen Blödsinn, bog ich auf die Hauptstrasse, der "Calle Mayor", ein und folgte dem nun ansteigenden Pilgerstrom in die hiesige Herberge. Eine seltsame Eigenart dieses Weges, die immer gleich war.

Man marschierte stundenlang durch die Gegend, ohne auch nur einen anderen Pilger zu sehen und wenn man am Etappenziel angekommen war, muss man vor lauter Heiligen um einen Schlafplatz bangen. Die Masse bog in ein umzäuntes Gelände ein auf dem zwei Gebäude standen. Zu rechter Hand eine alte Schule mit vergitterten Fenstern. Es schien fast so, als wären die Schüler hier zu Hauf von der Schule geflüchtet. Auf der linken Seite ein kleineres gedrungenes Häuschen, in dem die Duschen und Toiletten untergebracht waren. Ich suchte mir sofort ein Bett und bekam zu meiner großen Freude das erste vor der großen Eingangstüre. Mein Fluchtgedanke war wahrscheinlich genau so ausgeprägt, wie der der Schüler, die einst diese Schule besuchten. Und als Zugabe zog unter mir im Etagenbett eine wunderschöne Neuseeländerin ein. Natürlich kamen wir sofort ins Gespräch. Nach der gegenseitigen Vorstellung war natürlich meine erste Frage." Du bist doch noch keine 25, Claire. Was machst du auf dem Jakobsweg?" „Natürlich das gleiche wie Ruth aus Jerusalem und Mike aus Texas" sie deutete auf ein Pärchen unweit von uns, „wir wollen billig durch Spanien kommen!" Ich war verblüfft. „Das ist euer Grund?" „Du würdest dich wundern, wie viele der hier Anwesenden genau aus diesem Grund hier sind", war ihre schlagfertige Antwort. „Jede Unterkunft kostet pro Nacht 5 Euro, wenn du kommunale Einrichtungen nutzt. Ein paar auf dem Weg sind sogar vollkommen kostenlos. Du darfst nur keine großen Erwartungen haben. Eine Matratze und eine Möglichkeit zu essen und sich zu waschen gibt es immer." Ich staunte nicht schlecht. Da könnte man tatsächlich eine Marktlücke füllen. Ein Reisebüro für Pilgerwege.

„Jakobusreisen! Wir buchen, Sie fluchen!" wäre doch ein genialer Werbeslogan. Immer noch lächelnd ging ich duschen und wollte nach dem Betreten des Traktes sofort wieder flüchten, weil ich dachte, ich wäre durch die falsche Türe gegangen, als eine nackte Frau vor mir stand, bis ich erkannte, dass hier Männchen und Weibchen in stiller Eintracht nebeneinander unter dem Wasserstrahl standen. Ich zog mich zurück, da dies für mich überhaupt nicht ging. Diesen Schatten konnte ich lange nicht überspringen. Ich wartete eine Stunde, fand dann endlich eine menschenleere Dusche vor und wusch mich und meine Kleidung in Hochgeschwindigkeit. Draußen fand ich nirgends eine Möglichkeit, meine Wäsche aufzuhängen. Mary hatte mir aber, in weiser Voraussicht, eine kleine Leinenspule eingepackt. Ich befestigte sie einfach am Zaun und hängte meine komplette Wäsche zum Trocknen auf. Durch die große Hitze und den stetigen Wind war alles innerhalb von zwei Stunden knochentrocken und ich legte ein sauberes Set zurück in die Folientüte, aus der ich meine frische Wäsche entnommen hatte. „Terence du bist ein Genie!" dachte ich während des Eintütens. Jetzt wollte ich meine Leine holen, doch die war schon wieder voll belegt. Sehr unkompliziert hier. Kurz gesagt, ich bekam meine Leine nicht wieder, war aber zukünftig genauso unverfroren und nutzte die freiwillig oder auch unfreiwillig angebotenen Möglichkeiten, Wäsche zu trocknen. Mein Abendmahl, ein Croissant und ein Liter Wasser, war schnell verputzt. Ich war hundemüde und um halb Neun bereits im Bett. Ich wurde auch nicht wach, als die anderen zu Bett gingen. Um zwei Uhr wachte ich plötzlich auf.

Ich hatte Magenkrämpfe und mir war übel. Leise schlich ich aus dem Haus, rannte über den Hof zu den Toiletten und übergab mich. Rechtzeitig erkannte ich noch, dass mich meine Nahrung zur selben Zeit hochverdünnt auch auf dem normalen Weg verlassen wollte. Dieses Hin und Her passierte mir noch zwei Mal, dann war der Anfall vorüber. Um drei Uhr lag ich wieder im Bett und ich konnte tatsächlich problemlos weiterschlafen. Pünktlich um fünf Uhr läutete leise mein Handywecker und ich verließ ganz alleine die Unterkunft. Beim Anziehen zitterten meine Hände und ich wusste was mich die nächsten Tage erwartete. Der Entzug hatte begonnen.

Schlechter Tag

Ich begab mich, trotz düsterer Stimmung, auf den Weg und wartete einfach mal ab wie es weitergehen sollte. Ich konnte ab jetzt nur reagieren und als Arzt wusste ich auch, dass es unter Umständen auch gefährlich werden könnte. Selber schuld, jetzt half alles Jammern nichts. Viel trinken, wenig essen. Trotzdem auf ausreichend Kohlehydrate achten. Mein Durchfall wurde schlimmer und ich musste öfter einen Wald oder ein Feld aufsuchen. Und nochmals ein heißer Dank an meine Mary, die auch an Klopapier gedacht hatte. Ich marschierte stur weiter. Seltsamerweise war ich seit Stunden unterwegs, sah aber keine Menschenseele. Die Pfeile auf dem Weg zeigten mir, dass ich mich nicht verlaufen hatte. Ich machte häufig Pausen, obwohl die Etappe heute nicht sehr schwer war und zwang mich viel zu trinken. Es half alles nichts. Kurz nach Iroz und 10 km vor meinem Ziel Pamplona, klappte ich am Straßenrand zusammen. Der Rucksack dämpfte meinen Sturz und ich war sicherlich nur kurz bewusstlos, schon war eine große Person über mich gebeugt, obwohl ich kurz vorher weit und breit niemanden gesehen hatte. Als sich mein Blick aufklarte, erkannte ich, „Mordecai! Was machen Sie hier?"

„Na, mich um einen Mitpilger kümmern, dem es momentan sehr schlecht geht," antwortete er lächelnd, obwohl seine Augen ernst blickten. „Jaden, was ist los mit dir?"

„Nur ein kleiner Schwächeanfall", gab ich schnell zur Antwort.

„Du siehst schrecklich aus!" „Da ist nichts, liegt wohl an der Hitze!"

„Na ja, vor zwei Tagen gingst du, zwar jammernd, aber doch voll Elan, über die Pyrenäen und heute klappst du bei dieser leichten Etappe zusammen."

„Ich habe wahrscheinlich zu wenig getrunken und zu selten Pausen gemacht, da kann das schon mal passieren!" Er sah mich ungläubig an, sagte aber weiter nichts, sondern gab mir aus seiner Wasserflasche zu trinken. „Das ist aber kein reines Wasser" sagte ich ihm nachdem ich getrunken hatte. „Ich gebe immer ein paar Kräuter hinzu, die ich auf dem Weg finde" „Die wirken gut, ich fühle mich schon deutlich besser." und das stimmte. Die Übelkeit und der Schwindel, die mich die letzten Kilometer begleitet hatten, waren verschwunden. „Sie kennen sich mit Kräutern gut aus!" „Mit Kräutern und Krankheiten, Jaden! Du zitterst am ganzen Körper und dein Schweiß riecht nach altem Obst! Du bist nicht krank! Etwas will aus dir heraus, aber du willst es noch nicht loslassen. "Ich zuckte zusammen. „Jetzt ist alles wieder gut, vielen Dank Mordecai. Ich muss weiter, sonst erreiche ich mein Ziel heute nicht mehr. Machen sie es gut und nochmals Danke für das Getränk, es hat mir sehr geholfen." Ich flüchtete geradezu und war schnell wie nie auf der Piste unterwegs. Ich wusste, dass war sehr unhöflich, aber er hatte eine gruselige Art in mich hineinzuschauen, als wäre ich aus Glas und er Rasputin. Mir ging es wirklich besser, aber mein gesamter Körper vibrierte nahezu. In Pamplona angekommen, suchte ich mir ein Zimmer und hatte Glück in einer Seitenstraße ein angenehmes, kleines Hotel zu finden. Es war jetzt drei Uhr nachmittags und das Thermometer zeigte 42 Grad im Schatten. Ich lag auf meinem Bett und fror. „Was jetzt, Dr. Spooner?" Ich hatte entsetzliche Angst vor dem was kommen könnte und flüchtete aus dem Hotel. In einem "Supermercado" besorgte ich mir eine Flasche Whiskey und trollte mich zurück ins Hotel.

Ich setzte mich aufs Bett, köpfte die Flasche und nahm einen großen Schluck. Im nächsten Augenblick ekelte ich mich vor mir selbst und fing an zu weinen. Dazu, den Rest der Flasche wegzuschütten, war ich nicht in der Lage. Ich bemitleidete mich noch die ganze Nacht und die ganze Flasche lang. Um 6 Uhr früh ging ich in die Lobby und verlängerte meinen Aufenthalt um einen Tag. Ich telefonierte mit Mary und sagte ihr, dass ich mir den Fuß vertreten hatte und einen Tag Pause machen würde. Ihre Sorgen würgte ich lapidar mit dem Hinweis auf Männerschnupfen ab. Sie lachte, und das tat mir gut. Am Vormittag setzte ich mich auf die Placa Central und trank in dem Restaurant einen Café con Leche, in dem sich Jahrzehnte vor mir Ernest Hemingway die Kante gab. Seltsamerweise hatten alle alkoholisierten Autoren immer etwas Romantisches an sich. Sturzbetrunkene Ärzte hingegen eher etwas zum Kotzen. Ich schämte mich so ungemein für meinen Aussetzer, obwohl ich genau wusste, dass er kommen würde. Also versuchte ich es mit Vergebung. Ich vergab mir mein Versagen und versprach Besserung. Mordecai sagte, etwas wolle aus mir heraus und mein Schweiß röche nach altem Obst. Habe ich vielleicht Diabetes? Hier spricht man von Aceton Geruch und verfaulendes Obst riecht nach Aceton. Vielleicht sieht er aber andere Zusammenhänge. Jetzt wäre der Rat meiner Therapeutin Gold wert. Ich bedauerte erneut mein Verhalten Mordecai gegenüber und hoffte ihn noch mal zu sehen. Nachdem ich aber einen Tag Pause machte, würde ich die Chance vielleicht nie wiederbekommen. „Nicht zurückschauen", befahl ich mir leise selbst und machte mich auf den Weg ins Hotel.

Im Zimmer öffnete ich meinen Rucksack, kramte mich bis zum Boden durch und zog ein kleines Mäppchen hervor. Dies war mein Notfallplan, wenn der kalte Entzug zu einem Warmen werden sollte. Aus dem Mäppchen holte ich eine Probepackung Distraneurin, dass ich vor kurzem von einem Pharmavertreter zur Akutbehandlung von Entzugserscheinungen meiner Patienten bekommen hatte.

Noch mal von Vorne

Das Distra half und ich konnte gut schlafen. Ich hatte keinerlei Bedürfnis Alkohol zu trinken, was aber eher an meiner seelischen Verfassung vom Vortag lag. Mein Zimmer hatte ich schon gestern bezahlt und so konnte ich einfach um 5 Uhr früh, an der leeren Rezeption vorbei, auf die Straße treten und meinen Pilgerweg zum zweiten Mal beginnen. Meine Hände zitterten immer noch heftig, aber jetzt akzeptierte ich dieses Signal. Ich war immer noch nicht der Schnellste auf der Piste, aber ich hatte plötzlich Zuversicht und das tat gut. Fast schon fröhlich wanderte ich durch einen dunklen Park am Rande der Altstadt und wäre vor Erschrecken beinahe in die Büsche gefallen, als mich eine Hand von hinten ergriff und festhielt. Ich drehte mich hastig um und hätte die alte Frau, die hinter mir stand, beinahe mit meinem Rucksack ins Jenseits befördert. Sie wich aber geschickt aus und begann mir eine Story ans Knie zu nageln, die ich auch nicht verstanden hätte, wäre sie der englischen Sprache mächtig gewesen. Die Geschwindigkeit mit der diese geschätzte Hundertjährige sprach, hatte für mich nicht mal ansatzweise mit einer reellen Sprache zu tun. Gott sei Dank zog und zerrte sie mich gleichzeitig zurück und jetzt erkannte ich, dass ich mich einfach nur verlaufen hatte. Nun musste sie mich nicht mehr zerren, weil ich ihr freiwillig folgte. Hatte die keine Angst? Wobei, normalerweise sind es alte Säcke, die junge Mädchen im dunklen Wald überfallen und nicht alte Weiber, die einen alten Sack zu Boden reißen. Die passt voll in meinen heutigen Tag. Ich lachte in mich hinein, als sie auf dem Rückweg zusammen mit mir noch drei weitere Blindgänger auffing und auf den richtigen Weg führte.

Wir vier waren wieder korrekt unterwegs, lachten gemeinsam und schon war ich wieder alleine, weil keiner von den anderen so langsam wie ich gehen konnte ohne umzufallen. Mein heutiges Ziel war Puente la Reina, was übersetzt "Brücke der Königin" hieß. Ich war gespannt was mich erwarten würde. In einer kleinen „Alimentacion", kaufte ich mir zwei Liter Wasser und zwei Croissants. Das werde ich durchhalten. Das Wasser war gut und das Croissant ebenfalls. Gestärkt ging ich nun auf einen Bergrücken zu, der übersäht war mit Windrädern. Das war in Spanien immer paradox. Auf der einen Seite stiegen die Lastwagenfahrer zum Mittagessen von ihren Böcken und ließen den Motor laufen, auf der anderen Seite setzten sie, vollkommen auf die Natur bedacht, auf Windenergie. Ich wiederhole nicht das gallische Zitat, es würde aber zutreffen. Der Aufstieg auf den „Monte de Perdon" war sehr lange und mühselig. Oben angekommen erschlug mich ein gemauertes Monument und die rostigen, über mannshohen Figuren, die einen Pilgerzug samt Esel darstellen sollten. Der kleine Platz, verziert von genannten Windmühlen, war überfüllt mit Pilgern und Touristen, die mit ihren Autos hier hochgefahren waren. Ich rastete nur kurz, weil ich soziophob wurde, wenn um mich herum zu viele Menschen waren. Die Aussicht von hier oben war aber die Strapazen wert. Bei schönstem Sonnenschein konnte ich fast über das gesamte Rioja blicken, so kam es mir vor. Vom Rioja kannte ich eigentlich nur den guten, satten Rotwein, der hier produziert wurde. Verdammt! Ich dachte schon wieder an den scheiß Alkohol. Verärgert watschte ich mich gedanklich ab, begab mich auf den Abstieg und der war nicht ohne.

Der Stockdiebstahl von Saint Jean hat sich bisher schon rentiert, aber bei diesem Abstieg war er Gold wert. Ohne meinen mittlerweile geliebten Wanderstab, hätte ich den Weg hinab nicht geschafft. Immer wieder zog es mir die Beine weg und immer wieder konnte ich mich mit dem Stab abfangen. Am Fuß des Berges angekommen, knutschte ich das lange, dürre Ding und ging auf der jetzt geteerten Piste weiter. Ab hier war es nur leicht abschüssig, aber der Abstieg von dem kilometerlangen Bergrücken steckte mir tief in den Beinen. Über Uterga und Marezabal ging es weiter. In Obanos fand ich ein kleines Restaurant auf der Strecke und gönnte mir einen Café con Leche. Hier gab es wahnsinnig viele Katzen, aber alle in einem miserablen Zustand. Knochendürr und, obwohl hungrig, immer auf dem Sprung. Also Tiere, die Hunger litten und Prügel gewohnt waren. Ich kaufte mir, trotz Diät, ein Bocadillo mit Schinken. Bald war ich umzingelt von Stubentigern und verteilte, hoffentlich gerecht, den Brotbelag. Ich streichelte die vielen Zecken auf den Katzen und machte mich wieder auf den Weg. Seltsames Volk, diese Iberer. Tragen jeden Sonntag die heilige Maria durch den Ort, haben aber keinerlei Respekt vor den Geschöpfen Gottes. Hinter Obanos führte der Weg hinab in eine kleine Senke und wieder steil nach oben. Dieses kurze Auf und Ab war der letzte Laufkiller kurz vor dem Ziel. Nach der Senke wurde es dann skurril. Stand da ein junger Farbiger mit seinem Fahrrad und verteilte Flyer an die Vorbeikommenden. Er grinste mich mit einem tadellos weißen Gebiss an und übergab auch an mich sein Pamphlet. Eine neue Herberge hatte am Rand von Puente la Reina eröffnet und machte auf sich aufmerksam.

Kann ja nicht schaden, da mal vorbeizuschauen. Die letzten Kilometer zogen sich unendlich und die Hitze wurde immer schlimmer. Wundersamerweise war mein Allgemeinzustand, bis auf das Zittern meiner Hände, aber sehr gut. Hier und jetzt schlapp zu sein war sicherlich normal. Gleich am Ortseingang sah ich die erste Herberge und laut dem Schild am Eingang auch die einzige. Etwas verunsichert wanderte ich daran vorbei. Kurz danach stand ich vor einem Kirchlein, das der Größe des Ortes nicht angemessen war. Neugierig öffnete ich das kleine Portal und war fasziniert von dem Bild das sich mir bot. Hier standen tatsächlich zwei Altäre. Einer geschmückt mit der Statue der Mutter Gottes, nach Osten zeigend und Richtung Süden ein tolles, geschnitztes Kreuz in Ypsilon Form, mit der typischen Christusfigur. Also Osten für die Frauen und Süden für die Männer. Vor jedem der Altäre standen jeweils fünf Sitzbänke, aber mehr als 30 Menschen hatten hier keinen Platz. Es war angenehm kühl und ich machte noch eine kurze Rast bevor ich die neue Herberge aufsuchte. Ein kleines Wegstück von der kleinen Kirche entfernt machte die schmale Gasse einen Linksknick und man ging durch einen kleinen Torbogen hinaus auf die Brücke der Königin. Und die machte ihrem Namen alle Ehre. Ca. 8 Meter breit und 50 Meter lang, hatte es den Eindruck, als wäre sie ausschließlich mit Ziegeln erstellt worden. Drei Bögen hielten das Gewicht über den Fluss. Im richtigen Winkel fotografiert ergaben die Bögen in der Spiegelung des Wassers einen perfekten Kreis. So! Laut Plan sollte jetzt nach 100 Metern die neue Herberge erscheinen.

Was mir dieser dunkelhäutige Schweinehund mit seinem Zahnpastalächeln verschwiegen hatte, war, dass diese 100 Meter eine steile, grob gekieselte Rampe ergaben. „Wenn der mich verarscht hat, gehe ich zurück und dreh ihm seinen dürren Hals um", dachte ich grimmig bei mir. Oben angekommen dominierte aber ein toller Neubau das große Plateau. Alles vergeben und vergessen! Ich war fasziniert. Im Gegensatz zu den Herbergen war dies geradezu ein Luxushotel. Die hatten sogar einen Pool im Garten. Ich schwankte in das Gebäude, und ging durch einen Speisesaal direkt auf den Schanktresen zu, da hier offensichtlich auch die Rezeption war. Gemütlich lehnte ein dicker, sympathischer Spanier an der Wand und ich sagte den einzigen Satz, den ich mittlerweile auf Spanisch konnte, „Perdon, Habitation libre?" Der Herbergswirt schaute mich einen Augenblick verwirrt an und brüllte dann vor Lachen. Mit einer Handbewegung umschloss er die gesamte Halle, während im vor Lachen die Tränen in die Augen traten. Ein Schwall Spanisch überspülte mich, aber trotz Unverständnis der Sprache, verstand ich was er meinte. Ich war tatsächlich der einzige bzw. der erste Gast des heutigen Tages. Er verlangte 15 Euro mit dem Hinweis, dass ein Abendessen mit im Preis enthalten wäre. Ich war selig, obwohl ich kein Abendessen wollte, drückte ihm vor Freude einen 20iger in die Hand und verzichtete auf das Rückgeld. Das war ihm aber zu viel. Er griff unter den Tresen und schenkte mir ein noch verpacktes, blaues T-Shirt, mit dem Namen der Herberge und der Angabe des Pilgerjahres. Da es ein Geschenk war, beschwerte ich mich nicht, dass ich ein Shirt vom letzten Jahr bekam.

Der große Schlafraum war in Parzellen von jeweils vier Stockbetten aufgeteilt und ich nahm das erste Bett nah an der Ausgangstüre. Diese Angewohnheit gab ich die ganze Zeit über nicht auf. So nach und nach, trudelten jetzt die nächsten Wanderer ein, aber der Andrang hielt sich in Grenzen. Anscheinend hatte der Flyer-Sklave zu früh aufgehört, denn ab 16 Uhr kam keiner mehr. Das gibt morgen bestimmt 20 Stockhiebe mit der Weidenrute. Meine Parzelle blieb mir ganz alleine erhalten, was sicherlich auch daran lag, dass ich meine stinkenden Wanderstiefel ganz vorne platziert hatte. Ich fand eine idiotensichere Waschmaschine, warf meinen kompletten Rucksackinhalt hinein und begab mich selbst zur Wäsche, nur ohne schleudern. Die saubere Kleidung musste ich nur eine Stunde an die bereitstehende Wäscheleine hängen, dann war sie bei einer gefühlten Temperatur von 100 Grad knochentrocken. Eigentlich wollte ich noch ein paar Runden im Pool drehen, aber das Wasser war so kalt, dass man Eisberge hätte züchten können. Bei dieser Außentemperatur war mir das ein Rätsel. Nach meinem Abendcroissant setzte ich mich noch kurz an die Bar, trank zur Abwechslung mal ein Agua con Gas, also Wasser mit Kohlensäure, und beobachtete die Gäste. Am Abend waren noch Radpilger eingetroffen und sorgten für Lautstärke. Ich mochte Radpilger nicht, weil die bergab mit einem Höllentempo an einem vorbeirauschten. Eine Klingel hat sich, wahrscheinlich aus Gewichtsgründen, jeder erspart. Man hörte nur das Surren der Räder hinter sich, bevor sie wortlos an einem vorbeirasten. Zur falschen Zeit ein Schritt zur Seite und es gab Hackfleisch. Ich verkroch mich in meinen Schlafsack und schlief trotz der Lautstärke sofort ein.

Julia

Am nächsten Morgen war ich wieder der Erste auf der Piste. Ich verschmähte den bereitgestellten Kaffee, füllte meine Wasserflaschen auf und warf mich in die Dunkelheit. Meine, mittlerweile gefundene, Stirnlampe leistete mir gute Dienste. Leider kam ich an keiner Bäckerei mehr vorbei und musste bis zur nächsten Ortschaft gehen, bis ich mein "Diätcroissant" bekam. Die ersten Kilometer zogen sich in einem endlosen Schlauch immer stramm bergauf und ich stöhnte unter dem Gewicht meines Tornisters. Am Ende des Anstieges, unterhalb einer Autobahnbrücke, musste ich dann anhalten weil mir kotzübel war. Neben mir warf eine junge Frau Ihren Rucksack ebenfalls ins Gras und setzte sich wortlos neben mich. „Das war ganz schön anstrengend", begann ich ein Gespräch. „Das kannst du laut sagen", entgegnete sie erschöpft. An ihrem Akzent erkannte ich, dass ich eine deutsche Pilgerin vor mir hatte. „Jaden" sagte ich und reichte ihr die Hand. Sie nahm sie, unerwartet kräftig, in die ihrigen und antwortete „Julia".

„An deinem Akzent höre ich, dass du Engländer bist!?" beantwortete sie im selben Satz ihre Halbfrage. „Ja, gut geraten und du bist Deutsche!" Ich traute mir, dies als Feststellung zu deklarieren. „Sehr gut! Ist mein Englisch so miserabel?"

„Nein, bisher hälst du dich ganz gut, aber Deutsche versuchen immer in Perfektion zu sprechen und genau das hört man dann heraus." Sie lächelte verstehend. „Und was machst du so, wenn du nicht pilgerst?" fragte sie mich geradeheraus.

„Ich bin Arzt," war meine ehrliche Antwort, „und was machst du so?"
wollte ich jetzt meinerseits wissen. „Ich bin Polizistin in München" Jetzt
war ich beeindruckt, denn sie hatte eine eher zierliche Figur, ohne aber klein
zu sein. Es ist zwar kein Kunststück, aber sie war doch um einiges größer
als ich. Ich machte mit der typischen Frage weiter. „Warum geht eine junge
Polizistin auf Pilgerschaft?" Sie überlegte offensichtlich, ob sie einem
Wildfremden ihr Geheimnis anvertrauen sollte, aber nachdem ich mich als
Arzt zu erkennen gab und sie mir wahrscheinlich dahingehend vertraute,
sagte sie schließlich: „Ich war im Juli beim G-20 Gipfel in Hamburg
eingesetzt und wurde am zweiten Tag von einem Pflasterstein am Unterarm
getroffen." Sie krempelte ihr Hemd am rechten Unterarm nach oben und
zeigte mir eine relativ frische, längere Narbe, die sich vom Handgelenk ca.
15 cm Richtung Ellbogen zog. Die Naht war gut abgeheilt, hatte aber noch
die typische bläulich-rosige Verfärbung einer jungen Wunde. „Ich hatte
eine offene Fraktur von Elle und Speiche, die mit einer Platte fixiert wurde.
Deswegen kann ich jetzt schon relativ gut das Gewicht des Rucksackes
tragen." Ich war tief beeindruckt. „Ich habe die Bilder im Fernsehen
gesehen und hatte das Gefühl mitten in ein Kriegsgebiet zu sehen." „Ja
genau, das war es auch. Krieg!" Ihre Stimme war jetzt belegt und sie tat mir
unendlich leid. „Stell dir vor Jaden, du wärst im alten Rom. Wir wurden wie
eine Herde in die Arena getrieben. Gegenüber von uns schwarzvermummte
Gestalten, zu allem bereit. Das war nackter Hass!" Sie unterbrach sich kurz
und schluckte, „das Schlimmste aber waren die Zuschauer um uns herum.

Alle hatten ihre Handys hoch über den Kopf gehalten und feuerten die schwarze Masse an. Dass an diesem Tag keiner gestorben ist, war ein reines Wunder!"

„Mein Gott, wie hast du das verkraftet?" war meine bange Frage. „Ich bin hier, wie du siehst und am Ende des Weges werde ich es wissen." Völlig überraschend fragte sie mich dann, „hast du was dagegen, wenn ich ein bisschen mit dir zusammen gehe?" Ich lachte „so langsam wie ich gehe, wird dir bald langweilig werden" "Ach wo. Etwas Speed rauszunehmen tut mir ganz gut." Wir zogen uns gegenseitig hoch und gingen langsam weiter. „Da wurden ja mehr als 400 Polizisten verletzt", sponn ich den Faden weiter. „Wer kümmert sich um die seelischen Verletzungen?" „Wir wurden natürlich von Psychologen betreut, aber die Narben, die man nicht sieht, bleiben trotz vieler Gespräche haften. Ich glaube aber, dass es ein langer Prozess wird, um so etwas zu verkraften. Vor einem Jahr war ich auch in München bei einem Amoklauf eines jungen Mannes vor Ort. Der hat mehrere Kinder, Jugendliche und Erwachsene hinterrücks erschossen." Ich erschauerte, „Du meine Güte, ich habe als Arzt natürlich auch schon vieles gesehen, aber ich weiß nicht, ob ich so etwas ertragen könnte." Sie sah mich ernst an, „ich bin nicht naiv und ich wusste was ich tat, als ich zur Polizei ging. Ich will auch nichts verdrängen und deshalb spreche ich auch darüber." Ich nickte, da ich verstand. „Weißt du, mein Sohn ist auch Polizeibeamter und ich danke meinem Herrgott, dass ihm so etwas noch nie passiert ist und ich bete darum, dass das nie der Fall sein wird.

Da er außerhalb von London arbeitet, hat er einen eher ruhigen Job.". Jetzt lächelte sie, „Ehrlich gesagt, habe ich immer Angst gehabt, dass es langweilig werden könnte, aber das war nie der Fall. In der Ausbildung wurde uns angehenden Polizisten immer wieder erklärt, dass 80% aller Beamten ihre Waffe im Laufe ihrer Dienstzeit nie ziehen müssen. Ich musste, seit ich in München eingesetzt war, häufig meine Waffe ziehen. Meist in der Nachtschicht. Ich glaube, die müssen die Statistik unbedingt überarbeiten." Wir gingen eine Zeit lang schweigend nebeneinander her und sie genoss meinen langsamen Schritt offensichtlich. Julia rauchte auch und wir bewunderten uns gegenseitig, dass wir es trotz des Mühsals immer noch schafften, eine Zigarette nach der anderen in unseren Lungen zu parken. Plötzlich brach es aus ihr heraus, „mach es doch wie ich, wenn ich am Cruz Ferro bin lege ich meine Zigaretten ab und höre auf!" „Geht nicht", antwortete ich ihr ernst, „ich habe schon einen Stein dabei." „Dann binde die Schachtel doch einfach auf deinen scheiß Stein!" Ich lachte, „das wäre wirklich mal was ganz Neues auf diesem Hügel! Ich werde es mir überlegen, aber wenn mein Husten weiter so zunimmt, erreiche ich dieses Kreuz gar nicht mehr." Jetzt war sie am Lachen. „Dann hast du ja mehr Grund als ich, das Zeug loszuwerden." Unsere Stimmung war jetzt deutlich entspannter, aber ich wusste, irgendetwas wollte noch raus aus ihr. Ich gab ihr die Zeit. Das musste ja nicht heute und schon gar nicht bei mir sein. Vor Lorca zog der Weg nochmals stramm an und wir kamen wegen der starken Steigung ganz schön ins Schwitzen.

Es ging wild durch die Prärie, aber der Weg war passabel und sehr schön. Die meiste Zeit gingen wir schweigend, hielten ab und zu inne um die schöne Landschaft zu bewundern, ohne dem anderen zu sagen, dass man eigentlich nur eine kurze Pause brauchte. In Lorca machten wir Rast und ich bekam endlich mein erstes Croissant. Als ich Julia meine Diät erklärte, lachte die sich im wahrsten Sinne des Wortes einen Krampf. „Du bist wirklich Arzt?"

„Ja! Ich weiß! Klingt ultra dämlich, aber eigentlich war es ja bei Wasser und Brot, aber das Brot in diesem Land ist ungenießbar." " Trotzdem total verrückt! Sag mal, bist du wegen einer Krankheit hier unterwegs?"

„Warum fragst du?" "Na, deine Hände zittern stark und ich kenne das von meinem Vater, der hat Parkinson" Ich stutzte, konnte aber unmöglich mit der Wahrheit herausrücken. „Es gibt viele Gründe für einen Tremor und einen davon habe ich. Es ist aber nicht Parkinson." Etwas verwundert sah sie mich an, sagte aber nichts dazu. "Ich habe dir doch von dem Amoklauf in München erzählt, der im Olympia Einkaufszentrum?" "Ja, ich erinnere mich." Ich wusste, jetzt kommt das Unsägliche, das in ihr schlummerte. "Ich war mit der zweiten Streife vor Ort, das hieß vier Beamte und bedeutete sofortiges Eingreifen." Sie zögerte kurz und sah zur Seite. "Du musst verstehen, Jaden, während alle wegrannten, was ja ein natürlicher Trieb ist, mussten wir da rein! Wir gingen in der sogenannten "Diamantenformation" mit gezogener Waffe in alle Richtungen sichernd. Zu dem Zeitpunkt hieß es: "mehrere Bewaffnete im Gebäude!" Sie zögerte wieder und ich merkte wie schwer es ihr fiel weiter zu sprechen.

"Einer sicherte nach rechts, der andere nach links, ich nach vorne und der vierte Kollege nach hinten. Es gab nur einen Nachteil. Es gab auch noch ein oben und ein unten, weil dieses Gebäude drei offene Stockwerke hatte. Wir konnten praktisch von allen Seiten angegriffen werden. Ich hatte noch nie in meinem Leben so eine Angst." Jetzt stockte sie und ich merkte wie sie einen psychologischen Anlauf nahm, um die Geschichte zu beenden. „Wir bewegten uns praktisch Rücken an Rücken. Immer wieder stürzten Menschen aus ihren Verstecken und wir mussten uns zusammenreißen, um nicht sofort zu schießen. Aus den Schaufenstern schauten uns die entsetzten Gesichter von Leuten an, die sich in den Läden verschanzt hatten. Immer wieder hörten wir Schreie aus allen Richtungen und konnten daher unsere Formation nicht verlassen, da wir nur zu viert waren und unbedingt zusammenbleiben mussten. Teilweise war es wieder gespenstisch still, einfach bizarr. 20 Minuten dauerte es, bis das Sondereinsatzkommando mit der richtigen Ausrüstung vor Ort war und wir uns zurückziehen konnten. Jetzt nahm ich auch die Leichen wahr, die auf unserer Strecke lagen. Vorher hatte ich die total verdrängt." Jetzt war es raus und ich wusste, alles was ich jetzt sagte, konnte sehr, sehr wichtig für sie sein. "Ich bewundere deinen Mut und den deiner Kollegen. Ihr musstet entgegen aller natürlichen Veranlagungen in die Gefahr hineinlaufen, anstatt davon weg. Und dieses Überwinden, zeugt von einer Stärke, die man nicht trainieren kann, sondern entweder hat oder nicht. Ich bin mir sicher, dass es genau diese Stärke bei dir ist, die dir aus dieser Krise helfen wird!" Sie schaute mich lange an, als würde sie prüfen ob das aufgesetzt war oder ehrlich.

Aber es war aus meinem tiefsten Inneren ehrlich und das sah sie auch. Jetzt grinste sie auf einmal. "Aufgeht`s du Faulpelz, der Rest bis Estella läuft sich nicht alleine." Den übrigen Weg war sie richtig überdreht und lachte viel, auch über meine schlechten Witze, was ich ihr hoch anrechnete. Sie sprach mich nicht wieder auf mein Zittern an. In Estella war in der ersten Herberge nur noch ein Bett frei und galant überließ ich ihr den Platz. Wir verabschiedeten uns kurz und sollten uns bis Santiago nicht wiedersehen. Ihre Geschichte machte mich total fertig und ich hatte den starken Drang, dies als Anlass für eine Flasche Hochprozentigen zu nehmen. Jetzt war ich dran, nicht vor der Gefahr zu flüchten! In Herberge Nummer zwei, fand sich ein Bett für mich und der Gedanke ans Trinken kam nicht mehr auf.

Schwere Tage

Die Nacht verbrachte ich sehr unruhig. Zum einen hatte ich wirre, ja geradezu verrückte Träume und zum anderen hatte irgendein Bettnachbar Schlafapnoen, die sein impertinentes Schnarchen fast eine Minute unterbrachen. Der Notfallmediziner in mir wollte ungefähr 20 Mal in dieser Nacht mit der Reanimation beginnen. In der Früh zitterten nicht nur meine Hände, sondern mein ganzer Körper. Es war von Vorteil, dass der Weg zwar kontinuierlich, aber nur leicht anstieg. In Ayngui kaufte ich meine Diätutensilien, plus zwei Liter Wasser und stellte fest, dass ich das zusätzliche Gewicht heute mehr wahrnahm als die letzten Tage. Mein kompletter Körper schmerzte, als wäre jeder Muskel entzündet und alle Knöchel gebrochen. Nach ein paar Kilometern wurde es zwar leicht besser, aber dennoch störend. Meine Laune sank auf einen rekordverdächtigen Tiefpunkt und das „Buen Camino" der Vorbeilaufenden erwiderte ich nur mit einem Grunzen. Ich wollte mit keinem reden, nicht mal mit mir selbst und steckte meinen Kopf während des Gehens zwischen meine Schultern, um jeden Versuch mich anzusprechen im Vorfeld zu verhindern. Immer wieder kamen mir Bilder von Früher in den Sinn. Meine Ausbildung zum Arzt verlief nicht immer glücklich. An meinem ersten Assistenztag auf der Intensivstation waren Kollegen und Pflegepersonal im Kaffeeraum zur Schichtübergabe und ich sollte nur die Monitore überwachen. Eigentlich keine schwere Aufgabe, bis ein Beatmungsgerät Alarm gab. Ich begab mich ins Krankenzimmer und sah, dass sich ein Schlauch am Gerät gelöst hatte und der Patient nicht beatmet wurde.

Schnell ergriff ich das Ding und wollte es eigentlich nur wieder an seinen Platz stecken, doch es gab zwei Möglichkeiten. Ohne Nachzudenken, der Hauptgrund für Fehler, verband ich den Schlauch mit der untersten Anschlussstelle. Der Alarm hörte auf und ich wollte schon zufrieden aus dem Zimmer gehen, als ich bemerkte, dass der Patient zwar mit Luft befüllt wurde, aber keine Ausatmung möglich war. Bis ich eingreifen konnte, hat die Maschine schon zwei Atemzüge durchgeführt. Ich stöpselte den Schlauch an die obere Tülle und schon entwich die komplette Luft wieder aus der Lunge des Patienten. Aus seinem Mund kam ein feines blutiges Rinnsal. Hinter mir kam der Oberarzt ins Zimmer und sah sofort was ich getan hatte. Sein Schreien erfüllte die komplette Station und meine gestammelte Entschuldigung ging darin unter. Der Patient verstarb am nächsten Tag, zwar nicht durch mein Fehlverhalten, aber ab dem Zeitpunkt durfte ich nie wieder alleine in ein Patientenzimmer. Mir wurde immer wieder versichert, dass ich keine Schuld am Tod des Mannes hatte, ihm wurde immerhin mehr als die Hälfte seines Gehirnes, nach einer massiven Blutung, entfernt, aber ein mulmiges Gefühl begleitete mich lange Zeit. Mit diesen tristen Gedanken stakste ich durch die Gegend und obwohl sich die Sonne und auch die Natur sehr viel Mühe gaben, wurde es nicht besser. Nach zwei Stunden, Höhe Azqueta, hatte der Weg beschlossen mir den Garaus zu machen. Nach Villamayor de Monjardin, was übersetzt „Hauptstadt des Gartens" heißt, führte ein steiler Pfad und mittendrin blieb ich stehen, weil ich körperlich und seelisch nicht mehr konnte.

Ich sah mich verstohlen um und als ich sah, dass meilenweit um mich herum keine Menschenseele war, setzte ich mich heulend auf den Boden.

Ich schnallte nicht mal meinen Rucksack ab und ließ die Tränen einfach laufen. Halt`s Maul Terence, ab und zu muss man sich selbst bedauern. In meinem Geist hörte ich die Stimme meines besten Freundes: „Kein Problem, Alter. Heul dich aus, du Prototyp des Softies. Du wirst aber feststellen, dass der Berg nicht flacher wird. Du könntest natürlich auch umkehren, aber auch hier wirst du Berge vorfinden, die du überwinden musst. Denk nach Jaden! Das ist dein Leben, genauso wie das Leben aller Menschen. Irgendwann kommt ein Hindernis und da muss man vorbei, ob es einem passt oder nicht. Und was wäre unser Leben ohne die Berge? Flaches, langweiliges Land und kein Mensch erkennt wo er steht, weil alles gleich aussieht. Jetzt überwinde diese verdammte Hürde und alle, die noch kommen, dir bleibt nämlich gar nichts anderes übrig!" Ich schämte mich angemessen, richtete mich langsam wieder auf, sah mich nochmals um und ging langsam weiter. Der Frust war nicht weg aber leichter erträglich, auch mein Rucksack fühlte sich leichter an. Trotzdem machte es mir der Weg nicht einfacher. Ich schleppte mich in die Hauptstadt des Gartens und war unversehens schon wieder durch. Villa Mayor de Monjardin zeigte deutlich, dass der Name länger war als der Ort. 10 Häuser, eine Kirche ergaben eine Hauptstadt. Fast hätte ich gelacht, aber eigentlich wollte ich einen Kaffee. Nichts da! Weiter im Text. Die Hitze nahm zu, meine Kraft linear ab. Am Ende des Abstiegs kam der Ort Urbiola, der genauso ausgestorben wirkte wie das Kaff davor.

Ich setzte mich am Ende des Ortes, auf dem Grundstück eines Aussiedlerhofes, auf eine Bank und wartete zwei Zigaretten lang auf meine Motivation.

Die war aber wahrscheinlich schon vor 5 km tödlich verletzt im Straßengraben gelandet. Sarkasmus war noch nie meine Stärke und ich überlegte jetzt tatsächlich hier und jetzt meine Isomatte auszurollen, um 24 Stunden zu schlafen. Während ich so vor mich hin sinnierte, näherte sich der Besitzer des Hofes inkl. des Grundstückes und der Bank, auf der ich mich niedergelassen hatte. Wahrscheinlich holt der jetzt seinen Hofhund und staubt mich von seinem Grund und Boden. „Prima" dachte ich bei mir, „das wäre genau die Motivation, die ich jetzt brauchen kann. Mit dem Köter im Rücken wäre ich als erster in Los Arcos und krieg sicher ein Bett." Aber nichts dergleichen geschah. Er sprach mich freundlich im üblichen Maschinengewehrspanisch an und lächelte dabei. Also böse war er mir nicht gesonnen, soviel stand fest. Ich machte ihm mit Gesten klar, dass ich kein Wort verstand und nur eine Pause brauchte. Ich deutete auf meinen Rücken und meine Beine und verzog theatralisch mein Gesicht. Er lächelte freundlich und machte sich von seinem Acker. Nett sind sie ja alle, aber auf eine herrliche Art und Weise auch ganz schön verdreht. Ich wollte gerade wieder aufstehen, da blieb neben mir knatternd ein John Deere Traktor stehen. Ich wusste, dass diese Traktoren eigentlich grün sind, aber dieses Vehikel bestand tatsächlich nur noch aus rotem Rost. Der freundliche Bauer lachte mir vom Bock runter zu. Wieder gab es eine Salve Spanisch, nur der Satz endete mit dem Wort „Los Arcos". Da wunderte sich sogar der brave Landwirt, wie schnell ein Brite auf einen Trecker springen konnte, obwohl er vorher scheintot war. Er lachte schallend und gab Gas. Als wir so nach und nach Pilger um Pilger überholten, duckte ich mich scheinheilig, um von keinem gesehen zu werden.

Die würden sich sowieso noch wundern, wenn sie in der Herberge ankommen und der bekanntlich Langsamste unter ihnen schon im Bett lag. Am Ortseingang von Los Arcos ließ mich der nette Bauer absteigen, schrie laut „Ultreia" und knatterte von dannen. Ich wünschte ihm 10 Lottogewinne hintereinander und einen neuen Traktor, denn der alte brach offensichtlich in der nächsten Stunde zusammen. Ich stand kurz da, sortierte meine durchgeschüttelten Knochen nach Lage und Position und zog in den Ort ein. Ein nettes Örtchen empfing mich mit 32 Grad Hitze und ich begab mich auf die Suche nach einem gelben Pfeil, damit ich wieder auf den offiziellen Weg kam. Das dauerte tatsächlich ein Weilchen, weil die kleine Gasse in die der offizielle Jakobsweg mündete, weitab von der Hauptstraße lag, auf der ich abgesetzt wurde. Langsam schritt ich durch die enge Häuserschlucht und suchte nach einer Herberge. Ich wurde schnell fündig, weil vor einer Gassenabzweigung ein Schild mit der Aufschrift „Casa Austria 20 m" stand und ein Pfeil die Richtung nach rechts vorgab. Die Angaben waren korrekt und nach einer Minute stand ich in einem kleinen Vorbau, der liebevoll bemalt war. Aus dem Inneren hörte ich eine weibliche Stimme im schönsten Austriaenglisch ala Arnold Schwarzenegger. Aha! Daher der Name. Diese nette Herberge war tatsächlich unter österreichischer Leitung und, was ich später erfuhr, auch in deren Besitz. Sie hieb lachend ihren Stempel in meinen Pilgerausweis und zeigte mir meine Bleibe. Dank meines erschummelten Tempos, hatte ich den Vorteil einer der ersten zu sein und war wieder nah am Ausgang. Ich ging, mit Wasser und Croissant bewaffnet, in den Innenhof.

Dort fand zu meinem britischen Entzücken einen kleinen künstlichen Bachlauf vor, in dem eiskaltes Wasser angenehm vor sich hinplätscherte. Ich setzte mich an den Rand und tauchte meine geschundenen Füße ins kühle Nass. So nach und nach taumelten die nächsten Herbergssuchenden ein und mich trafen erwartungsgemäß einige erstaunte Blicke. Man kannte sich nicht, aber man sah sich doch jeden Tag. Am frühen Abend sah ich dann, wie sich einige von ihnen vor der Haustüre trafen und fragte neugierig was sie denn vorhatten. „In der örtlichen Kirche gibt es heute Abend einen Pilgergottesdienst", wurde ich aufgeklärt. Da unterhaltungsmäßig wenig Alternativen zur Verfügung standen, schloss ich mich den Kirchgängern an und setzte mich, natürlich, ganz hinten an den Ausgang. Diese Kirche bestand ab dem Altar aus reinem Gold. Das schien nicht nur so, sondern das war so. Es war dunkel im Gotteshaus, aber die Wände und Fresken strahlten nur so von dem Edelmetall. Jetzt war mir klar, warum auf der kompletten Strecke keine Kirche offen war. Zudem hatten sich die armen spanischen Bauern das Gold damals schwer erschuftet. Ich lief Gefahr mich wieder in Wut zu denken, aber just in dem Augenblick setzte der Chor ein und sang ein wunderschönes Lied, das ich nie und nimmer als Kirchenlied erkannt hätte. Irgendwie klang es wie die Volkslieder auf Hawaii. Nicht so dumpf und schwer wie in meiner Heimatkirche. Ich zückte meinen Fotoapparat und versuchte ohne Blitz zu fotografieren, was natürlich unmöglich war. Andrerseits wollte ich auch nicht unangemessen erscheinen. Ich wartete also das Ende der Messe ab und blieb einfach sitzen. Jetzt konnte ich in aller Ruhe den pompösen Altar und das Drumherum aufnehmen.

Später wurde mir erzählt, dass die anderen Pilger vom Pfarrer noch zum Essen eingeladen wurden und einen Extrasegen ergattern konnten. Der Segen war mir jetzt nicht so wichtig, aber für das Abendessen hätte ich meine Diät schon unterbrochen. So saß ich still im Garten, bei Wasser und Croissant und las in einem Readers-Digest, den ich in der kleinen Bibliothek gefunden hatte. Endlich mal etwas anderes tun als gehen, essen und schlafen. Ich verschlang die mittelmäßigen Storys wie einen Bestseller und aus einem, für mich wirklich nicht nachvollziehbaren Grund, fand ich dieses Buch am nächsten Abend in meinem Rucksack wieder. Dafür fehlten aus meiner Geldbörse 10 Euro. Ist schon erstaunlich, welche seltsamen Sachen hier passieren. Auch in dieser Nacht wurde ich von Alpträumen gebeutelt und wachte vor dem Wecker auf. Ich schlich mich nach der Katzenwäsche vor die Türe und ging in depressiver Stimmung los. Einzig meine Hände schienen einen guten Tag zu haben, da sie nicht so extrem zitterten wie die Tage vorher. Erfreulich war auch, dass ich keinen Gedanken an Alkohol verschwendete. Ich machte mir aber keines Falls die Hoffnung, dass dieses Problem schon erledigt wäre. Da ich gut eine halbe Stunde früher unterwegs war als die Tage zuvor, dauerte es auch länger bis zum Sonnenaufgang. Folglich verlief ich mich zweimal, merkte es aber Gott sei Dank immer sehr früh. Der Weg stieg kontinuierlich an und nicht zum ersten Mal fragte ich mich, wann dieses verdammte Land endlich mal flach werden würde. Höhe Torres del Rio ging es ca. 50 Höhenmeter steil nach unten, um dann sofort um 150 wieder steil anzusteigen. Ich hatte morgens vergessen in meinen Reiseführer zu sehen und übersah, dass ich in Torres del Rio die letzte Möglichkeit für die nächsten 20 km hatte um einzukaufen.

Als ich es merkte, war ich schon 5fünf km von diesem Ort weg und ich weigerte mich umzukehren. Wasser hatte ich genug und meine zwei Croissants konnte ich auch später in Viana kaufen. Nachdem ich die 150 Meter auch wieder abgestiegen war, zog der Weg leicht an und die Sonne lachte auch wieder vom wolkenlosen Himmel. Morgens war es mittlerweile schon sehr frisch, aber spätestens ab 10 Uhr wurde es unangenehm heiß. Bisher war noch kein Tag dabei, an dem man Angst haben musste, von oben nass zu werden. Jegliche Flüssigkeit kam immer von mir und man konnte es nicht durch trinken ausgleichen, was dazu führte, dass meine seltenen Pinkelunterbrechungen ein kurzes, aber unangenehmes Vergnügen waren, denn der konzentrierte Harn brannte beim Verlassen meiner Blase. Auch heute war schweigen und sinnieren angesagt. Vielleicht war das aber auch ein Prozess, durch den jeder musste. Seltsamerweise schlich sich Harry Potter wieder in meine Gedanken und ich verglich Situationen und Personen mit dem normalen Leben. J.K. Rowling, dieses geniale Biest, hält jedem Leser einen Spiegel vors Gesicht. Alle Personen, die sie beschrieb, konnte man im wahren Leben treffen. Auch sich selbst! Geschichtlich griff sie voll zu, indem sie raffiniert die sogenannten Todesser ungeschrieben mit den Nazis des dritten. Reiches verglich. Auch dass Aussortieren der Muggels (Nichtzauberer) als unnötigen Ballast, erinnerte unerfreulich an die damalige Zeit. Sie arbeitete Vergewaltigungen, Morde und andere Untaten in die Kinderbücher mit ein, ohne dies auch nur zu erwähnen. Nur die smarten Andeutungen reichten aus. Ein unterstelltes homosexuelles Verhältnis zwischen Harry Potter und Professor Dumbledore dominierte kurz, ohne beim Namen genannt zu werden, die Handlung. Ich hatte in der Schule auch einen Professor Snape, den ich inbrünstig hasste. Seltsam war nur, dass ich bei diesem Lehrer die besten Zensuren hatte. Ich erkannte erst nach meiner Schulzeit, wie wertvoll dieser Pädagoge, mit seiner schrägen Auffassung von Gerechtigkeit und der wohlwollenden Ohrfeigen, war. Alle Despoten dieser Welt sind mit Voldemort gut getroffen, bei Präsident Trump reicht es nur für Wurmschwanz. Da stehen die Voldemorts im Hintergrund, was durchaus gefährlicher ist. Terence ist Harry und Mary mimt Hermine. Da fällt es mir leicht Ron zu sein, weil der ja zum Schluss Hermine bekommt, obwohl er im Schatten von Harry Potter dahinsiecht. Mit diesen skurrilen Gedanken durchwanderte ich eine durchaus ansehnliche Landschaft. Einmal unterbrochen von einer Schnellstraße, die man ohne Ampel oder Schülerlotse überqueren musste, züngelte sich ein schmaler Pfad Richtung Viana. Eigentlich, laut meinem Ratgeber, nur eine Zwischenstation vor Logroño, aber ich suchte mir frech ein Hotel, zahlte zähneknirschend die horrende Summe und versank nur Minuten später wohlig stöhnend in der feudalen, gut gefüllten Badewanne. Mein täglicher Anruf daheim brachte keine Neuigkeiten aus der Heimat. Alle waren gesund und ich fehlte weniger als ich hoffte. Die Croissants hingen mir zum Hals raus. Ich wollte endlich mal wieder ein Steak mit Pommes, aber die Waage in der Apotheke zeigte satte zwei Kilo weniger und motivierte mich zum Weitermachen. Meinen Drang zum Trinken musste ich nur noch zwischen 19 und 21 Uhr bezwingen. Danach hatte ich keine Lust mehr. Das kam mir seltsam vor, aber auch wiederum logisch, da ich unter Tags nie Alkohol trank.

Ich hatte jetzt noch für 8 Tage Distra, danach würde es ohne gehen. Ein bisschen Bammel habe ich schon, aber das ist ein weiterer Berg über den ich musste.

Todo Loco

Die Nacht war ruhig und ich schlief traumlos durch bis fünf Uhr. Meine Hände waren viel ruhiger und ich nahm das mal als gutes Zeichen. Ich verließ Viana auf einem Mini-Weg zwischen Schrebergärten hindurch. Ich wunderte mich, dass auf diesem sandigen Boden überhaupt was wuchs. Aber ich sah volle Beete und blühende Büsche. 5 km später durchwanderte ich einen kleinen Vogelschutzpark. Immer dieser Widerspruch. Auf der einen Seite quälen sie die Tiere bis auf die Knochen und dann legen sie liebevoll einen Naturpark nur für Vögel an. Gestern ging ich an einem Bauernhof vorbei und sah, dass dem Hofhund die Kette in den Hals eingewachsen war. Nacktes, entzündetes Fleisch quoll zwischen den Kettengliedern hervor. Ich schämte mich zur Gattung Mensch zu gehören. Helfen konnte ich dem geschundenen Tier nicht, weil er mich schon mit den Augen gefressen hatte, als ich an ihm vorbeiging. Das Bild nahm ich noch einige Kilometer mit, bevor ich es mit Gewalt abschüttelte. Ich blieb eine Zigarette lang auf einer Bank sitzen und tankte diesen Moment. Gerade ging die Sonne auf und verzauberte dieses Bild in ein Gemälde. Ich riss mich mühevoll los und ging weiter. Die aufgehende Sonne im Rücken, verließ ich den Park und stand vor einer Schnellstraße, die sich kreisförmig einen Hügel hinaufzog. Daneben ging die offizielle Route weiter. Langsam ansteigend erklomm der Weg den Gipfel und plötzlich stand da ein Haus am Rand der Strecke, eine ältere Frau saß vor einem Tisch und läutete eine kleine Glocke, als sie mich sah. Das müsste diese alte Donna Feliza sein, von der dieser Kerkeling erzählte. So alt sah die Dame aber gar nicht aus.

Sie lächelte mich an und hob ihren Stempel zum Gruß. Ich kramte meinen Pilgerausweis aus meinem Rucksack und überreichte in ihr feierlich. Auf dem Tisch stand das gerahmte Bild einer alten Frau und ein schwarzes Band zog sich unterhalb des Gesichtes quer über das Foto. Ich musste nicht fragen, wo denn Donna Feliza heute sei. Etwas bedrückt, nahm ich mit einem „Grazias" mein Credencial zurück und lief den Hügel hoch. Oben angekommen, konnte man über die komplette Landeshauptstadt Logroño sehen. Seicht fallend, führte der Weg über eine Brücke in die Stadt. Viele Schilder wiesen auf viele Herbergen hin, aber da ich erst knappe 7 km gelaufen war, wollte ich hier nur eine Kaffeepause machen. An einer Kirche vorbei, führte ein gelber Pfeil direkt auf einen kleinen Platz, wo sich mehrere Restaurants niedergelassen hatten. Warum wohl? Seltsamerweise führte der nächste gelbe Pfeil wieder zurück auf die Hauptstraße. Ich war aber, wahrscheinlich wie alle anderen auch, dankbar für die Möglichkeit einer Pause. Manchmal machte der Weg tatsächlich komische Verrenkungen, um durch ein Dorf zu führen, das eigentlich gar nicht auf der ursprünglichen Route war. Was soll`s! Ich genoss meinen Café con Leche neben einem Esel, der an der Eingangstüre angebunden war. Im Inneren erkannte ich sofort den Besitzer, nicht weil er außer mir der Einzige war, sondern weil der Esel einfach zu dem Typen passte. Hundert Jahre alt, schlohweißes Haar und mehr Falten als mein Rucksack. Das sind Bilder, die man gerne nicht mehr vergisst. Nach Logroño führte der Weg ewig am langen Stausee vorbei. Man konnte weit nach vorne sehen und weit vorne war weit weg.

Die liebe Sonne gab sich heute besondere Mühe und ich schwitzte wie in der Sauna. Leider war die Strecke gepflastert und meine Schritte knallten hart auf den Boden. Nach einer langen Stunde kam ich am Ende des Sees an einem kleinen Wäldchen an und verschnaufte, mit Hilfe einer Zigarette, im Schatten einer Pinie. Nach einer kurzen Weile, setzte sich ein untersetzter ca. 60-Jähriger wortlos neben mich und schnaubte entkräftet durch die Nase. Er blickte mich von der Seite an, nickte mir kurz zu und sagte: „Hallo! Entschuldigen sie die Störung, aber ich kann momentan keinen Schritt mehr weiter tun." „Kein Problem, mir geht`s genauso," ich dachte dabei, „Oh Mann, ein Ire!" Nach seinem ersten Satz begannen meine Ohren sofort zu bluten. Was Iren aus meiner Sprache machen, ist Vergewaltigung. Heute aber war ich leutselig und ertrug tapfer auch einen Iren. Der hatte tatsächlich einen schwarzen Anzug über einem schneeweißen Hemd an und machte mir sofort den Eindruck eines Pfarrers. Ob ich so leutselig war, bedurfte der Prüfung. „Sind sie schon lange unterwegs?" begann ich meine Testserie. „Seit sechs Monaten", war seine kurze Antwort. „Was? Seit einem halben Jahr sind sie hier unterwegs?" „Nicht hier! Ich bin von Dublin aus losgezogen. Nach der Aussegnung durch meine Heimatkirche habe ich mich auf den Weg gemacht." „Aha, sicher ein Pfarrer", dachte ich und lobte meine Ersteinschätzung. „Respekt, da haben sie schon einige Meilen zurückgelegt." „Ja, das war nicht ohne und ein paar Mal war ich nahe dran aufzugeben, aber der Herr hat mich immer auf den Weg zurückgerufen." Ich sagte nichts dazu, da, nach meiner wissenschaftlichen Sicht, Menschen die Stimmen im Kopf hörten, nicht auf die Straße sollten.

Ich antwortete also belanglos „Ja, ja, wen der Ruf ereilt" Er lächelte über meine Reaktion, „keine Angst, sie sind nicht der Erste, der mich für verrückt hält, aber wer an den Herrn glaubt, hört ihn auch." Ich nickte nur kurz und machte mich daran meinen Rucksack anzulegen. „Ich geh dann mal weiter, ist noch ne weite Strecke heute bis Najera."

„Sie haben Recht" sprach er und war an meiner Seite. Na, das wird bestimmt interessant. „Sie haben also keine Glaubensgründe für ihre Pilgerschaft" kam er sofort auf den Punkt. „Nein, mein Glaube passt schon, ich habe andere Gründe", gab ich mich kurz angebunden. „Na der Glaube soll nicht bloß passen, der sollte schon eine innere Kraft sein, die einen beseelt!"

„Das wird später mal der große Chef entscheiden, ob mein Glaube so in Ordnung war", jetzt war ich im Angriffsmodus. Mein Sparringspartner erkannte sofort, was das Stündlein geschlagen hatte und fing an zurück zu rudern. „Bitte entschuldigen sie, ich wollte nicht anmaßend sein aber ich kann da nicht aus meiner Haut. Die Bibel ist nun mal mein größter Ratgeber und dahingehend sehr deutlich." Was jetzt kam hatte sich der selbsternannte Prophet selbst zuzuschreiben. „Sie halten sich also an ein Buch, das rein nach Hörensagen entstanden ist und so viele Übersetzungsfehler hat, wie der erste Lateinaufsatz eines Primaners?"

„Die Bibel wurde von der heiligen Kirche geprüft und in allen Belangen für das Leben der Gläubigen freigegeben", war die empörte Antwort meines Begleiters. Du hast es nicht anders gewollt! „Sie meinen die heilige Kirche, die mit der Inquisition und vielen heiligen Kriegen Millionen von Unschuldigen das Leben genommen hat?

78

Oder meinen sie die Kirche, die milliardenschwer jeder politischen Institution dieser Welt seinen Stempel aufdrückt?" Ich war jetzt erst warmgelaufen. „Es ist tatsächlich viel Unrecht im Namen der Kirche geschehen, doch auch hier fand ein Umdenken statt!" „Sie meinen, die haben jetzt keine Aktien mehr von Pharmariesen, die Antibabypillen herstellen?" „Das ist üble Nachrede und nicht bewiesen."

„Stimmt! Beweisen kann man nichts, aber ein fader Nachgeschmack ist schon dabei, wenn man an die Macht der Vatikanbank denkt." Er war nicht gekränkt, was ich ihm hoch anrechnete. Vielmehr versuchte er jetzt das Schäfchen neben sich wieder in den Schoß der Kirche zu bugsieren. „Sicherlich muss sich auch der Papst den weltlichen Grundsätzen unterwerfen, um der Kirche ein Weiterbestehen zu ermöglichen." „Aha, deshalb wurde Maria Magdalena enthurt! Was ist eigentlich der Grund warum Frauen so diffamiert werden, und kommen sie mir jetzt nicht mit Adam und Eva!" Ich hatte ihm gerade sein bestes Argument geklaut und er kaute etwas belämmert auf seiner Lippe. „Die mentale Stärke einer Frau lässt eine größere Berufung einfach nicht zu." Verdammt Mary, wo bist du bloß, ich hätte da jemanden zum kuscheln. Meine Antwort habe ich mir lange überlegt. „Kennen sie Jane Goodall, Indira Ghandi, Florence Nightingale, Marie Curie oder Rosa Luxemburg? Ich könnte noch ne Stunde weiter aufzählen. Jede von denen hat mehr mentale Stärke bewiesen, als alle Apostel zusammen und wenn sie es darauf anlegen, stelle ich Ihnen gerne meine Frau vor!"

Jetzt hatte er erkannt, dass er sich mit dem Falschen angelegt hatte, obwohl ich zugeben musste, dass ich schön langsam Spaß an dieser Rangelei gewonnen hatte. Deshalb gab ich ihm ein Bonbon: „wobei ich weiß, dass eine starke dogmatische Kirche für die Gläubigen ein starker Halt ist und gerade für die Älteren ein wichtiger Ratgeber." Etwas erstaunt über meinen letzten Satz sprang der kleine Ire sofort wieder ins Gleis zurück. „Genau das meinte ich, mit der Haltung der Kirche. Stark und unbeugsam, damit sie die Schwachen stützen kann!" Jetzt biss ich mir auf die Lippen, sonst hätte es einen Frontalcrash gegeben. Ich wechselte das Thema und merkte, dass er mir dankbar dafür war. In unsere Diskussion vertieft, haben wir die Schrecken der Strecke vollkommen vergessen und liefen vier Stunden nach unserer Begegnung im Zielort ein. Die dortige Pilgerherberge war noch jungfräulich am heutigen Tag, da Najera kein übliches Etappenziel darstellte. Wir kamen noch mit ein paar anderen Leidensgenossen ins Gespräch und vereinbarten ein gemeinsames Abendessen in einem kleinen Restaurant um die Ecke. Der Abend begann entspannt, wurde aber im Laufe des Bieres, immer alberner. Das ist immer das Schicksal des Nüchternen, dass er irgendwann die anderen nicht mehr versteht und schon gar nicht über deren Witze lachen kann. Chris O`Sullivan, so hieß mein kleiner Ire, hatte das gleiche Problem. Was aber nun kam, daran hatte der Alkohol keine Schuld. Unvermittelt nahm mich Chris am Arm und sagte: „Jaden, wenn du zuhause bist, wirst du von mir hören." Er sagte das nicht leise und die anderen um uns herum lauschten dem, was nun folgte, denn der Ire wurde jetzt irre.

„Ich werde in vier Wochen in Santiago einmarschieren und an diesem Tag wird die Welt, wie wir sie kennen, nicht mehr existieren." Die Anwesenden brüllten vor Lachen los und ich war komplett perplex. „Wie bitte?" „Der Herr hat mich vor einem Jahr gerufen und ich habe Frau und Kinder verlassen, um seinem Ruf zu folgen!"

„Du bist kein Pfarrer?" „Nein, wie kommst du darauf?" Wir sahen uns erstaunt an: „Na ja, mit deinem katholischen Gehabe lag der Verdacht nah. Was bist du dann von Beruf?" „Ich war Landwirt, auf einem großen Gut in der Nähe von Dublin."

„Und was sagt deine Familie zu deiner *Berufung?*" „Die verstanden die Wichtigkeit meiner Mission nicht und haben sich von mir abgewendet" Irgendwo aus den Reihen der Betrunkenen kam jetzt der Ruf „Todo loco"! „Total verrückt." Alle brüllten wieder vor Vergnügen, mir aber tat er von Herzen leid. Nun bestellte auch noch einer einen „Carajillo" und die Wirtin begann auf dem Tisch in einer Pfanne einen Schnaps mit Kaffeebohnen zu mischen und zu flambieren. Sie hatte versehentlich etwas Alkohol auf der Tischdecke verschüttet und zur allgemeinen Erheiterung brannte nun die ganze Tafel. In diesem Trubel hat sich dann Chris O`Sullivan verdrückt und ich fand ihn auch in der Herberge nicht wieder. Da es auch in der Nacht noch erträgliche Temperaturen hatte, machte ich mir keine Sorgen um ihn. Nur, was würde mit ihm passieren, wenn er in Santiago einmarschiert und es geschieht nichts? Oder passiert in seinem Kopf dann dieser Untergang und er verabschiedet sich endgültig von der normalen Welt in seine erdachte? Oder die Welt geht wirklich unter und ich schau blöd aus der Wäsche? Ist schon wahnsinnig, was man hier alles erleben darf.

Hoffentlich kann ich mir das alles merken. Ich sollte Tagebuch führen! Ne, für sowas tauge ich nicht. Mit den Gedanken an Chris O`Sullivan glitt ich wieder mal in einen unruhigen Schlaf.

Tage gleiten dahin

Pünktlich wie ich nun mal war, startete ich in den frühen Morgen, wieder mit der aufgehenden Sonne im Rücken, nach Santo Domingo de la Calzada. Ich war gespannt, ob diesmal der Ort so lange war, wie sein Name. Es ging ab Ortsausgang von Najera ständig bergauf und meine Frage, ob denn dieses Land irgendwann mal flach wird, durchwanderte wieder mein Gehirn. Die Steigung war nun heftig und ich stöhnte wie ein Hundertjähriger beim Pinkeln. Wobei ich zugeben musste, dass es mir schon deutlich leichter fiel als am Anfang meiner Reise. Heute war es leicht bewölkt und dadurch angenehmer zu gehen. Keine Menschenseele war weit und breit zu sehen und Jaden fing wieder an zu grübeln. Das war gestern schon ein grobes Ding mit Loco Chris. Eigentlich tat er mir sehr leid. Es war erstaunlich, wie schnell man hier auf den Punkt kommt. Ich führte gestern mit dem eine Diskussion, wie mit jemanden den ich schon Jahre kannte. Aber das ist wahrscheinlich auch eine Eigenart dieses Weges. Man ist oft nur stundenweise zusammen und muss deshalb schnell auf den Kern einer Sache kommen. Meist sieht man sich nie wieder, deshalb fällt es einem auch leichter alle Masken fallen zu lassen und auch sehr persönliche Sachen preis zu geben. Ich tat mir dahingehend immer noch sehr schwer, aber gestern ist der Gaul mit mir durchgegangen. Ich gebe ja zu, dass ich meine Probleme mit der katholischen Kirche habe, die sicherlich auch in der scheinheiligen Geschichte dieser Institution zu finden sind. Aber diese Engstirnigkeit und Großteils frauenverachtende Grundhaltung machen mich aggressiv.

Da halt ich nicht die andere Backe hin. Chris wird in Santiago einlaufen und warten. Was passiert, wenn nichts passiert? Wer hilft dem armen Irren? Oder fällt der da gar nicht auf, weil so viele Durchgeknallte unterwegs sind? Da pass ich jetzt mal in den kommenden Tagen auf, was hier noch so rumkriecht. Ist auch eine Art Unterhaltung, so wie Vogelbeobachtung oder Schmetterlinge sammeln. Ich staple Entsprungene. Vielleicht gibt es in Santiago eine Sammelstelle wie der Kindergarten bei Ikea. Mann, bin ich böse heute. Zur Strafe zog der Weg jetzt richtig an. Nach Azrofa wurde es mal so richtig steil und ich brauchte drei Stunden für 10 km. Ich hörte zu denken auf und transferierte die Energie in meine Beine. Nach Ciurena ging es dann ständig bergab bis Santo Domingo. Diese Stadt verdiente den langen Namen. Es war immer noch bewölkt und sehr angenehme Temperatur. Ich schlenderte durch die breite Calle Mayor und suchte die hiesige Herberge. Die große Straße war in der Mitte durch eine Baumreihe getrennt und es sah aus wie ein kleiner Park, mit Bänken und Tischen dazwischen. Nach einer Stunde gab ich die Suche auf und nahm mir ein Zimmer in einer kleinen Pension. Seit langer Zeit sah ich ein paar Minuten fern in meinem Mikrozimmer aber stellte schnell fest, dass mir das nicht gefehlt hat. Eine Zeitung oder ein gutes Buch vermisste ich da schon mehr, mein Readers Digest hatte ich durch und in der letzten Herberge zurückgelassen. So richtig aber fehlte mir Mary. Es gab so viel zu sehen und oft erwischte ich mich dabei fast loszuschreien, „Mary, schau dir das an, das ist doch einfach fantastisch!" Da wäre dann ich unangenehm aufgefallen. „Loco Jaden" hätte mir gerade noch gefehlt.

Am frühen Abend wurde mir langweilig und ich begab mich auf Tour. Ich hatte da was von einer Kirche gelesen, wo Hühner in einem Käfig wohnten. Der Hintergrund lag hier bei einem sogenannten „Hühnerwunder". Ich konnte mich nur rudimentär an die Geschichte erinnern. Auf alle Fälle sind da gebratene Hühnchen davongeflogen. Waren wahrscheinlich nicht ganz durch. Ich bog von der Calle Mayor ab und vor mir öffnete sich ein größerer Vorplatz, der von einer riesigen Kirche beherrscht wurde. Im Inneren der typische Prunk, aber das Interessanteste war der Hühnerstall über dem Eingang. Auch der war aus Gold. Innenbeleuchtung inklusive, war das sicherlich ein tolles Refugio für die Schreihälse. Heute war das Ding leer, hatten wohl Wachablösung. Da es eigentlich nicht mehr zu sehen gab verließ ich das Gotteshaus, um vor der Tür mit Lucki zusammenzustoßen. "Tschuldigung, äh Sorry" brach es aus ihm heraus. "Kein Problem" nickte ich ihm zu und wollte weiter, aber Lucki, eigentlich Ludwig, genügte der Zusammenstoß für ein weiteres Gespräch. Ich war ab dem Zeitpunkt nur noch am Lachen. Nicht weil Lucki so lustig war, sondern weil sein bayrisch-englisch so herrlich skurril war. Ludwig kam aus dem Norden von München " Eching by Ikea" wobei er EI-KI-I-AI buchstabierte, wie wenn ich die schwedische Bretterbude nicht kennen würde. Das war die merkwürdigste Ortsbeschreibung, die ich je gehört hatte. Sein Englisch war die ungeordnete Zusammensetzung von Worten wie sie ihm auf deutsch bzw. bayrisch durch den Kopf schossen. Ich bog mich vor Lachen und Lucki gab einen nach dem anderen Witz zum Besten. Die Witze waren schlecht aber durch seinen Sprachgebrauch so lustig, dass ich mich beinahe nass machte.

Der Gipfel aber war dann seine Einladung. „Behind the Church we make a Fire". Ich hatte mich schon an diese Pseudosprache gewöhnt und daher nicht damit gerechnet, dass er hinter der Kirche ein Feuer macht, sondern mich zu einer Fete nach der Messe eingeladen hatte. Lachend verabschiedete ich mich vom lustigen Ludwig aus München und hoffte ihn unterwegs nicht zu treffen. Der war zwar ultranett, aber ich hätte unmöglich gehen können, während der quatscht. Mein Abendcroissant tauschte ich gegen ein vegetarisches Bocadillo in einem kleinen Restaurant und war tatsächlich pappsatt. Eine Änderung meines Diätplanes machte ich aber nicht. Heute war wieder so ein Abend, wo ich große Lust hatte mich mit einer Flasche Whiskey zu verdrücken. Das Problem hatte ich nie, wenn ich in einer Herberge war. Logisch, zuhause habe ich mich ja auch immer zurückgezogen. Aber in einem öffentlichen Refugio ging das nicht. Ich erlaubte mir keinen Rückfall und das folgende Selbstmitleid. Eine Nacht mit wilden Träumen folgte dem ruhigen Abend und ich wachte schweißgebadet auf. Zuhause hatte ich nie solche Träume, geschweige denn, dass ich mich am nächsten Tag hätte daran erinnern können.

Von und zu Heinrich

Im Dunklen verließ ich die Stadt über eine mächtige Steinbrücke, die einst vom Namensgeber der Stadt, dem heiligen Domingo (Sonntag), errichtet worden war. Darunter ein riesiges Flussbett, nur ohne einen Tropfen Wasser! Die hatten hier ein massives Problem. Ich war jetzt doch schon einige Tage unterwegs und gestern hatte ich zum ersten Mal Wolken gesehen. Geregnet hatte es aber nicht. Laut meinem Wanderführer würde sich die heutige Strecke nicht von den anderen Tagen unterscheiden. Auf und ab, auf und ab. Momentan vibrierte wieder mal mein gesamter Körper. Das Auf und Ab betraf nicht nur den Weg, sondern auch mich. Meine Laune war aber nicht schlecht und ich pfiff beim Gehen leise vor mich hin. Ab und zu wurde ich, wie üblich, überholt und ich erwiderte die Grüße immer freundlich lächelnd, außer ich wurde von einer Frau überholt. In diesem Fall grüßte ich auch, sah aber sofort weg und vor mich hin auf den Boden. Das hatte ich mir ab dem zweiten Tag auferlegt, nachdem ich ein kurzes, nettes Gespräch mit Nelle aus Holland hatte. Frauen, die alleine auf dem Weg waren, wurden sehr häufig von männlichen Mitpilgern oder Einheimischen sexistisch verbal oder auch tätlich angegriffen. Vorher wurden sie immer gegrüßt und angelächelt. Das führte mittlerweile so weit, dass Frauen ein schlechtes Gefühl bekamen, wenn man zuvorkommend war und eine freundliche Mine aufsetzte. Da ich keinem ein schlechtes Gefühl geben wollte, grüßte ich kurz und sah dann weg. Sollten die mich ruhig für unfreundlich halten, aber dafür ohne Angst und dauerndes Umschauen weitergehen können. Ich musste mich also nicht nur schämen, weil ich ein Mensch bin, sondern auch noch dafür, dass ich ein Mann bin.

Die Schweine dieser Welt lassen nicht mal diesen Weg aus. Ich ging eine kleine, sanfte Steigung hoch und blieb dann verblüfft stehen. Da schlurfte einer vor mir, der noch langsamer war als ich. Das konnte ich nicht zulassen. Kampflos wollte ich meinen Titel nicht hergeben, musste aber dann feststellen, dass ich mittlerweile so einen stabilen Gehrhythmus hatte, dass ich nicht mehr anders konnte. So verlor ich also meinen Titel als langsamster Pilger. Da der vor mir aber wahrscheinlich auch schon Tage früher gestartet war, hatte ich eigentlich nie diese Würde. Ich stimmte einen Trauermarsch an und überholte den Sieger. Der sah mich erstaunt an, als ich, langsam eine triste Melodie pfeifend, an ihm vorbeizog. Ich war schon ein schräger Vogel! Ich blickte in traurige Augen und ein graues Gesicht. „Oje! Ein Magenkranker" dachte ich bei mir. Das war kein akutes Aschfahl, sondern ein chronisches, ganz typisch für Magenpatienten mit Dauersodbrennen. Da konnte der Arzt in mir nicht einfach so vorbeirauschen. "Hallo, alles klar bei Ihnen?" fragte ich und verlangsamte meinen Schritt. Etwas irritiert schaute er mich an, " Ja, ja, geht schon." Immer wieder erstaunte mich, dass jeder Deutsche, den ich traf, fast perfekt Englisch sprach, bis auf Lucki aber der war ja eigentlich kein Deutscher. "Ich habe verdammtes Sodbrennen und finde keine Apotheke" beklagte er sich. "Kein Problem! Ich habe was für sie dabei!" "Nicht ihr Ernst? Sind sie Apotheker?" "Nein, aber ich habe auch ab und zu Sodbrennen und habe mir deswegen einen Säureblocker mitgenommen und Gott sei Dank bis jetzt nicht gebraucht."

„Super! Ich habe meine Tabletten schon nach dem dritten Tag aufgebraucht." Das erstaunte mich.

"Was nehmen sie denn?" fragte ich neugierig. " Na, Kautabletten" "Das ist bei Ihnen viel zu wenig" "Woher wollen sie das wissen?" fragte er mich interessiert. "Ich bin Arzt und habe das gleiche Problem, nur nicht so häufig und da hilft keine Kautablette mehr!" war meine Antwort. "Da nehme ich einen Säureblocker. Der wirkt zwar langsamer, aber dafür länger." Ich gab ihm eine Tablette und reichte ihm meine Wasserflasche zum Runterspülen. Er winkte beim Wasser ab, weil er seine eigene schon in der Hand hatte. "Vielen Dank. Die kaufe ich mir in der nächsten Apotheke." Da musste ich ihn enttäuschen. "Die kriegen sie ohne Rezept nicht. Gehen sie vorher zum Arzt, den müssen sie zwar selbst bezahlen, aber die Ausgabe rentiert sich. Und Zuhause lassen sie sich mal gastroskopieren." "Sie reden schon wie mein Hausarzt. Aber der findet auch nichts. Ich sollte einfach nur meinen Job wechseln, aber selbst das ist schwierig." Jetzt war ich neugierig. "Was sind sie denn von Beruf?" "Ich bin Finanzbeamter in Berlin." Jetzt war mir alles klar. An meiner Miene erkannte er mein Verständnis. Und wieder war es da das seltsame Jakobswegsyndrom. Man kennt sich Minuten und ist mitten im Problem des Anderen. Das musste so sein, soviel wusste ich spätestens jetzt. "Das wird auch der Grund sein, warum sie hier pilgern", war meine scharfsinnige Erkenntnis. "Unter anderem ja" kam seine kurze Antwort. "Unter anderem?" Ich ließ nicht locker. Es wanderte sich herrlich kurzweilig, wenn man unterhalten wurde. " Ehrlich gesagt verstehe ich diese Welt um mich herum nicht mehr"

"Willkommen im Klub", wollte ich ihm schon sagen, aber er ließ sich nicht unterbrechen.

"Meine Frau hat sich von mir getrennt, meine Kinder sprechen kein Wort mehr mit mir, dann wurde ich bei der Beförderung übergangen und die restliche Welt ist voller Katastrophen." Jetzt war wieder mal ein „Spoonerspruch" nötig. "Scheiße kumuliert! Fängt`s an hört`s nicht mehr auf das ist einfach Murphys Law" Er sah mich verständnislos an. Ich gab aber keine weiteren Erklärungen ab. Wer "Murphys Law" nicht kennt, dem konnte ich nicht helfen. Soll`s halt bei Gelegenheit googeln. Ich schaffte es irgendwie meinen Schritt in der Geschwindigkeit zu halten, dafür war dieser Kerl zu interessant. Wieder einer für meine Sammlung. "Was stört sie denn außerhalb ihrer Familie so ungemein?" bohrte ich neugierig weiter. „Schauen sie sich zum Beispiel unsere Regierung an. Öffnen ihre Arme und winken alle ins Land. Ich bin Christ und ich weiß, dass wir die verdammte Pflicht haben zu helfen. Aber das wächst uns total über den Kopf. Ich möchte nicht alles über einen Kamm scheren, aber wenn ich die Kriminalitätsrate ansehe, die wöchentlich neue Rekorde aufstellt, wird mir übel. Und diese Statistiken sind noch geschönt."

"Da würde ich es auch am Magen kriegen", dachte ich bei mir, aber das war noch nicht alles. Heinrich von Dellhorst, so hieß mein heutiger Begleiter, kotzte sich jetzt so richtig aus. "Ich habe beim Aufbau einer Flüchtlingsunterkunft mitgeholfen. Wir haben Betten aufgebaut und Kinderspielzeug gesammelt. In die Turnhalle gingen so um die 100 Flüchtlinge. Eine Woche später kamen die ersten Busse. Ausgestiegen sind aber nur junge Männer zwischen 20 und 30 Jahren. Glaubensmäßig aller Couleur, mit leichtem Überhang der Moslems. Eigentlich sollten die froh sein gut untergekommen zu sein, aber nix da.

Ab dem Zeitpunkt war die Polizei Dauergast in der Turnhalle. Messerstechereien waren an der Tagesordnung. Warum haben die alle Messer? Diebstahl, Vergewaltigungen der wenigen Frauen, die mittlerweile angekommen waren. Die haben die behandelt wie den letzten Dreck und die Kinder waren vollkommen egal." Ich verstand, warum er so deprimiert war, unterbrach ihn aber nicht. „Dr. Spooner," er beharrte darauf mich so anzusprechen, „was würden sie mit einem Gast machen, der zu ihnen nach Hause kommt und nach dem Eintreten ihre Frau schlägt?"

"Dem würde ich das Gesicht brechen und jeden Knochen einzeln vor meine Türe werfen!" Etwas verwundert starrte er mich einige Sekunden an. "Na ja, auf alle Fälle würden sie ihn rausschmeißen, was jeder verstehen würde. Aber bei uns in Deutschland geht das nicht und das entzieht sich meinem Verständnis. Wenn sie das ein Jahr durchziehen, jeden Asylbewerber, der straffällig wird, ins nächste Flugzeug zu setzen, spricht sich das ziemlich schnell herum. Aber wir sind bis zur Kotzgrenze liberal. Wenn wir uns beschweren, sind wir fremdenfeindlich oder sogar rechtsradikal."

"Ja, aber mit den Rechtsradikalen habt ihr doch ein großes Problem in Deutschland?"

"Nicht mehr als vorher auch, die werden jetzt nur lauter und haben mehr Sympathisanten. Was ja die logische Konsequenz ist." Jetzt musste ich aber doch unterbrechen. "Heinrich hören sie mir zu. Wenn sie sich jeden Stiefel anziehen, der in der Gegend rumsteht, und sie doch nichts dagegen unternehmen können, dann ist ihr Magen noch ihr kleinstes Problem!"

"Genau, Dr. Spooner," der Typ nervte mit seiner Anrede, „deswegen bin ich hier." Wir gingen ein Weilchen schweigend weiter und nahmen den Anstieg nach Belorado in Angriff, plötzlich wechselte er akut das Thema. „Wissen sie eigentlich warum die Nachrichten "Nachrichten" heißen?" "Dämliche Frage", dachte ich, sagte aber nur "Nein, warum denn?" er sprach hitzig weiter, „weil sie *nachgerichtet* sind! Wir sollen nur das Notwendigste erfahren und werden bewusst falsch oder gar nicht informiert!" "Ahaaaa! Ein Verschwörungstheoretiker!" überlegte ich, aber ich dachte mir oft das gleiche, wenn auch nicht so extrem. Er nahm mein Schweigen zum Anlass weiter zu lamentieren. „Wussten sie, dass der IS von den Juden finanziert wird und alle Waffen aus Amerika bekommt?" "Wow, der fährt aber schwere Geschütze auf" schoss es mir durch den Kopf. Ja nicht unterbrechen, war meine Devise, wenn der so weitermacht, behauptet er auch noch, dass der Papst mit der Küchenhilfe schläft. Das war ja besser als erhofft! "Wir sind im dritten Weltkrieg und merken nichts davon. Ich habe im Keller eine große Kiste voll mit Batterien und ein Kurbelradio". "Ein Kurbelradio?" Ich dachte ich hätte mich verhört. „Natürlich ein Radio zum kurbeln, wenn kein Strom mehr da ist! Der totale Zusammenbruch wird schnell gehen und dann stehen wir vor dem Nichts. Kein Strom, kein Wasser und keine Nahrung! Das Radio wird das einzige Medium sein, über das man Informationen erhält."

„Das mag ja stimmen, aber wenn sie jede Sekunde auf dem Sprung sind, wundert mich nicht, dass sie krank sind. Gibt`s gar nichts Positives in ihrem Leben?" „Momentan leider nicht" war seine niedergeschlagene Antwort.

„Nehmen sie doch den Klimawandel!" Hoppla! der macht Sprünge wie ein Känguru auf Ecstasy. „Äh, was ist mit dem Klimawandel?"

„Na ja, das ist ein hochpolitisches Thema, das jeder nutzt um sich zu profilieren. Nur glaube ich nicht daran!" „An den Klimawandel braucht man nicht zu glauben, der ist offensichtlich" war meine spontane Antwort, nicht ohne über seine Meinung irritiert zu sein, weil dumm war der Herr von und zu eigentlich nicht. Der Meinung war ich zumindest bis zu diesem Zeitpunkt, aber er relativierte seine Überzeugung im nächsten Satz: „Natürlich haben wir einen Klimawandel, bin ja nicht dumm, aber ich glaube nicht, dass wir Menschen alleine dafür verantwortlich sind. Die meisten Wetterphänomene wiederholen sich seit Jahrmillionen immer und immer wieder. Vergessen sie nicht, auch Dinosaurier haben gepfurzt." Hoffentlich waren wir da jetzt durch, weil ich unbedingt ein Streitthema vermeiden wollte. Dafür war mir meine Zeit zu Schade. Glücklicherweise marschierten wir mit seinem letzten Satz in Belorado ein. Die Herberge fanden wir zwei km vor der eigentlichen Ortschaft. Nett im Nirgendwo gelegen fanden wir Logis. Zwei Eheleute mit ihren beiden kleinen Kindern waren die Herbergseltern und voll ehrlicher Freundlichkeit. Wir beide verteilten uns auf zwei Zimmer und nahmen unsere Diskussion nicht mehr auf. Eine halbe Stunde später traf eine Horde Franzosen ein, 10 Pärchen, jeder jenseits der 70, überrannten die kleine Alberge wie marodierende Heuschrecken. Als wären sie alleine auf der Welt, ließen sie sich lautstark nieder, ohne uns Anwesende auch nur eines Blickes zu würdigen. Arrogant und unfreundlich ließen sie sich von den beiden Wirtsleuten bedienen, als wären sie im Ritz.

Angewidert verdrückte ich mich nach draußen, wo ich dann auch Heinrich traf. Wir zogen herrlich über diese blöden „Franzacken" her und amüsierten uns dabei königlich. Der steife Deutsche hatte tatsächlich einen staubtrockenen Humor und am späteren Abend hatte er tatsächlich etwas Farbe im Gesicht, die deutlich gesünder aussah.

Burgos

Es war kühl und dunkel, als ich die Herberge am frühen Morgen verließ. Heute sollte es über die Occa Berge gehen, aber ich war in einem miesen Allgemeinzustand. Mir tat alles weh, von den Zehen bis zu den Haarwurzeln. Seltsam, da ich gestern sehr früh ins Bett gegangen war und eigentlich, bis auf meine skurrilen Träume, gut geschlafen hatte. Den Wecker musste ich mir nicht mehr stellen und meine Uhr war mittlerweile im Rucksack. Zeit war hier relativ. Eine moderne Form der Freiheit. Man entschied selbst, wann man was machen wollte und wann nicht. Das Ziel lag vor einem klar definiert und unveränderlich. Ich brauchte nur Wasser, Croissants und ab und zu einen Café. Mehr war und ist nicht notwendig. Die Wertigkeiten des Alltags hatten sich verschoben und mir wurde jeden Tag mehr klar, mit wie wenig ich eigentlich auskomme und mit welcher Freude ich einen Café con Leche begrüßte. Das einzige was fehlte, war meine Familie. Diesen Preis musste ich bezahlen, für 800 km Freiheit. Auch einen schlechten Tag hatte man zu akzeptieren. Also akzeptierte ich und marschierte durch das stille Belorado. Heute fahr ich mit dem Bus! Nach Burgos waren es knapp 50 km, also zwei Etappen und ich sparte mir die Überquerung der Ocaberge. Bloß, wo fahren hier die Busse ab? Die kleine Ortschaft war gut überschaubar, aber eine Haltestelle weit und breit nicht in Sicht. Ich wanderte die Hauptstraße in beide Richtungen ab, sah aber kein Schild. Zurück in der Ortsmitte, sprach ich eine ältere Dame an „Perdon, donde Estacion de Autobusses?" Mann war ich stolz über holprigen Satz. Der Nachteil, die Angesprochene dachte, „na der kann aber gut spanisch" und legte los.

Sicherlich minutenlang, hüllte die mich in Worte, Sätze und Erklärungen. Das einzige was ich verstand, war, "Verde"-Grün-. Ich bedankte mich für den kostenlosen Roman und suchte was Grünes. Das Einzige, was der Farbe nahe kam war ein kleiner Park direkt an der Hauptstraße. Auf einer langen *grünen* Bank vor dem Gehweg saßen mehrere Leute. Ansonsten war da nix, was auf eine Haltestelle hinwies. Da auch jüngere auf der Bank saßen und ich keine Lust auf eine weitere Spanischlektion hatte, fragte ich die Anwesenden einfach in meiner Sprache, wo denn die nächste Haltestelle wäre. Die meisten stierten mich an wie ein Auto. Zu meinem Erstaunen sah mich die offensichtlich älteste Teilnehmerin des öffentlichen Sit-in`s an und antwortete in bestem Englisch. "Sie sind hier goldrichtig. Das ist die Bushaltestelle. Setzen sie sich und warten sie mit uns, in ein paar Minuten geht`s los".

"Woher können sie so gut Englisch?" fragte ich die rüstige Spanierin. "Mein Mann ist Engländer und wir sind schon 48 Jahre verheiratet. Da er zu dämlich für Spanisch ist, habe ich notgedrungen Englisch gelernt." teilte sie mir augenzwinkernd mit. In diesem Augenblick kam ein untersetzter Mann um die Ecke, rief irgendwas Unverständliches und alle Wartenden standen auf und folgten ihm. Wir gingen ca. 50 Meter und bogen dann von der Hauptstraße in eine große leere Werkshalle ein. Dort stand ein kleiner Kiosk an der Seite und alle stellten sich davor auf. Ich sortierte mich in die Reihe, direkt hinter meiner Helferin ein, und wartete was nun geschehen sollte. Der Mann von vorhin saß jetzt hinter einer Glasscheibe und verteilte gegen Entgelt die Fahrkarten.

Ich nannte meinen Bestimmungsort, zahlte 3 Euro!! und folgte den anderen Passagieren. Die zogen wie eine Schafherde wieder nach draußen, zurück auf die Bank. Nach weiteren 15 Minuten kam Sancho Pansa wieder um die Ecke, rief wieder etwas Unverständliches und die Herde folgte dem Hirten. Wieder in der Halle angekommen, stand da ein Bus und wartete offensichtlich auf die Anwesenden. Völlig verblüfft stieg ich ein und suchte mir einen Platz am Fenster. Das ist ja wirklich verdammt unkompliziert, wenn man das weiß. Ansonsten hatte man große Probleme vorwärts zu kommen. Ein Schild anzubringen wäre vollkommen untypisch für Spanien. Hier war alles "learning by doing"! Wieder angereichert mit unnützem Wissen, lehnte ich mich zurück und sah die Landschaft an mir vorbeirauschen. Ab und zu sah man in dieser ansteigenden Heidelandschaft Menschen mit großen Rucksäcken bergauf ziehen. Etwas schämte ich mich schon, aber ich durfte auch mal "Männerschnupfen" haben. Nach einer knappen Stunde fuhr der Bus in Burgos ein. Das war bis jetzt die größte Stadt auf dem Jakobsweg. Wir fuhren noch eine geraume Zeit durch den Ort und ich sah wieder Pilger auf den Gehwegen gehen. Das zog sich ganz schön in die Länge. Man musste fast den kompletten Ort durchqueren, um vor der großen Kathedrale anzukommen. Für mich war es da einfacher. Der große Busbahnhof lag gegenüber der Monsterkirche auf der anderen Seite der riesigen, mehrspurigen Hauptstraße. Ein breiter, gepflasterter Weg führte durch ein haushohes Tor in die Innenstadt, wo sich auch die Kathedrale befand. Ein so kolossales Monument, das so filigran aussah, habe ich noch nie gesehen.

Viele dünne, ineinandergreifende Mosaike verzierten den ganzen Komplex bis in luftige Höhen, wobei sich das Gebäude immer mehr verjüngte, um in zwei schlanken und ebenso verzierten Türmen aufzugehen. Ich strebte darauf zu, um in der kühlen Gruft etwas auszuruhen, aber so weit kam ich nicht. Ich hätte Eintritt bezahlen müssen um in die Kirche zu kommen. Das verweigerte ich strikt. Auch wenn behauptet wird, dass mit diesem Geld die Kirche in Stand gehalten wird, was ich nicht glaube, geht das gar nicht. Die katholische Kirche ist so reich, dass ein Obolus zum Besuch eigentlich nur als Schamlosigkeit gelten darf. Schon wieder nahm ich Anlauf, um mit einer Windmühle zu kämpfen. Ich konnte da nicht aus meiner Haut. War ja schließlich kein Heiliger; zwar auf dem besten Weg dazu, aber noch nicht fertig. Wer schimpft kann nicht schlecht drauf sein, schalt ich mich selbst und machte mich auf die Suche nach einem gelben Pfeil, damit ich auf den Pilgerpfad zurückfand. Nach dem Umkreisen der Kathedrale, stieg der Weg an und ich konnte von der Gasse aus in die oberen Stockwerke blicken. Sehr beeindruckend! Schade, dass ich so stur war. Oberhalb der Stadtmitte befand sich ebenfalls ein riesiges Stadttor und hier fand sich ein flecha amarilla, wie die Spanier die gelben Pfeile nannten. Wie ein Bluthund folgte ich der Fährte aus der Stadt hinaus. Entlang eines großen Parks führte der Pfad an einer Nebenstraße hinaus, in eine heiße, wüste Landschaft. Die Trockenheit hatte die Natur in ihrem grausamen Griff. Alles war verdorrt und die Bäume schienen nach Wasser zu schreien, indem sie ihre dürren Äste gegen den Himmel streckten. Aber die Natur war gnadenlos.

Keine Wolke zeigte sich am Himmel und trotz Spätsommer schossen die Temperaturen weit über die 30 Grad Marke. Seicht stieg der Weg an und mein Schweiß füllte unangenehm meine Kleidung. Bis Rabe de las Calcadas wollte ich es aber trotzdem schaffen. Nach 7 km, Höhe Villabilla, ging es dann leicht abwärts und kurz vor Mittag erreichte ich Rabe. In der Ortsmitte befanden sich zwei Herbergen in unmittelbarer Nähe zueinander. Die kommunale Einrichtung war dunkel, aber alle Türen geöffnet. Keine Menschenseele war zu sehen. Auf einem Tisch, mitten im einzigen Raum des Flachbaus, stand ein Stempel mit dazugehörigem Kissen. Man konnte sich also heute selbst bedienen. Ein Sparschwein, das neben dem Stempelkissen stand, zeigte mir, dass auch keine Pilgerbetreuung vorgesehen war. Ich verließ die freundliche Institution und machte mich auf nach gegenüber zu einer privat geführten Unterkunft. Ein höflicher Wirt öffnete mir die große Massivholztüre und ließ mich eintreten. Er nahm mein Credencial entgegen, stempelte es gründlich und zeigte mir ein Einzelzimmer im ersten Geschoß. Für 10 Euro ein kleines Paradies. Die Etagendusche nahm ich für 30 Minuten in Beschlag, bis ich mir sicher war, dass kein Tropfen Schweiß mehr in einer meiner vielen Körperöffnungen zu finden war. Die letzten zwei Minuten war das Wasser zwar eiskalt, da ich den Boiler, zuverlässig wie ich nun mal war, komplett geleert hatte. Hoffentlich kommen die Nächsten nicht zu früh, damit das alte Ding an der Wand genug Zeit hatte, Ersatz zu beschaffen. Nun füllte ich auch den Rest meines Körpers mit frischem Wasser auf. Gesättigt mit meinem Mittagscroissant legte ich mich auf mein Bett und war nach Sekunden eingeschlafen.

Als ich am späten Nachmittag aufstand, war mir kurz schwindlig und ich setzte mich noch etwas an die Bettkante, bis das Gefühl vorüber war. Komisch, ich hatte doch gut geschlafen und der Weg war auch nicht zu schwer. Natürlich hatte ich viel geschwitzt und vielleicht zu wenig getrunken. Ich holte das Versäumte mit einem Liter Wasser sofort nach und kaufte auch gleich noch zwei Flaschen für Morgen. Pünktlich um 17 Uhr öffneten in den kleinen Ortschaften die Alimentaciones, also die Kramer Läden. Ich habe den Zweck der Siesta nie verstanden, aber seit ich in der spanischen Hitze unterwegs war, und das im September, konnte ich das gut nachvollziehen. In der Nacht wachte ich öfter schweißgebadet auf und wusste, ich hatte Albträume, konnte mich aber nicht mehr daran erinnern von was ich geträumt hatte.

Reset

Nach dieser sehr unruhigen Nacht, stand ich um 5 Uhr auf und ich kam wieder ins Wanken. Sollte ich so losgehen? Als ich wieder im Gleichgewicht war, packte ich trotzig meine Sachen und machte mich auf die Socken. Die Sonne ging täglich später auf und ich marschierte knapp zwei Stunden in Dunkelheit. Normalerweise mochte ich es nicht, wenn ich nur das sehen kann, was von meiner Stirnlampe beleuchtet wurde, aber ich hatte mich daran gewöhnt, die Geräusche der Natur um mich herum wahrzunehmen, ohne jedes Mal zusammen zu zucken, wenn es neben mir raschelte. Der tägliche Genuss des Sonnenaufgangs belohnte mein frühes Aufstehen. Ich musste zwar stehen bleiben und mich umdrehen, weil ich immer Richtung Westen unterwegs war, aber der Anblick war immer grandios. Jeden Morgen andere Farben von einer Palette, die jemand mischt, der mehr sieht als wir Menschlein. Hatte die Sonne dann ihr sattes Gelb wurde sie gnadenlos und verlor jegliche Schönheit. Höhe Hornillos begann der Weg steil anzusteigen und ich mühte mich mehr als die letzten Tage, obwohl die Strecke nicht schlimmer war als davor. Das hätte mich schon warnen müssen, aber ich hörte nicht auf meine innere Stimme. fünf Kilometer vor Hontanas wurde mir plötzlich speiübel und schwarz vor Augen, an mehr konnte ich mich nachher nicht mehr erinnern. Als ich wieder geradeaus denken konnte, lag ich in einem Krankenbett im Hospital de Burgos. In meinem linken Handrücken steckte eine Infusionsnadel. Ich folgte mit meinen Augen dem Infusionsschlauch, der in einer Flasche mit dem Aufdruck G-5% endete. Wieso Glukose?

Normalerweise müsste eine Kochsalzlösung mit 0,9 % da oben hängen. Ich brauchte nicht länger nachzudenken, da sich in diesem Augenblick die Türe öffnete und ein Arzt mittleren Alters das Zimmer betrat. „Willkommen zurück", sprach er in fließendem, akzentfreiem Englisch. „Nicht wundern! Ich habe in England studiert." erwiderte er meine ungestellte Frage. „Und laut ihrem Ausweis sind sie Brite. Wie geht es ihnen jetzt?" Ich sah in seine braunen, iberischen Augen und erwiderte, „Ich will ja nicht prahlen, aber mir geht`s hervorragend."

„Logisch geht es ihnen besser, sie hatten nämlich ein massives Problem mit Ihrem Blutzucker! Ihr Wert bei Einlieferung war 40 mg pro Deziliter Blut."

„Ich hatte einen hypoglykämischen Schock?" „Wie ich höre kennen sie sich aus." „Ja, ich bin Arzt und habe auch in England studiert" stellte ich sinnloserweise in den Raum. „Na dann brauche ich ihnen ja nicht erklären, dass sie unter Umständen ein Diabetesproblem haben."

„Das glaube ich nicht, ich denke ich weiß woher mein Problem kommt." Ich erzählte ihm von meiner Schnapsidee mit der Wasser und Brot Diät, ließ aber Terence aus, da ja ich der Arzt war und die Dämlichkeit dieser Maßnahme selbst verantworten musste. „Was, sagten sie noch mal, haben sie studiert?" Ich glaube, in dem Augenblick wurde ich so rot wie ein 16-Jähriger, der beim Tanzen mit seiner Flamme gerade mit einer Erektion kämpfte. „Glauben sie mir, Herr Kollege, ich bin mir der Hirnlosigkeit dieser Unternehmung durchaus bewusst, aber da war ein gutes Stück Verzweiflung mit im Spiel." „Warten sie kurz, Dr. Spooner, ich komme gleich zurück und dann erzählen sie mir, was sie so verzweifeln lässt."

Er ging hinaus und nach 5 Minuten kehrte er mit einem Tablett voll Brot und Wurst wieder zurück. In der anderen Hand hielt es eine Flasche Wasser und eine Dose Bier. Er reichte mir das Wasser und sagte: „So, ich habe jetzt Mittagspause und wir zwei essen das jetzt. Aber langsam, sie haben lange nichts Vernünftiges mehr gehabt." Ich nahm mir Brot und Wurst und begann langsam zu kauen. Ich war mir sicher, ich hatte noch nie in meinem Leben so gutes Brot und so eine leckere Wurst gegessen. „Das ist eine Chorizo. Die beste Salami der Welt!" Ich nickte bestätigend, da mein Mund brechend voll war. Die fingerdicke Rauchwurst war zwar sehr fett, aber hatte einen einmaligen Geschmack nach Paprika und feinem Salz. Ich konnte nicht viel essen, aber dass was ich intus hatte, wollte nicht wieder aus mir raus, was mich einigermaßen beruhigte. „Sie trinken Bier in der Pause?" ich zeigte anklagend auf die Dose. „Ja, und das ohne schlechtes Gewissen, weil das der einzige Tropfen Alkohol ist, den ich mir ab und zu gönne." Er schaute mich jetzt erwartungsvoll an: „So, jetzt sind sie dran mit ihrer Story und lassen sie nichts aus!" Eine Stunde, also weit über seine Mittagspause hinaus, erzählte ich ihm alles, vom unseligen Anfang bis hin zum Krankenbett auf dem ich saß. Es tat so unendlich gut in mir aufzuräumen, dass ich fast geweint hätte. Ich glaube, das hätte ihn nicht gewundert. Eine ganze Weile blieb es still im Zimmer, bis er sagte: „Ihre spezifischen Blutwerte deuten genau auf dieses Problem hin. Trotzdem sind ihre Leber und ihre Bauchspeicheldrüse in Ordnung. Ob ihr Darm und Magen schon etwas abbekommen haben, kann ich ihnen ohne weitere Untersuchung nicht sagen, aber die können sie auch zuhause nachholen."

Ich nickte verschämt und mein Blick richtete sich auf den Boden. „Dr. Spooner", „Jaden, bitte" „Ok, Jaden, sie brauchen sich nicht zu schämen. Die Berufsgruppe der Ärzte hat die höchste Prozentzahl an Süchtigen und Selbstmördern." Er schaute nun sehr verdrießlich. „Wir kämpfen mit Niederschlägen durch Fehldiagnosen und Verlusten von Menschen, denen wir eigentlich helfen wollten. Das macht irgendwann jeden fertig, der sich mit seiner Aufgabe identifiziert. Nur die, die stark genug sind oder eigentlich aus ethischen Gründen nicht geeignet sind Arzt zu sein, schaffen es, ohne irgendwann daran zu zerbrechen." Er blickte mich nun sehr ernst an. „Viele meiner Kollegen trinken zum Frühstück eine Flasche Wein, und zwar täglich. Bis zum Abend sind es locker drei. Zwei von denen operieren gerade." Ich sah, dass das sein Ernst war und nahm mir vor jetzt noch besser auf der Strecke aufzupassen und falls ich mir einen Fuß bräche, würde ich nach England zurückkriechen und nur nach einem Alko-Test einen Chirurgen an mich heranlassen. Ich weiß, das war sehr selbstgerecht, wenn man bedenkt, warum ich hier eigentlich unterwegs war. Jetzt fiel mir etwas ein: „Sagen sie mal, wie war eigentlich mein Blutdruck?" „Der war perfekt, laut Rettungsdienst und Notaufnahme hatten sie 115 zu 75." Das haute mich fast um. Ich muss mir einfach bewusstlos den Blutdruck messen, dann passt der. „Ich verschreibe ihnen noch eine große Packung Distraneurin und dann können sie gehen." „Was? Einfach so? Wo muss ich bezahlen?"

„Herr Kollege, in welcher Welt würden wir den leben, wenn wir uns nicht mehr gegenseitig helfen würden?" Ich nahm mir fest vor, das nie wieder zu vergessen.

Wir umarmten uns spontan und ich hatte ausnahmsweise kein Problem, das mit einem Fremden zu tun. Na ja, eigentlich war er jetzt ein guter Freund. Er gab mir das Rezept, nickte mir zu und verließ wortlos den Raum. Wie von der Tarantel gestochen sprang ich auf, nahm meinen Rucksack und rannte aus dem Zimmer. Im Gang erst merkte ich, dass ich keine Schuhe anhatte. Etwas verschämt drehte ich um und holte meine Treter. Vor der Klinik musste ich mich erst einmal orientieren wo ich war. In geringer Entfernung sah ich die Kathedrale und nach 2o Minuten hatte ich auch das Stadttor, inklusive Pfeil, wiedergefunden. „Na toll, jetzt gehe ich die Strecke nochmal" murmelte ich vor mich hin und lief los. Ich war seit Jahren nicht mehr so befreit und am liebsten hätte ich laut gesungen. Vor vier Stunden noch im Zuckerkoma, zeigte sich jetzt, wie heilsam diese Ohrfeige war. Verdammt! Ich hatte vergessen meinen Kollegen nach seinem Namen zu fragen. Aber ich versprach mir, alles zu versuchen um ihn wieder zu finden, zumindest um ihm einen Brief zu schreiben. Als ich dann zum zweiten Mal in Rabe einmarschierte, versuchte ich es erst gar nicht in meiner letzten Pension, sondern ging sofort in die dunkle, gemeindliche Bruchbude. In einem Restaurant am Ortseingang aß ich eine leckere Suppe und ging früh schlafen. Ich hatte erfolgreich meine Reset Taste gefunden und gedrückt. Jetzt konnte es nur noch aufwärtsgehen. Pünktlich, nahm ich am nächsten Tag den Weg nach Hontanas zum zweiten Mal in Angriff, nur unter deutlich besseren Voraussetzungen. Es gab wie üblich einen spektakulären Sonnenaufgang, den ich wieder fotografierte. Ich hatte nun 12 Fotos gemacht, davon 10 Sonnenaufgänge, meinen Rucksack in Toulouse und ein Selfie von meinem Glatzkopf.

Wie eine Kartoffel sah ich da aus. Löschte es aber nicht, da Mary auch was zu lachen brauchte. Den Aufstieg nach Cuesta schaffte ich mühelos und war bereits um 10 Uhr vormittags in Hornillos. Wie üblich, strömten die Pilger unterwegs an mir vorbei. Mir mochte es zwar besser gehen, aber schneller bin ich nicht geworden. Ich aß mit Genuss ein Bocadillo und trank einen leckeren Café. Ich fühlte mich so gut, dass ich mich nach einer halben Stunde wieder auf die Strecke begab. Die Vögel pfiffen, als gäbe es einen internen Wettbewerb oder fiel es mir nur auf, weil meine Ohren nicht mehr nur nach innen hörten? Was auch immer, ich lauschte mit großem Interesse ihren Unterhaltungen. Fast 14 Tage hatte ich gebraucht, um ins Gleichgewicht zu kommen und vorher hatte ich es körperlich verlieren müssen. Ich marschierte bergan nach San Bol, einem kleinen Weiler am Hügelkamm. Langsam merkte ich, dass man auch an guten Tagen müde werden kann und hoffte mein heutiges Ziel, Hontanas, bald zu erreichen. Nur dieser verfluchte Ort kam und kam einfach nicht. In meinem Führer stand, dass die Ortschaft ca. vier km nach San Bol kommen müsste. Ich konnte aber sicherlich drei km weit sehen, weil es hier sehr flach war und war meiner Meinung nach, schon wieder fünf km unterwegs. So kann man sich täuschen. Als ich es schon nicht mehr glaubte, ragte in geringer Entfernung plötzlich ein Kirchturm aus dem Boden. Dieses vermaledeite Kaff war tatsächlich in eine Senke gebaut worden und konnte erst komplett aus nächster Nähe gesehen werden. Erschöpft, aber glücklich, betrat ich diese schöne kleine Ortschaft und fand am Ortseingang, neben der stattlichen Kirche, eine nette Herberge, die auch Einzelzimmer anbot.

Ich beglich meine Zimmerrechnung, wie jeden Tag, sofort und musste nur einen Aufpreis von 10 Euro leisten, bekam dafür aber ein Zimmer mit eigener Dusche und Toilette. Früher hätte ich mir nicht vorstellen können, dass es mich glücklich macht alleine ein Zimmer und eine Toilette zu haben. Dieser Weg zerrt einen geradezu "back to the Roots" und veranschaulichte auf subtilste Art und Weise, wie wenig man braucht, um zufrieden zu sein. Es kam mir so vor, als wäre ich gerade erst angekommen. In meinem Zimmer räumte ich meinen Rucksack vollkommen aus und legte den Inhalt zum auslüften auf einen Stuhl und auf den Boden vors Fenster. Nach der Dusche wusch ich noch meine getragene Kleidung und ging dann durch den Ort um selber Auszulüften. Im Vorbeigehen sah ich eine Gruppe Männer die Kirche betreten und beschloss kurzer Hand, auch das Gotteshaus zu besuchen. Überraschender Weise war hier nichts von der üblichen Vergoldung des Innenraumes zu sehen. In seiner Schlichtheit bestimmt die schönste Dorfkirche auf meinem bisherigen Weg. Ich setzte mich in die letzte Bank und beobachtete das Treiben vor dem Altar. Die Männer unterhielten sich in, vermutlich, russischer Sprache, so kam es ungefähr bei mir an. Aber die Sprache war für die nächste halbe Stunde sekundär, denn plötzlich stand einer der Gruppe auf, trat hinter den Altar, legte sich eine Stola um und begann mit der Liturgie eben in vermeintlich russischer Sprache. Im Kopf konnte ich das Gesprochene fast wörtlich übersetzen, da die Predigt diesem uralten christlichen Schema folgte. Ich war hingerissen von dem Pfarrer, der das offensichtlich war. Zum Schluss folgte noch das "Vater unser" das sich in kyrillisch noch schöner anhörte als in meiner Muttersprache.

Da es mein Lieblingsgebet war, hörte ich intensiv zu und fiel nur ins "Amen" mit ein. Ich bin sicherlich kein guter Katholik, sondern ein stabiler Christ mit sicherer Wertehaltung, die ich auch an meine Söhne erfolgreich weitergeben konnte, was mich einigermaßen mit Stolz erfüllte. Mir war wichtig, dass die Jungs sich selber ein Bild machten und sich eine eigene Meinung bildeten und auch dazu standen. Noch wichtiger war es mir, dass, wenn sie erkannten, dass sie sich geirrt hatten, dies auch zugeben konnten. Mit den Gedanken an die Beiden, verbunden mit Wehmut und Heimweh, verließ ich das Gotteshaus und begab mich wieder in die Hitze, die auch am frühen Abend nicht geringer wurde. Zudem ließ die Kuhle, in der sich der Ort befand, einen Luftaustausch nur in sehr geringem Maße zu. Auch in meinem Zimmer war es stickig und auch das offene Fenster brachte keine Abkühlung. Kein Lufthauch bewegte die Vorhänge. Ich legte mich nackt aufs Bett und versuchte vergeblich zu schlafen. Um Mitternacht fiel mir der deutsche Pfarrer Kneipp ein und ich erinnerte mich an einen Artikel, den ich zu dem Gottesmann gelesen hatte. Wenn ich mich recht entsann, hatte er damals einen Papst von der Schlaflosigkeit geheilt, indem er ihm empfahl kalt zu duschen und sich Nass in ein Leintuch zu wickeln. Was soll`s? Ich ging also kalt duschen, trocknete mich nur ein wenig ab und begab mich zu Bett. Mein Körper brauchte so viel Energie um mich wieder warm zu machen, dass er mich in den Schlafmodus zwang. Ich schlief wie ein Säugling. Ein Hoch auf den bayrischen Pfarrer.

Wiedersehen

Seltsam, dass mir das erst heute früh aufgefallen war. Ich konnte ungefähr 10-mal so viele Sterne sehen, wie bei mir zuhause. Das kommt davon, wenn man immer nur seine geschwollenen Beine beim Gehen ansieht. Ich ging durch eine hügelige Heidelandschaft im sanften Auf und Ab. Hier gab es weit und breit keine Lichtquelle, außer meiner Stirnlampe, die ich immer wieder ausschaltete um das Sternenband über mir zu bestaunen. Erst hier sah ich, warum man von der "Milchstraße" spricht. Am liebsten hätte ich mich auf den Boden gelegt und nur nach oben gestarrt, aber die beste Wanderzeit war nun mal vor Sonnenaufgang. Also Augen auf den Boden und weiter voran. Irgendwann war der Feldweg zu Ende und ich ging auf einer schmalen Asphaltpiste. Nach zwei km tauchte im Morgengrauen ein massiger Konvent vor mir auf. Es standen nur noch Ruinen und 2 große Torbögen überspannten die Straße. Die führte tatsächlich durch die Abtei San Anton. Ich hatte gelesen, dass der damals hier ansässige Antoniter-Orden die Pilger versorgte. Das war wieder mal ein Foto wert. Ich durchschritt die Ruine und zog weiter Richtung Castrojeriz. Die Sonne spielte wieder ihr Farbenspiel, als ich rechter Hand eine große Kirche sah, die eigentlich auch in Nordafrika hätte stehen können. Hier sah man deutlich die maurische Vergangenheit Spaniens. Die Fenster hatten Ovalbögen und auf der Turmspitze saß ein rundes Kuppeldach. Man konnte sogar aus der Entfernung jeden ockerfarbigen Backstein sehen, aus denen die Kirche und alle Häuser rundherum gefertigt waren. Also heute wurde mir wirklich was geboten.

Aber ich wusste auch, dass ich dafür bezahlen musste. Es war immer gleich, wenn die Landschaft schön war, dann war der Weg schwer. Gings durch ein Industriegebiet ließ es sich locker laufen. Kurz nach dem Ortseingang stand ich wieder vor einem riesigen Monument von Kirche. Die großen Türen waren sicherlich über drei Meter hoch und aus massivem Eichenholz. Ob die einer alleine aufmachen konnte? Aber viel schöner war das Bauwerk gegenüber, das war nämlich ein wunderschönes kleines Restaurant. Der Café schmeckte außerordentlich gut und auch das freiwillige Croissant war lecker. Gut gestärkt machte ich mich wieder auf die Strecke. In Castrojeriz habe ich zum ersten Mal erlebt, dass keine gelben Pfeile die Richtung wiesen. Ich suchte ungefähr eine halbe Stunde, bis mich, wiedermal, eine spanische Donna unter Dauerbeschallung aus dem Ort leitete und mich auf dem alten Römerweg, den man rudimentär erkennen konnte, in die Freiheit entließ. In der Ferne sah ich einen Bergsteig, der auf ein Plateau führte. Ich sah leider auch, dass mein Weg genau dorthin führte. Vor dem Tafelberg nahm ich all meinen Mut zusammen und begann den steilen Aufstieg. Ich ging betont langsam und schaute nicht nach oben, um nicht in Verzweiflung zu verfallen. Nach 30 Minuten war es geschafft. Ich stand auf dem relativ schmalen Plateau. Hier oben war ein kleiner, überdachter Rastplatz, der auch Pferde berücksichtigte, aber keine Verkaufsstelle für irgendwas. Normalerweise steht an jeder Ecke auf dem Jakobsweg ein Ständchen, wo man billigen, aber grässlichen Kaffee kaufen konnte. Nach hundert Metern endete der Bergrücken schon wieder und es ging auf geradem Weg noch steiler bergab als zuvor bergauf.

Unsinnigerweise hatte ein iberischer Vollpfosten den Abstieg betoniert. Bei Regen wäre dieser Weg unmöglich zu gehen. Vorsichtig, immer den Stock weit vor mir eingespreizt, machte ich Schritt für Schritt. Wenn ich hier ausgerutscht wäre, hätte ich den Berg rollenderweise in Rekordzeit verlassen. Da ich aber zu wenig Pflaster mitgenommen hatte, gab ich mir noch mehr Mühe nicht hinzufallen. Ab und zu blickte ich in die Ferne und sah, dass jetzt die Zeit des flachen Spaniens kam. Deprimierend weit konnte man kein Haus oder auch nur ein Gehöft ausmachen. Endlich war ich am Fuß des Berges und mitten in der Meseta angekommen. Die iberische Meseta ist eine ca. 200.000 qkm große Hochebene, die das eigentliche Herz Spaniens darstellt. Die Minivegetation würde auch zu einer Wüste passen. Hier etwas anzubauen musste sehr schwer sein. Ich sah weite Felder, die aber schon länger abgeerntet waren. Schätze mal, dass hier Getreide angebaut wurde. Auf dem Weg stand nicht mal ein kleines Bäumchen, man war der Sonne gnadenlos ausgeliefert. Ich trank in kleinen Schlucken, weil ich Angst hatte, dass mein Wasser nicht reicht. Es gab ja auch nirgends Brunnen zum Nachfüllen. Wenn man mal einen fand, war das Wasser nicht zum Trinken geeignet. Der schnurgerade Weg durchzog eine fast glühende Landschaft. Abseits des Weges sah ich einen kleinen Buchenhain und bog sofort ab, um im Schatten etwas zu rasten. Zu meiner großen Verwunderung hatte hier jemand eine Bank aufgestellt. Sicherlich nicht der nette Patron, der den Abstieg betoniert hatte. Auf der kleinen Bank saß schon jemand und ich konnte es kaum fassen, in genau derselben Position wie auf dem Pyrenäenpass, nämlich weit nach vorne gebeugt in seiner ausgewaschenen, weiten Jeans, den Wanderstab in beiden Händen vor sich haltend, saß ein alter Bekannter. Ich begrüßte ihn entsprechend: "Ist alles in Ordnung, kann ich Ihnen helfen?" Ich grinste ihn an. Mordecai hob den Kopf und schien sehr erfreut mich zu sehen. "Jaden! Schön dich zu sehen! Und wie ich sehe, geht es dir deutlich besser." Ich nickte: "Mir geht es sehr gut und ich hoffe, ich rieche nicht mehr nach altem Obst" sagte ich und machte deutlich, dass ich das nicht sarkastisch meinte. "Ich möchte mich auch noch für mein dämliches Verhalten bei unserem letzten Zusammentreffen entschuldigen, ich war voll neben der Spur."

"Ach das! Mach dir mal keinen Kopf. Du warst sehr krank und wie ich jetzt sehe, hast du einen Teil deiner Last abgeworfen."

"Ich hatte eigentlich gehofft alles abgeworfen zu haben" erwiderte ich. "So leicht macht es uns das Leben nicht, Jaden!" er blickte jetzt sehr ernst. "Du bist wegen vieler Probleme auf den Weg gegangen und die Welt wird von heute auf morgen nicht besser." Ich war wieder mal erstaunt. Woher wusste der, was meine Probleme waren und dass sie auch mit dem Allgemeinzustand unserer Welt zu tun hatten. Als hätte er meine Gedanken gelesen, sprach er weiter: „9 von 10 Pilgern kommen mit unserer modernen Zeit nicht mehr zurecht. Dieses Übermaß an schlechten Nachrichten, die uns jeden Tag um die Ohren geschlagen werden. Diese Brutalität, die uns mit Livebildern ins Wohnzimmer transportiert wird. Ich bin froh, weder Handy noch sonstiges nachrichtenfähiges Medium zu besitzen."

"Sie besitzen kein Handy, kein Radio und keinen Fernseher?" Er lachte laut auf: " Ich besitze nicht mal eine Wohnung!"

"Wie bitte?" mir fiel die Kinnlade auf die haarige Brust.

"Das verstehe ich nicht. Wo schlafen sie denn, wenn sie nicht gerade durch Spanien trampen?"

"In Hotels oder Pensionen!" "Wie bitte? " Ich bekam meine Kinnlade gar nicht mehr ins Gesicht zurück. "Da zahlen sie aber kräftig jeden Monat!" Er nickte gleichmütig. "Ich leide nicht unter Geldsorgen."

"Darf ich fragen, was sie von Beruf sind?" "Weltenbummler", war seine einfache und kurze Antwort. Ich glaubte nicht, dass er log, aber die Geschichte war schon sehr grotesk. Er stand auf. "Es ist Zeit, sonst backen wir hier durch und es ist nur noch ein kurzes Stück bis Itero, da gibt es eine kleine Herberge, wo ich heute übernachten werde. Ich lade dich ein dort auch zu verweilen, dann haben wir Zeit für ein längeres Gespräch. Deine Geschichte ist bestimmt interessant und ich platze vor Neugier."

"Dann sind wir schon zu zweit" erwiderte ich und musste lachen. "Das ist schon lustig, welche Menschen man hier trifft!" sagte ich "Nicht wahr? Mir geht`s genauso. Leider hört man auch Geschichten, die man nicht erwartet hat. Wie sagt man so schön, Fremde sind Freunde, die wir noch nicht getroffen haben, "gab er bedeutungsvoll von sich und sah mich ernst an. Wir gingen zusammen zurück auf die heiße Piste und strebten gen Itero de la Vega. Die Luft vor uns flirrte und machte den Weg vor uns unüberschaubar. Das Einatmen der heißen Luft erinnerte mich schmerzlich an eine Sauna. Wenn ich in diese finnische Folterkammer ging, saß ich immer ganz unten und auch nur fünf Minuten. Ich hasste es, heiße Luft zu atmen. Meine Lunge liebte warmen Tabakrauch, was sie mir jeden Morgen bellenderweise mitteilte, aber keinen kochenden Dunst.

Mordecai marschierte stramm, aber nicht schnell. Ich hatte ihn vorher noch nie aufrecht gesehen. Sein hagerer Körper überragte mich weit und ich schätzte ihn so um die 1 Meter 90. Sein langer Stab war etwas dicker als meiner und lag schwer in seiner großen Hand. Er hatte etwas majestätisches an sich. Aber seine Augen blickten gelassen, ohne jeglichen Hochmut, aber durchsetzt mit Weisheit. Man konnte ihn durchaus mit Professor Dumbledore oder auch mit Gandalf aus "Herr der Ringe" vergleichen, nur seine Haare waren etwas kürzer und nicht weiß. Ich sah definitiv zu viel Fernsehen! Ich war immer noch verblüfft über seine Lebensweise und ein kleines bisschen neidisch. Das musste man sich aber auch leisten können. Meine Schritte wurden jetzt deutlich schwerer. Die Kleidung, die ich heute trug, war durchgeschwitzt und es war noch Vormittag. Das dürfte heute einen neuen Hitzerekord geben. Zum Glück tauchte jetzt Itero auf und in der Ortsmitte war eine Miniherberge mit 10 Betten. Wir passten gerade noch so hinein und suchten uns gleich ein Bett. Unsere Unterkunft hatte einen Keller, in dem sich die Zimmer befanden und es war herrlich kühl. Ich schälte mich aus meinen Kleidern und musste neidvoll erkennen, dass Mordecai keinen einzigen Schweißfleck auf seinem weißen Hemd aufwies. Ich dagegen konnte meine Kleidung auswringen. Ich duschte mich und meine Wäsche in einer Mikrozelle und ließ mir noch kaltes Wasser in einen großen Eimer ein. Nur mit einer kurzen Hose bekleidet, setzte ich mich im Schatten auf einen Stuhl und versenkte meine Füße im kalten Wasser. Mordecai kam zu mir, setzte sich gegenüber und sagte nur: "Platz da!" und schon waren seine Füße auch im Wasser. "Nun Jaden, was willst du mehr?

Alleine dieses Fußbad ist mit nichts zu vergleichen. Es könnte alles so einfach sein, wenn wir uns alle ein wenig disziplinieren würden."

"Ja, da gebe ich ihnen schon Recht, aber die Verlockungen im normalen Leben versprechen mehr, als einen Eimer kalten Wassers."

"Wie war" sagte er nickend. "Weißt du, im Koran heißt es ungefähr so, `eines Tages sitzt der Teufel in jedem Wohnzimmer`, und du kannst dir sicherlich vorstellen, was da gemeint ist."

"Der Fernseher" schoss es aus mir heraus. „Das steht im Koran?"

"Nicht wörtlich so, aber eindeutig". „Ha" sagte ich erstaunt. „Da rentiert es sich doch tatsächlich, den mal zu lesen." Er nickte heftig "und dann vergleichst du ihn mit dem Alten Testament! Du wirst dich über die Parallelen wundern."

"Sie haben tatsächlich Bibel und Koran gelesen?"

"Und die Thora" ergänzte er, "ich hatte viel Zeit!"

"Ich weiß bald nicht mehr, an was ich glauben soll!" sagte ich etwas resigniert. "Komisch, auf dem Pyrenäenpass klang das ganz anders. Da sagtest du, dass du kein Problem mit dem Glauben hättest."

"Mit Gott bzw. dem Christentum nicht, aber mit der Bibel und der Kirche schon."

„Na dann sind deine Probleme ja gar nicht so groß, wenn du immerhin einen Gott hast." schmunzelte er. "Wissen sie, Mordecai, ich habe hier in 14 Tagen so viele Dinge erlebt. Absolut Verrücktes, Dramatisches, Trauriges aber auch Lustiges, Glückliches und Liebevolles. Was passiert hier?"

"Das ist ganz einfach, Jaden. Das ganze Leben wird hier auf 800 km komprimiert. Du erlebst es aber intensiver, weil dich nichts ablenkt. Ist dir aufgefallen, wie schnell man hier über die persönlichsten Sachen mit Wildfremden spricht und das in kürzester Zeit?" "Ja! Ist schon ganz schön loco was?" Er lachte schallend über meine Äußerung! "Was ist dir denn schon loco passiert?" fragte Mordecai glucksend und ich erzählte von all meinen Begegnungen auf dem bisherigen Weg. Ab und zu spiegelte sich meine Erzählung in seinem Gesicht wieder. Mal lächelten seine Augen, mal blickte er betrübt, um im nächsten Augenblick wieder erstaunt große Augen zu machen. Besonders die deutsche Polizistin grämte ihn. "Unfassbar, was diesem jungen Ding widerfahren ist. Ich habe sie auch getroffen und habe lange mit ihr gesprochen. Sie ist tapfer und wird das gut überstehen." "Was meinen sie zu Loco Chris" Jetzt lachte er „Entschuldige, dass ich lache, aber der ist voll durch den Wind. Was gäbe es für einen Grund für einen Weltuntergang?"

"Na ja, Gründe gibt es zu Hauf. Ist die Welt nicht teilweise schrecklich geworden?" Er sah mich ernst an:" Schrecklicher als vor 50 Jahren, als die erste Atombombe fiel? Oder vor hundert Jahren als der erste Weltkrieg die Menschen massakrierte? Und die tausenden Jahre zurück, wo kein einziges verging, ohne dass es in irgendeinem Teil dieser wunderschönen Welt einen Krieg gegeben hätte?"

"Der Mensch hat keine natürlichen Feinde, vielleicht ist es das Schicksal der Menschheit, sich selbst dezimieren zu müssen". Dem konnte ich nicht widersprechen. "Soll Gott einen Stein werfen, der nur die Bösen erwischt?" fragte Mordecai weiter? "Wäre das gerecht?"

116

Er ereiferte sich nicht, sondern wirkte ehrlich betroffen. "So Durchgeknallte wie Chris wird es immer geben und denen ist nicht zu helfen. Sein Weltuntergang hat begonnen, als er die Stimme seines Herrn vernahm." Ich nickte verstehend. So in der Art hatte ich auch gedacht. "Ich habe nur das Gefühl, dass das Böse in der Welt zugenommen hat." "Hat es nicht, Jaden, wir erfahren nur mehr davon. 99,9 % der Menschen auf dieser Welt sind gute Menschen. Das ist wie in einem Fußballstadion. Die Kameras richten sich nicht auf die vielen friedlichen Fans, sondern auf den Randalierer mit der Fackel in der Hand." Er sah mir nun tief in die Augen: "Hör gut zu Jaden. Plus kann ohne Minus leben, Schwarz existiert auch ohne Weiß aber Gut gibt es nicht ohne Böse, das eine definiert sich immer aus dem anderen!" Ich war vollkommen perplex über diese einfache Logik und der Weisheit dieses Mannes. Man merkte, dass er viel in der Welt unterwegs war. Es war keine Schulmeisterei, sondern nackte Wahrheit auf den Punkt gebracht. „Nun Jaden, jetzt habe ich die Geschichte der Anderen gehört, aber deine noch nicht." er sah mich mit unverhohlener Neugier an. „Ich hoffe, sie haben heute nichts mehr vor!" informierte ich ihn, aber er grinste nur und zwinkerte mir zu. Ich begann bei meiner eigenen Genesis und erzählte ohne Punkt und Komma, die spannende Geschichte von Dr. med. Jaden Spooner, von der ersten Zigarette bis zum letzten Schluck Whiskey in Pamplona, mit detailgetreuer Schilderung meines Versagens. Er unterbrach mich kein einziges Mal, auch an seiner Mimik konnte ich keine Gefühlsregung erkennen, nur seine intensive Aufmerksamkeit, die er mir zu Teil werden ließ, war spürbar. Mann, der wäre ein klasse Psychologe geworden.

Als ich geendet hatte, war das Wasser im Eimer warm und unsere Füße aufgeweicht. „Du hast eine tolle Familie. Du kannst so stolz auf sie sein!" waren seine ersten Worte und seine Stimme schien belegt. „Oh ja, das bin ich" erwiderte ich inbrünstig. „Deshalb verstehe ich meine Sucht nicht. Ich hatte nie einen Grund mir die Welt schön zu saufen. Sie war immer schön." „Tja, du hast es nur nicht gesehen und später hat dir der Alkohol eingeredet, du musst ihn nutzen, um einigermaßen existieren zu können. Dein Anfangsgrund für dein Trinkverhalten war ja deine Schlaflosigkeit und später hast du händeringend Gründe gesucht, um weiter zu trinken. Es gibt ein tolles deutsches Lied, *'der Teufel hat den Schnaps gebrannt um uns zu verderben, ich hör schon wie der Teufel lacht, wenn wir am Schnaps einmal sterben'*, dieser Text war eine Punktlandung. Deswegen verbietet der Koran den Alkohol und auch die anderen heiligen Bücher verdammen ihn. Aber solange der Mensch denken kann, hat er Früchte vergoren, um diesen unseligen Zustand zu erreichen." Ich hatte verstanden. Wir standen beide auf und er legte plötzlich beide Hände auf meine, für ihn niedrig gelegenen, Schultern. Es war wie, wenn ich einen Stromstoß erhalten hätte und ich dachte „jetzt falle ich schon wieder um", aber das Gefühl war gleich wieder weg. Wahrscheinlich bin ich zu schnell aufgestanden. Mordecai sah mir tief in die Augen, „deine Sucht ist beendet, weil du sie erkannt hast und gegen dich selbst gewonnen hast. Du kannst deine Medikamente wegwerfen, du wirst sie nicht mehr brauchen." Ich dankte ihm für seine aufmunternden Worte, war mir aber nicht sicher, ob ich das schon riskieren wollte. „So, jetzt habe ich Hunger. Komm Jaden, da vorne ist ein nettes Restaurant mit einer perfekten Paella."

Mann, jetzt war ich schon fast 20 Tage in Spanien unterwegs und hatte noch nie eine Paella gegessen. Na klar, war ja auf Diät.

Wir saßen vor dem Restaurant auf einer Miniplaca und warteten aufs Essen. Da traute ich mich zu fragen:" Darf ich fragen, wie alt sie sind, Mordecai?" "Sagen wir mal so, ich fühle mich wie ein Hundertjähriger, was meine Knochen betrifft und das kommt ziemlich nahe an mein richtiges Alter ran", antwortete er augenzwinkernd. Ich lachte, weil es mir ähnlich ging und beließ es dabei. Die Paella war köstlich, wobei ich das auch von einem trockenen Stück Brot behauptet hätte, bei dem Hunger, den ich hatte. Wir gingen von unseren ernsten Themen über in Belanglosigkeiten und hatten einen lustigen Abend. Besonders meine Zitate von Lucki, meinem bayrischen Freund, brachten alle Anwesenden zum Brüllen. Dieser hatte in seiner unnachahmlichen Art einen Kreislaufzusammenbruch als "Circle-run-together-brake" bezeichnet und meine Zuhörer hätten sich beinahe nass gemacht vor Lachen. Das war mit Abstand der schönste Abend seit langer Zeit und ich vermisste zu keinem Zeitpunkt meine Alkoholdosis. Gutgelaunt verließen wir die Placa und ich warf mich hundemüde ins Bett.

Wieder allein

Als ich am nächsten Morgen erwachte, war das Bett von Mordecai leer. Ich war ein wenig enttäuscht, weil mir das Wandern mit so einem interessanten Menschen mehr Spaß gemacht hätte. Trotzdem machte ich mich gutgelaunt auf den Weg. Kein Zittern meiner Hände, keine Gelenkschmerzen und der Rucksack war auch nicht mehr so schwer. Ich hatte mir wohl in den letzten 14 Tagen "Wanderbeine" zugelegt und meine Rückenmuskulatur war linear zum Schwund meiner Wampe gewachsen. Wenn das so weitergeht, kommt klein Schwarzenegger nach Hause zurück. Weiter ging es durch die heideähnliche Landschaft bis Boadilla, wo ich in einer moderneren Herberge frühstückte. Der Wirt hatte im Frontbereich seines Anwesens ein Gebäude renoviert, das vorher wahrscheinlich ein Stall gewesen war. Kleine, saubere Zimmer luden zum Übernachten ein. Durch ein großes, hölzernes Doppeltor kam man in den schönen Garten mit modernen Skulpturen, die auch den Jakobsweg zum Thema hatten. Im Haupthaus konnte man sich für etwas mehr Geld ein Einzelzimmer buchen. Da ich aber erst drei Stunden unterwegs war, zog ich nach dem opulenten Frühstück weiter. Ohne Diät machte es doppelt so viel Spaß zu pilgern. Kurz nach dem Ort führte der Weg kilometerlang an einem künstlichen Kanal entlang. Das machte aber nur am Anfang Spaß, weil es sehr eintönig war dem schnurgeraden Wasserlauf zu folgen. Nach anderthalb Stunden erreichte ich Fromista. Ich musste erst den Kanal über einen schmalen Steg überwinden, bevor ich in die größere Ortschaft einziehen konnte.

Für ein Mittagessen war es noch zu früh, daher zog ich todesmutig weiter um bis Carrion de los Condes, immerhin nochmal 20 km, zu gehen.

Entlang an riesigen, abgeernteten Weizenfeldern zog sich minimal ansteigend der Weg Richtung Westen. Ich war vollkommen alleine, obwohl die Statistik deutlich von einer exorbitanten Masse an Pilgern sprach. In dieser endlosen Weite verlief sich anscheinend jede auch noch so große Menge an Menschen. Ich werde es sehen, wenn ich am Ziel bin. So wie jeden Tag. Hier existieren andere Gesetze, aber auf keinen Fall Normalität. Ist das das gewisse Etwas was diesen Jakobsweg ausmacht? In Poblacion de Campos nahm ich ein kleines Mittagessen zu mir und fütterte die paar Straßenhunde, die friedlich von Gast zu Gast zogen. Die gehörten hier wohl zum Straßenbild und wurden von jedem mit Essen versorgt. Auf alle Fälle wirkten sie gut genährt, hatten aber keine Halsbänder. Kann auch sein, dass die Besitzer die Tiere anonym zum Fressen vor die Türe setzten und sich somit das Futter sparten. Bestimmt keine schlechte Idee. So unterhalten, verweilte ich ein paar Minuten länger als vorgesehen und hatte schon ein schlechtes Gewissen, da ich doch noch einige Meter vor mir hatte. Nach weiteren zwei einsamen Stunden kam ich durch Villamentero und ab da ging es endlos an der viel befahrenen Straße und ausgedehnten Weizenfeldern entlang, öde weiter. Zu gehen war die Strecke leicht, aber auch so öde, dass ich mich wieder in Tagschlafmodus versetzte. Ich befand mich gedanklich mal wieder in meiner turbulenten Vergangenheit. Mit 18 Jahren hatte ich zum ersten Mal den Wunsch etwas im sozialen Bereich zu arbeiten. Meine Zensuren waren gut und hätten ein Medizinstudium zugelassen. Um zu sehen, ob ich dafür geeignet bin, machte ich ein Praktikum in einem Hospiz.

So direkt mit dem Tod konfrontiert zu werden, machte mir die ersten Tage schwer zu schaffen, aber ich hatte mich bewusst für die schwerste Form der Pflege entschieden. Fast jeden Tag starb ein Patient und fast am selben Tag war das Bett wieder belegt. Die ersten Tage ging ich mit den Schwestern nur mit, um zuzusehen oder bei kleineren Versorgungen zu assistieren. zwei Wochen später durfte ich schon alleine den Kranken beim Waschen helfen oder es komplett übernehmen. Die Hemmschwelle, die Intimsphäre zu durchbrechen, war anfangs sehr hoch, legte sich aber schnell, weil die Menschen so unendlich dankbar für jede Hilfe waren. Kurz vor Ende meines Praktikums durfte ich auch schwierigere Maßnahmen durchführen. Eine davon war, die künstliche Ernährung über die Magensonde. Miss Willow, die ich in diesem Rahmen versorgte, war 88 Jahre alt und nach mehreren Schlaganfällen im Koma. Die reglose Gestalt vor mir wog vielleicht noch 40 kg und lag wie ein Embryo in ihrem Bett. Genau nach Vorschrift, stellte ich das Kopfteil des Bettes hoch und lagerte sie auf den Rücken, während ich ihr immer vorher mitteilte, was ich vorhatte. Jeder ungelernte Zuschauer hätte die Szene sehr skurril empfunden. Da lagert Jemand einen Komapatienten, der offensichtlich nichts mitbekommt, und spricht bei jeder Handlung mit ihm. Kommt einem sinnlos vor, aber meine Ausbilderinnen bestanden darauf, weil keiner wusste, was die Betroffenen mitbekamen. Zudem befahl einem der Respekt diese Vorgehensweise. Also Miss Willow war in der korrekten Position und ich öffnete die Klemme, um die Sonde vorab mit Tee zu spülen. Alles lief routiniert und problemlos ab.

Danach zog ich mit einer großen 100 ml Spritze die Flüssignahrung auf und gab diese langsam über die Sonde ein. Nach zwei Minuten bäumte sich meine Patientin plötzlich auf, erbrach ihren kompletten Mageninhalt und begann zu röcheln. Ich rief um Hilfe und beugte den Oberkörper von Miss Willow nach vorne, damit das Erbrochene nicht in ihre Atemwege geriet, aber es war zu spät. Sie machte noch zwei vergebliche Atemzüge und erschlaffte. Ich war total verwirrt und fing an, die Sterbende zu reanimieren. Die herbeigeeilten Pflegekräfte mussten mich gewaltsam von der mittlerweile Verstorbenen wegziehen. „Hör auf, Jaden. Es ist vorbei!" Meine Stimme zitterte, „Ich habe alles richtig gemacht, genau nach Vorschrift. Ich weiß nicht, wie das passieren konnte." Meine Kollegin sah mich mitfühlend an und sagte: „Es war ihre Zeit. Sie musste heute gehen und du warst einfach zu der Zeit da. Sieh es so, dank dir war sie nicht alleine." Das war mir natürlich kein Trost. Erst später habe ich kapiert, dass alles seine Zeit hat, das Leben und das Sterben. Jetzt sollte man meinen, das wäre der Todesstoß für meinen Berufswunsch gewesen, aber das ganze Gegenteil war der Fall. Miss Willow verfolgte mich lange und ich ging im Geiste immer wieder alle Tätigkeiten durch, konnte aber nie einen Fehler finden. Aber ein dumpfes Gefühl blieb einige Zeit in mir. Mit diesen Gedanken lief ich in Villacalzar ein und machte eine kleine Kaffee/Zigarettenpause. Hier hatte ich auch Telefonempfang und daher rief ich Mary an, um mir die täglichen Nachrichten abzuholen. „Jaden, schön von dir zu hören, Liebling" wie ich diese Stimme liebte und vermisste. „Na, was gibt`s Neues im Hause Spooner?"

„Nicht viel. Sophie hat einen Schnupfen und Jason ist seine ersten Schritte gelaufen." Das gab mir einen Stich in meiner großväterlichen Brust. Die ersten Schritte hätte ich so gerne miterlebt. Aber Mary fuhr fort, „Ach ja, und wir haben einen neuen Hund."

„Einen neuen Hund? Ich dachte nach Sally wollten wir uns kein Haustier mehr zulegen. Hast du vergessen, was wir mitgemacht haben, als Sally starb?" Und wieder war er da, mein Kloß im Hals. „Ich konnte nicht anders, Jaden. Lucy ist acht Wochen alt und kommt aus einer Tierauffangstation aus Italien."

„Italien? Die versteht uns doch gar nicht!" „Mach keine Scherze. Das arme Ding ist im Alter von vier Wochen auf den Misthaufen geworfen worden, weil der Besitzer ihre Mutter verkauft hatte und mit den Welpen nichts mehr anfangen konnte. Sie wurden von Tierschützern gefunden und mit der Hand aufgezogen." Ich merkte, wie es in mir kochte. „Diese Bastarde! Wie kann man Welpen auf einen Misthaufen werfen. Was geht in solchen Menschen vor?" „Jetzt reg dich nicht auf, Jaden. Wir haben sie ja gerettet und können es bei ihr wieder gut machen."

„Ist ja gut. Na, dann bin ich mal gespannt wie die sich macht."

„Die ist so lustig, Jaden. Sophie und Lucy sind die besten Freunde und Jason ist begeistert."

„Was ist es denn für eine Rasse?" Mary kicherte, „Eine Mischung aus einem Beagle und einem Bordercollie." „Ah, ein Jedama! War meine trockene Antwort. „Ein Jedama?" fragte Mary nach. „Ist doch logisch, *jeder darf mal*", ich lachte laut, als meine Frau empört schimpfte,

„Das darf man nicht sagen. Sie ist eh so verletzlich, das kleine Ding." „Ist ja gut, ich hör schon auf damit, aber klein wird dieses Ding nicht bleiben." „Warten wir es einfach ab. Und du, hast du schon Blasen?" wechselte sie unvermittelt das Thema. Jetzt erst wurde mir bewusst, dass ich keine einzige Läsion an meinen Füßen hatte. Nicht einmal ein Hühnerauge oder sonstige Druckstellen. „Nicht eine einzige, trotz Plattfüße," erinnerte ich sie an ihre Lachnummer vor der Reise. „Immer noch beleidigt, kleine Mimose?" „Nett war das nicht. Aber ich bin ja nicht so und vergib dir." „Sehr großzügig!" Lachte meine Liebste und wir beendeten unser Gespräch mit einem gehauchten Kuss, wie üblich. Jetzt noch fünf km und hoffentlich ein Bett, war mein Gedanke, als ich wieder unterwegs war. Ich mochte mich immer ärgern, wenn der Weg asphaltiert war, aber die Strecke nach Carrion, war übersät mit Geröll und man konnte keinen Schritt tun, ohne aufzupassen wo man hintrat. Das machte es noch beschwerlicher. Kein Baum oder Strauch weit und breit und die Sonne war unerbittlich. Mit den letzten Tropfen Wasser erreichte ich diese Wüstenstadt, die wie ausgestorben vor mir auftauchte. Gleich am Ortseingang war die erste Pilgerherberge und ich sah ein paar Personen, die im Schatten vor dem Haus saßen. Sie winkten mir zu und ich erwiderte den Gruß. Ich hatte in meinem Reiseführer gelesen, dass es hier ein billiges Hotel gibt. Ich versuchte hier ein Zimmer und, ganz dringend, eine Dusche zu bekommen. Das schlichte mehrstöckige Haus war das Zentrum der Ortschaft und nicht zu übersehen. In der großen Empfangshalle hatte ich das Gefühl, einen Saloon zu betreten. Eine große, offene Bar dominierte den Raum.

Gegenüber fand ich die Rezeption und zu meiner großen Freude bekam ich für 25 Euro ein Einzelzimmer mit Bad. Ich duschte bestimmt eine Stunde und wusch bei der Gelegenheit meine komplette Wäsche. Danach hängte ich alles vors Fenster, um es nach einer weiteren Stunde vollkommen trocken wieder einzutüten. Es war zwar zu keinem Zeitpunkt notwendig die Kleidersets so zu schützen, aber diese Gewohnheit hatte sich in mir festgesetzt, genauso wie der Spleen jeden Tag den Rucksack zu entleeren und alles zu kontrollieren. Im Fernsehen lief eine spanische Soap und mit dem Gedanken, dass hier derselbe Scheiß ausgestrahlt wird, wie bei mir zuhause, schlief ich ein und wachte, trotz laufendem Fernseher, bis um fünf Uhr früh nicht auf.

Ischias

Kein Albtraum störte meine Träume, vielmehr war es ein ruhiges Nichts. Nach einem frühen Café con Leche, dank der frühen Öffnung der Bar, begab ich mich auf den dunklen Weg. Ich wollte es an diesem Tag bis Ledigos schaffen, weil mir das Etappenziel meines Reiseführers, nämlich Sahagun, deutlich zu weit war. Über 40 km schaffe ich nicht. Hatte ich mich über die Hügel in Spanien beschwert? Ich tu`s nie wieder! Die erste Zeit ging es langweilig an der Autobahn entlang, danach genauso langweilig an endlosen Weizenäckern, auf denen nur noch die Stoppeln standen. Ab und zu aufgelockert durch massige Sonnenblumenfelder. Ein paar Scherzbolde hatten Gesichter auf die großen Blüten gezeichnet, indem sie einfach die Kerne herausgepult hatten. Witzig ja, aber für den betroffenen Landwirt bestimmt ärgerlich, da offensichtlich sehr viele Scherzbolde unterwegs waren. Die Ränder der Felder waren übersäht von Sonnenblumengesichtern. Knapp 20 km war nichts zu sehen, als der Schotterweg und die Felder, die jetzt einer, genauso trostlosen, Heidelandschaft Platz machten. Keine Farbe außer dem verdorrten Hellbraun des hohen Grases. Nach 17 km langweiligen Marsches, kam ich in die kleine Ortschaft Calzadilla de la Cueza. Hier wohnten vielleicht 50 Menschen, aber die Herberge war für 80 Pilger vorgesehen. Das hieß, dass öfter mal mehr Fremde als Einheimische im Ort waren. Es war noch relativ früh und daher konnte ich hier etwas länger pausieren. Ich setzte mich in den Schatten der Herberge und genoss einen herrlich schlechten Filterkaffee mit Trockenmilch.

Mehr gab es hier nicht, so gaffte ich ungeniert die Vorübergehenden an und lästerte in Gedanken über jeden, der vorbeieilte. Langer Lulatsch, fette Kuh, Dumbo mit Flügelohren und vieles mehr. Jeder hat das Recht, auch mal ein Arschloch zu sein und heute war ich dran. Was Langeweile aus einem macht. Hauptsache nicht an zu Hause denken und Heimweh kriegen. Das ist schlimmer als Fremde gedanklich zu verreißen. Besser ging es mir danach aber auch nicht, so entschuldigte ich mich, auch in Gedanken, bei allen Denunzierten und schlich von dannen. Jetzt hatte ich noch 7 km auf diesem Schleichweg. Ich wurde auch heute wieder dutzende Male überholt und dabei fiel mir etwas auf. Sehr viele der Überholer gingen die Tage zuvor noch nicht alleine. Ich war mir sicher, dass bestimmt mehr als fünf von denen einen Wanderpartner hatten. Jetzt musste ich frech werden, um meine Neugier zu befriedigen. Die Nächste, die strammen Schrittes an mir vorbei wollte, sprach ich, entgegen meiner Gewohnheit Frauen gegenüber, einfach an: „Hallo, guten Tag!" Die Angesprochene wirkte etwas befremdet, da man sich ja schon öfter gesehen hatte, aber außer einem freundlichen Zunicken kein Kontakt aufgenommen wurde. „Entschuldigen sie, wenn ich sie einfach so anspreche, aber ich habe sie die letzten Tage nie alleine gesehen und hoffe, dass ihrem Begleiter nichts passiert ist." Sagte ich im höchsten Maße scheinheilig. „Den trifft hoffentlich der Schlag, den hirnverbrannten Wichser. Wollte mich hier auf dem Pilgerweg mit einer katholischen Hure bescheißen. Meinetwegen soll sie ihn haben, ich bin fertig mit ihm. Und den hätte ich beinahe geheiratet!" Sie funkelte mich noch wütend an und schritt entschlossen voran. Ist das geil! Schon war mein Tag gerettet.

Hier passiert wirklich alles, was einem in einem kompletten Leben von 80 Jahren Mal begegnet. Mordecai ist ein Genie! Dieser Weg hatte eine Zeitrafferfunktion. Hier sollte man alle Heiratswilligen für vier Wochen entlangschicken. Wenn die sich danach noch in die Augen schauen können, bleiben die für immer zusammen. Bitterbösegutgelaunt kam ich in Ledigos an. Da gab`s wieder mal 100 Pilger auf 20 Einwohner und ich ergatterte mir in einer kleinen Alberge ein Bett an der Türe. Die Nacht war gerettet. Nach der Dusche und dem Wäschewaschen war, nach einem kargen Abendmahl mit Spaghetti und Weißbrot, auch schon Schlafenszeit. Ich konnte gut einschlafen, ich brauchte nur den heutigen, langweiligen Tag nochmals Revue passieren lassen, schon war ich im Land der Träume. Meinen Wecker brauchte ich wirklich nicht mehr. Pünktlich um fünf sprangen meine Augen auf und mit vollautomatisierten Bewegungen kramte ich, lautlos in der Dunkelheit, meine Habseligkeiten zusammen und verließ das Verließ. Heute geht`s nach Sahagun und ich war gespannt, wie das Kaff wohl aussehen mochte, bei so einem tollen Namen. Irgendwie war mir der Name auch noch aus einem der Bücher geläufig, die ich vor meiner Reise gelesen hatte. Ich wusste aber nicht mehr, in welchem Zusammenhang. Mein Kopf juckte schon seit Tagen, da die wenigen Haare, die ich noch hatte, tatsächlich noch mal den Versuch unternahmen nachzuwachsen. Heute waren es nur knappe 16 km und ich schlenderte fast, um nicht zu früh anzukommen. Zuerst merkte ich nur ein leichtes Ziehen im rechten Oberschenkel und ich dachte an Muskelkater. Aber warum sollte ich nach 18 Tagen plötzlich solche Beschwerden bekommen.

Nach einem weiteren Kilometer wurden die Schmerzen immer schlimmer und ich hatte jetzt die Vermutung, dass der Schmerz von meiner Lendenwirbelsäule nach unten bis zu der rechten Ferse zog. Ich musste jetzt richtig humpeln. In Moratines, ca. 10 km vor meinem Ziel, fand ich ein nettes kleines Restaurant, wo ich ein frühes Mittagessen einnahm. Ich war mutterseelenalleine hier und so traute ich mich meine Wanderschuhe auszuziehen. Zudem saß ich ja auf einer Veranda im Freien und so konnte der Geruch, den meine Füße verströmten, auch vom benachbarten Bauernhof kommen. Als ich meinen rechten Schuh ausziehen wollte, sah ich das Dilemma. Meine Achillessehne schwoll über den Stiefelrand und es tat höllisch weh den Schuh auszuziehen. Es war nicht der Ischias. Das hieß, der Schmerz zog nicht von oben nach unten, sondern andersrum, von unten nach oben. Der Wirt kam zufällig vorbei und warf die Hände über den Kopf. Was jetzt kam, kann sich jeder vorstellen. Ich bekam wieder vollkommen gratis eine Spanischeinweisung vom Feinsten. Mit sich selbst redend, verließ der Chef des Hauses die Arena, um mit einem Eimer eiskalten Wassers wieder zu erscheinen. Der Knabe bekam von mir gedanklich eine Ehrenurkunde für Fremdenfreundlichkeit, leider sprachlich nur ein „Gracias". Man kann ja sagen was man will, über meine lieben Iberer, aber freundlich sind sie alle und das ehrlich und von Herzen. Besonders auf dem Land sind die Pilger Heilige, denen man helfen muss, komme was will. Ich versenkte unter leisem Stöhnen meinen geschwollenen Fuß im Eiswasser und fühlte mich deutlich besser. Die Diagnose stellte sich von selbst.

Das war das Paradebeispiel für eine, halten sie sich fest, „Achillodynie", im Volksmund auch „Stiefelrandentzündung"! Das heißt tatsächlich so und der Verursacher war ich selbst. Ich hatte heute früh, aber wahrscheinlich auch schon gestern, meinen rechten Stiefel schlampig verschnürt, den Zug auf den Senkel am oberen Teil des Schuhes zu fest gebunden und diese Entzündung provoziert. Ich stöberte in meinem Rucksack, fand meinen Erste Hilfe Beutel und entnahm ihm eine Kompressionsbinde, ein Tape Pflaster und Gelenksalbe. Professionell verband ich meine Läsion, unter dem bewundernden Blicken des Wirtes und seinem Hund. So versorgt, konnte ich nach knapp zwei Stunden einigermaßen schmerzfrei meinen Weitermarsch antreten. Die letzten 10 km ging ich sehr langsam und vorsichtig, wie der Weg es zuließ und benötigte satte vier Stunden bis Sahagun. Dort sah ich zum ersten Mal die blaugelben Embleme einer neuen Herbergsform. Man konnte am selben Ort zwischen Matratzenlager und Einzelzimmer mit Bad entscheiden. Von 5 bis 30 Euro waren die Preise für jeden Wunsch tragbar. Ich nahm natürlich ein Einzelzimmer, ich war ja schließlich ernsthaft verletzt. Mir wurde vor Ort ein Arzt angeboten, aber da ich die Trinkgewohnheiten meines Kollegen hier nicht kannte, lehnte ich dankend ab. Ich hatte sowieso, was ich brauchte. Zuerst legte ich mich frisch geduscht aufs gemütliche Bett und betrachtete meinen, jetzt auch wieder frisch verbundenen, Fuß. Wie mach ich weiter? Das hier war zwar eine private Organisation, aber für die galt auch, nur eine Übernachtung pro Pilger, danach musste man weiterziehen oder ein Attest bringen. Die Regeln des Jakobsweges waren da eindeutig und hart.

Bis Leon waren es knappe 60 km und nur dort konnte ich mir für ein paar Tage ein Hotel nehmen. 2 – 3 Tage Pause müssten reichen, um wieder weitergehen zu können. Sahagun war groß genug für einen Zugbahnhof und ich machte mich humpelnd auf Erkundungstour. Da ich beim Einmarsch in die Stadt Gleise überquert hatte, wusste ich die grobe Richtung. Die Beschilderung war auch eindeutig und schnell war der relativ große Bahnhof gefunden. Mit dieser Erkenntnis, ging`s zurück zur Herberge. Mein Abendmahl war opulent, weil ich auf der Waage feststellte, dass ich jetzt 70 kg wog und ja auch Muskelmasse aufgebaut hatte, traute ich mir ein Steak mit Ofenkartoffel zu. Aus Fett wird Muskel und Muskeln sind schwerer als Fett. Das heißt, ich hatte mehr als 8 kg abgenommen. Das Beste würde aber noch kommen. Wenn ich wieder zuhause bin und den Sport auch weiterhin verweigere, nehme ich ab, weil sich meine Muskeln wieder abbauen. Das nenne ich gute Aussichten. Gut gesättigt, lässt es sich auch friedlich schlafen. Traumlos glitt ich durch die Nacht und wachte wieder pünktlich auf. Da ich aber heute mit dem Zug fuhr, hatte ich noch Zeit und blieb bis 8 Uhr liegen. Ich bummelte mich durch Morgentoilette und Frühstück, bevor ich mich auf den kurzen Weg zum Bahnhof machte. Der Zug nach Leon ging erst gegen halb 12 und so hatte ich noch eine längere Wartezeit auf dem schmucken Bahnhof, mit seinem gefliesten Schriftzug. Heute war es bewölkt, ohne Gefahr von Regen, das hieß, man konnte auf dem Bahnsteig sitzen, ohne zu braten. Irgendwie, kam mir das hier alles so bekannt und vertraut vor. Lange sinnierte ich darüber warum, konnte mir aber keinen Reim darauf machen.

Erst als ich beschloss, das Schild mit dem Stationsnamen zu fotografieren, fiel es mir unvermittelt ein. Dieser deutsche Komiker hat hier auch gesessen und über eine vergangene Geschichte nachgedacht. Er war mit Freunden, besser gesagt nur Freundinnen, bei einem Rückführungsseminar. Das heißt, irgendein durchgeknallter Psychologe machte einen riesen Reibach, mit ebenso durchgeknallten Freaks, die mit seiner Hilfe in ein früheres Leben rückgeführt wurden. In einer dieser Rückführungen ist er dann wahrscheinlich weggepennt und träumte von einem Erlebnis in einem früheren Leben in Polen. Dort als Mönch tätig, wurde er von deutschen Soldaten erschossen, weil in der Abtei Juden versteckt wurden. Der hat dies so überkompensiert beschrieben, dass ich den Verdacht hatte, dass er in diesem Traum eigentlich hinter dem Gewehr stand, als abgedrückt wurde. Auch seine total überzogene Reaktion auf den Typen der "Mein Kampf" als sein Lieblingsbuch nannte, gab mir zu denken. Irgendwann sollten die Deutschen diese Erbschaft abschütteln. Warum sollte man der Generation nach Hitler noch Vorwürfe machen, was vor ihrer Zeit war. Die jüdischen Vereinigungen legten selbstverständlich größten Wert auf diese Erbschuld, da man damit ja gut Politik und Geld machen kann. In Deutschland kann man zu jedem Polen "Polacke" sagen und ist höchstens politisch inkorrekt, aber wenn sich wer gegen die Juden äußert, ist er Antisemit und somit im höchsten Maße rechtsradikal. Schon ein komisches Volk, diese Germanen. Während dieser Gedanke durch mein Gehirn sauste, fuhr mein Zug nach Leon ein. Auf der kurzen Fahrt von 45 Minuten sah ich den Weg, den ich nicht ging. In der Ferne sah man Häuser, die wie Erdhügel aussahen.

Wäre bestimmt interessant gewesen, die von Nahem zu sehen. Leon hatte einen riesigen Zentralbahnhof und ich brauchte einige Zeit um da raus zu finden. Mit Rucksack und Wanderstab wurde ich misstrauisch beäugt, was mir seltsam vorkam, da man annehmen musste, dass die Leute hier Pilger erkennen. Auch diejenigen, die mal den Bus nahmen oder mit dem Zug fuhren. Nicht weit Richtung Stadtzentrum fand ich ein, für Leoner Verhältnisse, günstiges Hotel und schrieb mich für drei Tage ein. Nachdem ich Mary angerufen hatte, die natürlich sehr besorgt war, wollte ich einen kurzen Stadtbummel machen. Gleich gegenüber meiner Behausung überspannte eine breite Steinbrücke den Bernesga, einen Nebenfluss des Duero. Links und rechts des Ufers waren großzügige Gehwege angelegt und luden zum Flanieren ein. Eigentlich sollte ich mich stillhalten, aber ich hatte Hummeln im Arsch, die mich über die Brücke trieben. Auf der anderen Seite ging es geradeaus in die Innenstadt und zur Kathedrale. Hier fand ich zu meinem Entzücken, einen internationalen Zeitungsstand und kaufte mir die „Sun". Gutgelaunt humpelte ich weiter und kam bald am hiesigen Rathaus vorbei, das von dem berühmten Architekten Antoni Gaudi als Frühwerk geplant worden war. Die Werke dieses Genies, traf man in ganz Spanien, aber vor allem in Barcelona, an. Mein Weg führte mich weiter durch die sehr breite Gasse, auf deren Boden alle 50 Meter die Jakobsmuschel in Bronze eingelassen war. Vor mir öffnete sich nun ein großer Platz und eine riesige Kathedrale wuchtete sich in mein Blickfeld. So etwas hatte ich weder erwartet, noch vorher jemals gesehen. Von zwei protzigen Türmen flankiert, tat sich ein gigantischer Mittelbau auf.

In dessen Zentrum dominierte ein filigran gemauertes, rundes Fenster, mit locker drei Meter Durchmesser. Durch drei hohe Rundbögen konnte man zu den, ebenso hohen, hölzernen Toren gelangen und durch diese, oh Wunder, ohne Eintrittsgeld die Kirche betreten. Im Inneren bekam ich meinen Mund nicht mehr zu. Das Tageslicht wurde von vielen gewaltigen Bogenfenstern, die allesamt mit einzelnen Geschichtsthemen bunt bemalt waren, gebrochen und in allen Farben im Raum verteilt. In der Mitte des Domes stand eine Kirche! An die Außenwände waren einzelne Kapellen aneinandergereiht, die reich verziert und daher verschlossen waren. Ich konnte mir nur vorstellen, dass die wohlhabenden Familien oder der Adel, sich innerhalb der Kathedrale eigene Beträume reservierten. In der Mittelkirche fand gerade eine Messe statt und ich zog mich aus dem Gotteshaus zurück. Vollgestopft mit diesen Impressionen, zog ich mich in mein Zimmer zurück. In den folgenden drei Tagen schonte ich mich so gut es ging, aber mindestens einmal am Tag musste ich in diese Kathedrale gehen und ich sah jedes Mal was Neues. Am Morgen des letzten Tages, ging es mir bestens. Mein Kopf juckte nicht mehr, da die Haare wieder lang genug waren und mein Fuß war abgeschwollen. Zur Unterstützung wollte ich den Tape-Verband aber noch für ein paar Tage belassen. Ich kaufte mir in der Apotheke noch frische Binden und versenkte sie, wie alles andere, in meinem Rucksack. Ich verwandelte mich zurück in den Pilger und verließ pünktlich um halb sechs das Hotel, nicht ohne den verblüfften Portier noch ein fröhliches „Buen Camino" entgegen zu schmettern. Der duckte sich unwillkürlich, so, als hätte ich eine Dose Ravioli nach ihm geworfen.

Ich lachte lauthals, als ich die Nobelherberge verließ. Zum Eingewöhnen wollte ich heute nur die 12 km nach Valverde de la Virgen gehen. Der Weg war leicht zu nehmen und daher stocklangweilig. Schnurgerade und flach, ging es zuerst durch ein Industriegebiet und danach durch kleinere Randortschaften, sowie am Lioner Flughafen vorbei. Nach drei Stunden zog ich in Valverde ein und nach einem Frühstück in diesem langweiligen Kaff, musste ich weiterziehen. Ich ging betont langsam und beobachtete wie üblich die Wanderer, die mich, auch wie üblich, überholten. Das waren jetzt ja vollkommen neue Typen, weil ich nach meiner Pause und abzüglich meiner Eisenbahnreise, einen Tag hinterherhinkte. Kam es mir nur so vor, oder waren die jetzt noch jünger als meine vorherigen Leidensgenossen? Was mir aber extrem auffiel, war, dass die meisten Vorüberziehenden den Kopf tief über ihr Smartphone gebeugt hatten. Ich sah auf mein Handy, aber wie erwartet, war hier in der Pampa kein Empfang. Meine typische Neugier bekam wieder Oberwasser und ich sprach die Nächste einfach an. „Entschuldigen sie, haben sie hier draußen Empfang?"

„Ne Alter, ich schreib WhatsApp auf Vorrat!" sie sah mich mit großen Kuhaugen an, ohne zu blinzeln. „Über was schreiben sie denn? Sie sehen doch gar nichts!" Ihr Anblick wurde noch „kuhähnlicher" und sie ging wortlos und schnell weiter. Wenn das hier auch Mode wird, müssen die Spanier die gelben Pfeile auf den Boden malen. Also, die schreiben die Nachrichten im Großpack und wenn sie sich dann in der nächsten Herberge ins W-LAN eingeloggt haben, drücken die ne Taste und die komplette Familie wird mit den neusten Jakobusinfos erschossen.

Das sieht dann ungefähr so aus: „Hallo ihr Alten zuhause. Mir tun die Beine weh vom Wandern und das Genick vom Schreiben, ansonsten sehen hier die Straßen wie zuhause aus, weil ich bisher nicht mehr gesehen habe, als den Boden! Viele Grüße, eure Kuhhilde." Jaden ist schon wieder böse! Is aber auch wahr. Wie kann man so durchs Leben marschieren. Die machen das ja nicht bloß hier. Wobei ich zugeben muss, dass mir das nur heute aufgefallen war oder ich habe vorher nicht darauf geachtet. Zuhause habe ich mal einen Sender geschaut, der lustige Videos zeigte und viele davon zeigten Missgeschicke, die passierten, als die Betroffenen tief ins Handy versenkt waren. Das war ja noch zum lachen, aber es hat auch schon tödliche Unfälle gegeben. Ich habe bisher in meinem Leben nur ein Selfie gemacht und das im Sitzen, von meinem rasierten Kartoffelkopf. Das waren heute die längsten und langweiligsten 20 km die ich je gelaufen war. Nach San Miguel ging es an der Schnellstraße entlang und so konnte ich wenigstens ab und zu ein Auto anschauen. Aber nicht einmal viele Fahrzeuge fuhren hier, in dieser trostlosen Einöde. Etwas erstaunt sah ich am Ortseingang das Schild eines örtlichen Golfplatzes auf dem laut Angaben auf eben diesem Schild, die jährlichen spanischen Golfmeisterschaften ausgetragen werden. Wo, bitte schön, ist hier Rasen oder spielen die hier Wüstengolf, wo man ausschließlich aus dem Bunker einlocht? Das wars aber dann wirklich mit den Sehenswürdigkeiten. Und weiter ging`s entlang der Straße bis Villadangos. Der einzige Eintrag bei Wikipedia über diesen Ort, ist eine Schlacht im Jahre 1111 und seither scheint sich hier nichts mehr getan zu haben. Einem langweiligen Tag folgte eine langweilige Nacht.

Erst am nächsten Morgen realisierte ich, dass ich seit Leon kein Distraneurin mehr genommen hatte. Ich war anscheinend durch mit den Entzugserscheinungen. Rein medizinisch gesehen, ein Ding der Unmöglichkeit, aber Rasputin, Entschuldigung, Mordecai hatte mir das ja schon prophezeit. Mein rechter Fuß hielt sich, gut bandagiert, vollkommen ruhig und ich hatte nur meine üblichen Rückenschmerzen und wenn auf dieser Strecke einer sagt, er hätte keine Rückenschmerzen, dann hatte der Watte geladen oder log wie gedruckt. Ich hoffte, auf eine etwas interessantere Strecke und vielleicht auch mal wieder einen Gesprächspartner ohne Handy vor der Nase. Heute gings, laut Führer, in einer leichten Aufwärtsbewegung nach Astorga und das sollte eine ganz interessante Stadt sein.

Dr. Bums

Um halb 6 verließ ich fluchtartig meine Behausung, vielleicht konnte ich den Flöhen noch entkommen. Die kommunale Einrichtung hatte nur Hochbetten im Stahldesign und von meinem Bett aus konnte ich auf die Kloschüssel sehen. Die Toilette für 20 Leute war mit einer halben Schwingtüre ausgestattet und sogar die war aus durchsichtigem Glas. Logisch, dass alle, die ein Bedürfnis hatten, vor die Bruchbude gingen. Über San Martin ging es bergab nach Hospital de Orbigo. Der Weg führte durch Natur pur und ich genoss, auch in Dunkelheit, den gut passierbaren Pfad. In Hospital überspannte eine 200 Meter lange Steinbrücke den Rio Orbigo und das angrenzende Sumpfland. Auch hier weit und breit kein Wasser und der Sumpf war staubtrocken. Mitten auf der Brücke saß ein junger Mann auf dem niedrigen Steingeländer und betrachtete seine linke Ferse. "Na, ne Blase gelaufen?" begrüßte ich den Leidenden. "Tja, da bin ich gerade mal drei Tage unterwegs und dann sowas."

"Ah, sie sind in Leon gestartet?" Er schaute kurz hoch, musterte mich intensiv und sagte. "Jep, ich habe nicht so viel Zeit. Ich bin Chirurg und muss in 14 Tagen wieder zurück." Ich war etwas konsterniert, da es keinen Grund gab, warum er seinen Beruf nennen musste, da es sicherlich mehr Motive geben konnte, um keine Zeit zu haben. "Gerade jetzt müsste ich aber weiter, weil ich gestern mit einer Schnecke angebandelt habe und die gleich einen auf Liebe macht." Der war aber wirklich mitteilungsfreudig, dachte ich bei mir.

Wahrscheinlich war die Chirurgenmasche sein Ding, um die Mädels in seinen Schlafsack zu bekommen. "Ich habe ein Hydrokolloidpflaster dabei. Wollen sie eins drauf tun?"

"Ne Danke, ich zieh mir in Astorga einen Faden durch die Blase, dann kann die antrocknen." Jetzt war ich ehrlich verblüfft. "Wo sind sie denn Chirurg, wenn ich so neugierig sein darf?" Jetzt wollte ich es wissen ob der nur so tut, oder genauso ein Trottel war, wie mein Kollege Percy zuhause. "Ich arbeite in der Charité in Berlin, im Bereich der Viszeralchirurgie." Da war mir alles klar. Der war schon Chirurg, hatte aber außer offenen Bäuchen noch nicht viel mehr vom Menschen gesehen. Irgendwie hatte ich das Gefühl, ich wäre ihm lästig. "Also danke für ihr Angebot, aber ich komme schon klar." Der wollte mich definitiv loswerden. Jetzt machte ich den ultimativen Arroganztest. "Ich fragte nur nach, weil ich auch Arzt bin. Allgemeinmediziner in Old Basing, das ist in der Nähe von London." Was jetzt kam, war wie ein Rückwärtssalto ohne Netz. Er stellte sich sofort gerade auf und nahm meine Hand. "Das freut mich aber jetzt außerordentlich, einen Kollegen zu treffen." Ich nickte ihm kurz zu", aber auf diesem Weg sind wir doch alle gleich, da kommt es doch nicht auf den Beruf an."

„Nicht ganz Herr Kollege," wie ich es hasste, „wir sind doch immer im Dienst. Selbst auf diesem Schotterweg, müssen wir damit rechnen, jederzeit gebraucht zu werden." Ich blickte auf den Weg hinter und vor mir und musste feststellen, dass der Typ keine Ahnung von einem Schotterweg hatte.

"Komisch, ich bin jetzt schon über 20 Tage unterwegs und musste kein einziges Mal ärztlich tätig werden. Ganz im Gegenteil, wurde eher mir geholfen."

"Tja Herr Kollege," was für ein Arschloch, „um bei den Tussis anzukommen, muss man auch mal tätig werden, ohne dass es notwendig wäre. Gestern knickte `ne Biene aus Holland vor mir kurz um. Das tut zwar kurz weh, aber passieren kann da eigentlich nix. Ich aber sofort an ihrer Seite, hab sie professionell untersucht und einen kleinen Stützverband angelegt. Ich weiß, total überzogen, aber der Abend und die Nacht waren gerettet", teilte er mir augenzwinkernd mit. "Was meinen sie, warum ich heute etwas schneller aus der Alberge verschwunden bin? Die wollte gleich den Rest des Weges mit mir gehen." Meinen verekelten Blick missverstand der Pseudodoktor absolut. „Wenn wir beide zusammenbleiben, haben wir bestimmt noch einigen Spaß auf der Strecke." Darauf kannst du dich verlassen, „Dr. Bums", dachte ich mir. Aber auch solche Typen sind hier unterwegs. Ich machte mich wortlos vom Acker aber selbst diese Geste kam falsch an. Innerhalb von zwei Minuten war der fröhlich grinsend an meiner Seite. Selbst schuld, ich musste ja unbedingt einen Test machen. Im Laufe unseres gemeinsamen Marsches durfte ich aber dann feststellen, dass der Typ gar nicht so krumm war wie befürchtet. Man konnte sich über jedes Thema mit ihm unterhalten und er hatte klare, nachvollziehbare Grundsätze und feste Meinungen. Wir unterhielten uns über den Glauben, Sinn und Unsinnigkeit von Religion und Kirche. Ich wollte es kaum glauben, aber der Kerl war gefestigter Christ, mit einem Gottesglauben wie dem meinigen.

Irgendwann aber, musste er vom Wickeltisch gefallen sein. Ein kluger Kopf, mit absolutem Schaden, was Frauen betraf. Die waren so etwas wie Freiwild für den Bauchaufschneider. Das ging sogar soweit, dass er mit der Zunge schnalzte, als wollte er ein Pferd rufen, wenn eine junge Frau an uns vorbeilief. "Sagen sie mal, von Frauen halten sie aber nicht besonders viel, so wie sie sich hier benehmen." Ich konnte nicht anders. Einem Arsch muss man ab und zu sagen, dass er einer ist. "Wieso? Das war doch als Kompliment gedacht! Die sind doch froh, wenn sie etwas Aufmerksamkeit erhalten!" "Mit **die,** meinen sie tatsächlich Frauen?" "Das dürfen sie nicht missverstehen, Herr Kollege", bis zu dem Zeitpunkt hatte er mich noch nicht nach meinem Namen gefragt und seiner interessierte mich nicht, "ich komme so selten vor die Türe, dass ich alle Chancen nutzen muss!"

"Alle Chancen um eine Frau ins Bett zu bekommen oder vielleicht auch mal, sich nur zu unterhalten?"

"Wenn ich mich mit einer Frau unterhalten möchte, mache ich das zuhause bei meiner Frau! Hier wird nur scharf geschossen!" Jetzt musste ich kurz stehenbleiben, sonst wäre ich über mein Gesicht gefallen. "Sie sind verheiratet?" würgte ich hervor. „Natürlich! Sie nicht?"

"Doch, ich bin verheiratet und habe keinen Grund meine Frau, wo auch immer ich bin, zu betrügen."

„Ach, Herr Kollege", ich fasste meinen Stock fester, „was die nicht weiß, macht sie nicht heiß!" Meine Hände wollten unbedingt in sein Gesicht, aber ich riss mich zusammen und presste die folgenden Worte zwischen den Zähnen hervor:

"Und was habe sie ihrer Frau erzählt, warum sie hier auf dem Jakobsweg pilgern wollen?"

"Burn-out natürlich. Das wirkt immer. Besonders wenn man Arzt ist hat da jeder Verständnis. Sogar meine Kollegen haben mir auf die Schulter geklopft und alles Gute gewünscht." Er lachte lauthals über seine blöden Kollegen und seine dumme Frau zuhause. Ich aber stand da, wie ein begossener Pudel. Diese Ohrfeige tat so weh, dass ich beinahe laut losgeheult hätte. Ich wusste, irgendwann holt mich meine Lüge ein, aber mit dieser Wucht hätte ich nicht gerechnet. "Mein lieber Herrgott, wenn du einem in die Schnauze haust, holst du kräftig aus", dachte ich bei mir und war zutiefst betroffen. Ich zog moralisch über den Typen neben mir her und war um keinen Deut besser. Ich gelobte feierlich, zuhause sofort und ohne Beschönigung, alles meiner lieben Mary zu beichten und die Strafe mit gebeugtem Haupt entgegen zu nehmen. Was ist hier los, auf diesem verdammten Weg? Zu jedem Zeitpunkt kriegst du das, was du brauchst, auch wenn es dir nicht passt. Zur Strafe wanderte ich weiter mit diesem Scheusal, der aber auch ganz anders konnte. Tatsächlich bremste er sich etwas ein und zeigte ein formvollendetes Benehmen, was ihn dann noch richtig sympathisch machte. Er zeigte mir, wie man mit dem Smartphone 360° Aufnahmen machen konnte und diese auch gleich mit WhatsApp versenden. Zuhause wird meine Liebste ausflippen, wenn sie gleich eine Rundumsicht von Astorga erhält. Mittlerweile waren wir angekommen und saßen auf einer kleinen Placa vor einem eigenwilligen Gebäude, das auf jeder Seite anders aussah und von kleinen Türmchen umsäumt war.

Gegenüber dem Hotel "Gaudi", das nach dem berühmten Architekten benannt war, der das Schloss, das ich vor mir sah, erbaut hatte. Meine Einladung das Hotel zusammen zu nutzen, schlug er mit den Worten aus: „mein lieber Kollege, ich geh lieber in die Herberge, bevor ich mit ihnen Löffelchen liege", lachte er und zog weiter. Meine Hände verkrampften sich um den Wanderstock: „Komm Jaden, die letzte Gelegenheit um ihn zu erschlagen" sprach ich laut zu mir selbst. Der Pazifist in mir siegte. Völlig unpilgermäßig spazierte ich in das Hotel des spanischen Architekten und genoss eine Dusche ala Spooner. Heute wird es keine Suppe geben, weil die kein Wasser mehr hatten. Es war noch nicht spät und ich stieg zum ersten Mal in eine „normale" Hose, die mir Mary für solche Anlässe eingepackt hatte und stattete dem verwunschenen Schlösschen einen Besuch ab. Auch im Inneren faszinierte dieses Gebäude, durch die Formvariationen der einzelnen Säle. Hier wurde nicht mit Licht gearbeitet, sondern vielmehr gezaubert. Große und kleine, lange und breite Fenster ließen mal bemalt, mal unbemalt, die Helligkeit in jeden Winkel gleiten. Auf jeder Gebäudeseite waren sie anders angeordnet, doch immer mit demselben Effekt des spielenden Lichts. Der komplette Keller war mit Bögen gefüllt, die die Gebäudeträger miteinander verbanden. Man kam sich vor, wie in einem kleinen Dom. Über die seitlichen Türmchen konnte man zu den einzelnen Stockwerken gelangen und in jedem wiederholte sich das Schauspiel des Lichtes und der Farben. Völlig überladen mit diesen spektakulären Bildern verließ ich das spanische Disneyland und begab mich zum Abendessen.

Heute wollte ich früh zu Bett gehen, weil morgen ein langer Aufstieg nach Rabanal anstand. Vorfreude und ein bisschen Angst ließen mich in einen unruhigen Schlaf gleiten.

Graham

Und dann war`s passiert! Ich hatte zum ersten Mal verschlafen. Gut es war eine stressige Nacht. Zuerst bin ich immer wieder aufgewacht, weil ich dauernd an die Worte dieses Bauchaufschlitzers von gestern denken musste und was für ein Riesenarsch ich doch gewesen bin. Als ich dann endlich eingeschlafen war, ging irgendwo in der Nähe eine Party los. Es war ungefähr 24 Uhr, als mich der Bass der Livemusik aus dem Bett warf. Da half nichts, nicht mal das Schließen der Fenster unter Gefahr des Erstickens. Um zwei Uhr war ich dann so müde, dass ich trotz des Lärms eingeschlafen bin. Um 8 Uhr schreckte ich hoch, fluchte wie ein Schweinehirte und wollte mich gleich ins Bad stürzen, als mir einfiel wo ich hier überhaupt war. Ich nahm sofort Gas weg und entschied mich, noch ein gutes Frühstück drauf zu setzen. Um halb Zehn war ich dann auf der Piste. Die Pfeile führten mich, über viele kleine Gassen, aus Astorga hinaus. Gleich danach hätte eine kleine Bodega schon wieder zu einer Pause eingeladen, aber ich wollte den Bogen nicht überspannen. Nach der Überquerung der Autobahnbrücke ging der Weg lange zwischen Feldern und einer Schnellstraße entlang. Dazwischen mal ein Pinienhain und ein paar kleinere Gehöfte. Links ging`s dann, nach Überquerung der Straße, nach Murias. Der nette kleine Ort war noch nicht dem Jakobsfieber verfallen und machte einen sehr ursprünglichen Eindruck. Nur ein alter Vierkanthof, also ein Bauernhof, der von Gebäuden vollkommen umschlossen war, lud zur Übernachtung ein. Das große, zweiflüglige Hoftor war weit geöffnet und man konnte in den sauberen Innenraum sehen.

Wäre bestimmt auch interessant gewesen, hier zu nächtigen. Auf alle Fälle wahrscheinlich ruhiger. Nach dem Dorf wurde die Gegend heideähnlicher und einsamer. Langsam steigend wurden die Augen vom Weg eingeladen, das ein oder andere Mal zu verweilen. Was für ein krasser Gegensatz zu den öden Kilometern der Vortage. Bussarde und Falken starrten von oben gebannt zu Boden, ob eine leichtsinnige Maus oder ein lebensmüder Hase versuchten, an der Oberfläche zu entkommen. Niedrige Büsche lockerten die Landschaft angenehm auf und ließen die Sicht nicht zu weit enteilen. Nach zwei Stunden erschien vor mir Santa Catalina de Somoza. Ich musste lächeln, weil der Name schon wieder deutlich länger als der kleine Ort war. Aber ein leckerer Café con Leche war vorhanden und ich beförderte den Ort zur Stadt. Kontinuierlich zog der Pfad jetzt in die Höhe, ohne anstrengender zu werden. Die Geländeform änderte sich nicht, wirkte aber nicht langweilig. Trotz der Hitze gaben sich die Vögel viel Mühe, meine Schritte mit Musik zu begleiten. Heiter lief ich meinem Zwischenziel, El Ganso, entgegen, das ich pünktlich um 13 Uhr zum Mittagessen erreichte. Trotz abgebrochener Diät nahm ich weiter gesund ab. Pro Woche ein halbes Kilo! Ich nahm keine Medikamente mehr, weder gegen die Entzugserscheinungen, die ich sowieso nicht mehr verspürte, noch gegen meinen Bluthochdruck. Ich kontrollierte zwar meine Werte immer noch nicht, aber ich hatte ein gutes Gefühl, dem ich auch weiterhin vertrauen wollte. Ich erklomm die kleine Terrasse eines Restaurants an der Ortsstraße und nahm an einem schattigen Tisch Platz. Ich bestellte, wie üblich, durch deuten auf die entsprechende Stelle der Speisekarte und überbrückte das Warten mit einem Kontrollanruf zuhause.

„Hallo Schatz, schön dich zu hören. Was machen die Plattfüße?" Sie konnte es nicht lassen. „Denen fehlt nach wie vor nichts, weil sie gar nicht so platt sind", spielte ich ihr Spiel mit. „Wie geht`s den Kindern?" „Sind alle fit und freuen sich auf ihren Opa!"

„Der Hund auch?" „Lucy ganz besonders. Ich habe ihr schon erzählt, wie du jeden Morgen um 6 Uhr mit ihr spazieren gehst, weil die nämlich ein Frühaufsteher ist." Ich hörte ihr Schmunzeln geradezu durch den Äther. „Träum weiter, Schatz. Du hast dir die Töle auferlegt, du bespaßt sie auch." Wobei ich genau wusste, dass das zukünftig mein Job war, den ich auch gerne übernahm. Das wusste auch Mary, die nur lachte und sagte: „Jetzt komm erst mal Heim, dann überrede ich dich mit meinen eigenen Argumenten!"

„Oh, wie sehr ich mich auf deine Argumente freue, Schatz." „Dann bleib brav und lass deine Hände weg von anderen Frauen und dir selbst!" Ich brüllte fast vor Lachen, als ich auflegte. Mein frisch eingetroffener Tischnachbar drehte sich jetzt zu mir um und sagte: „Entschuldigen sie, ich bin unfreiwillig Zeuge ihres Telefonats geworden und habe sofort den Engländer erkannt und würde mich über ein paar Worte in meiner Landessprache freuen."

„Da laufen sie bei mir offene Türen ein!" war meine hocherfreute Antwort. „Höre ich da den typischen Londoner Akzent?" wollte ich sofort wissen. „Exakt, genau und gewissenhaft!" war seine schneidige Antwort. „Gestatten, Graham und wie darf ich sie nennen?"

„Jaden! Sehr erfreut, sie kennen zu lernen, Graham!" „Ganz meinerseits. Sind sie schon länger unterwegs?"

Ich musste kurz überlegen: „Seit genau 26 Tagen, wenn ich richtig gerechnet habe." Er schaute überrascht: „Dann sind sie in Saint Jean Pied de Port losmarschiert? "Genau, wie eigentlich die meisten." „Ich habe am Somportpass angefangen, weil ich den Aufstieg am ersten Tag vermeiden wollte." Ich lachte:" Hätte ich diese Alternative gekannt, wäre ich auch ausgewichen. Das war ein höllischer Anfang!" Graham grinste: „Ja, den Fehler macht man nur einmal." „Das hört sich so an, als wären sie schon öfter gegangen?" Er nickte: „Seit 1982 jedes zweite Jahr. "Ich schluckte schwer und rechnete: „Dann sind sie ja schon 18-mal gepilgert!" „Ja, wenn man es genau nimmt, bin ich gerade das achtzehnte Mal unterwegs."

„Wie wär`s Graham? Setzen sie sich doch zu mir rüber, dann brauchen sie sich nicht den Hals brechen, während wir reden." Graham nahm das Angebot sehr gerne an und platzierte sich neben mir. Das Mittagessen unterbrach unsere Unterhaltung und wir griffen beide herzlich zu, als ob es danach nie wieder was geben würde. Ich liebte tiefgründige Gespräche, besonders hier auf der Strecke. Es kam durchaus auch vor, dass mir jemand das Wort zum Sonntag ans Knie nageln wollte, aber für Smalltalk war ich nie geeignet und ich würgte solche Unterhaltungen freundlich ab, indem ich schnell eine Pause einlegte. Ich wartete dann, bis der oder diejenige weitergezogen waren. Richtig interessante Leute waren selten und wanderten nach dem Erkennen, sofort in meine Sammlung. Graham war, wie sich später herausstellte, ein Juwel, zwar ein trauriges, aber dennoch wertvolles. „Ich genieße hier jeden Tag, aber ich kann mir nicht vorstellen, jedes zweite Jahr zu pilgern." begann ich unser Gespräch nach dem Essen.

„Na ja, wenn sie einen Grund hätten, würden sie es auch tun," war seine spontane Antwort. „Ich hatte schon einen Grund und ich muss sagen, der Weg und seine Menschen haben mir bisher sehr geholfen. Aber was gäbe es für eine Motivation, das so häufig zu tun?"

„Gehen sie mit mir mit bis Rabanal, dann erzähle ich ihnen Grahams Story. Aber zuerst kriege ich die ihrige!"

„Quitt pro quo! Das ist fair, den Preis zahle ich, " erwiderte ich. „Dafür übernehme ich das Essen!" Ich dankte lächelnd und schmiss mir den Rucksack auf den Rücken. Meine Geschichte hatte ich routiniert in einer halben Stunde erzählt, wobei mein neuer Gesprächspartner aufmerksam zuhörte und mich kein einziges Mal unterbrach. „Freut mich zu hören, dass es ihnen jetzt schon besser geht. Da reicht wohl ein einmaliger Gang nach Santiago. Ich werde wohl hier noch öfter spazieren, bis ich meinen Ablass erhalte und da reichen auch keine drei Ave-Maria im Beichtstuhl." erörterte Graham niedergeschlagen. „Du meine Güte, was ist ihnen denn zugestoßen?" war jetzt meine ehrliche Frage. Ich ahnte schon, dass da eine dramatische Geschichte auf mich zukam. „Ich bin Staff Sergeant a.D. Graham Stone. Ich war 1982 Sergeant der 3. Infanteriebrigade, abgestellt zum 2. Fallschirmbattalion im Falklandkrieg. Dieser Krieg war noch sinnloser, als alle bis dahin geführten Auseinandersetzungen aller Zeiten, weil er nur den Eitelkeiten zweier Regierungen diente. Vollgestopft mit Missverständnissen, Falschinterpretationen und Fehlentscheidungen auf beiden Seiten." Er machte eine Pause und atmete tief durch. Ich wagte es auch nicht, nur zu atmen, so gespannt war ich auf die Fortsetzung.

„Am 27. Mai 1982, ich weiß es noch, als wäre es gestern gewesen, wurden wir vor dem Flughafen Goose Green abgesetzt, um 120 festgesetzte Falkländer aus einer Scheune zu befreien. Unser Kommandeur fiel schon kurz nach der Landung. Wir waren ca. 100 Mann und durch starken Wind nach dem Absprung in der ganzen Umgebung um den Flughafen verteilt. Ich konnte mich mit 20 Kameraden in einer Stellung sichern und wir warteten die ganze Nacht auf Befehle. Nichts kam oder besser gesagt, es gab keinen, der Befehle gab, da noch keiner wusste, dass wir keinen Kommandeur mehr hatten." Wieder machte Graham eine Pause. Unser Weg stieg in der Zwischenzeit merklich an und aus der leichten Brise vom Vormittag wurde jetzt schon ein böiger Sturm. Wir merkten beide weder vom Weg noch vom Wetter etwas. "Um 8 Uhr begannen uns die Argentinier zu bombardieren. Wir waren aus der Luft bestens zu erkennen. Zwischen 9 und 10 Uhr warfen sie dann Napalmbomben." Ich stöhnte hörbar auf und unterbrach ihn ungewollt. „Entschuldigen sie, Graham, machen sie weiter!"

"Vor meinen Augen verbrannten die Menschen in einem unlöschbaren Feuer. Ich lag im Flammenschatten hinter einem großen Felsen und trotzdem hat es mir meinen rechten Arm verbrannt. Ich habe es nicht gespürt oder nicht spüren wollen. Erst zwei Tage später, als ich zum ersten Mal behandelt wurde, kamen die Schmerzen und blieben bis heute." Er zeigte mir seinen rechten Unterarm, der überzogen war mit ledrigen, aufgeworfenen Narben." Ungerührt von meinem entsetzten Blick, fuhr er fort.

„In diesem Zeitraum verlor ich 18 Soldaten, die unter meinem Befehl standen, aber es waren auch 18 Freunde. Ein Rekrut, er hieß Ruppert Swan, war noch bei mir, aber vollkommen verwirrt vor Angst. Eigentlich warteten wir nur noch auf die allerletzte Bombe, aber plötzlich hörte das Bombardement auf und ich wusste, was jetzt kommen würde." Er setzte kurz aus, ich konnte nicht an mich halten und schrie fast. „Was kam denn?"

„Ganz einfach, wir wurden jetzt vom Boden aus angegriffen. Hätten die 20 Argentinier vor uns gewusst, dass wir nur noch zu zweit waren, hätten die uns mit Handgranaten zugeschissen und wir hätten keine Chance gehabt. So riskierten die einen Stellungskampf und gaben uns so noch eine kleine Chance. Jaden, ich brauche jetzt eine Zigarette." Wir blieben stehen, wo wir gerade waren und ein wenig bedauerte ich diese spannende Geschichte, weil die Landschaft um uns herum wieder mal herrlich war. Langsam und nachdenklich rauchten wir unsere Glimmstängel, ohne auch nur ein Wort zu sagen. Genauso wortlos nahmen wir unsere Rucksäcke wieder auf und als ob es keine Unterbrechung gegeben hätte, sprach Graham weiter: „Den ganzen Nachmittag über gaben wir uns Mühe, unserem Gegenüber weis zu machen, wir wären 100 Mann. Wir robbten die Stellungen auf und ab, da die paar Felsen, die dastanden, nicht gerade viel Schutz boten und schossen willkürlich Richtung Feind. Mit unseren Spaten versuchten wir, unsere Kriechwege ein wenig zu vertiefen. Kurz vor Einbruch der Dunkelheit sahen wir, dass 2 gegnerische Soldaten einen Vorstoß wagten. Da machte Ruppert den letzten Fehler seines Lebens. Ich weiß nicht warum, aber er sprang plötzlich auf und feuerte sein gesamtes Magazin in Richtung der beiden Feinde. Darauf hatte der Scharfschütze im Rückraum nur gewartet.

Ruppert fiel, bevor ich den Schuss hörte. Ich wollte ihn gerade in die Deckung zurückziehen, da stürzte er zu Boden. Sein rechtes Auge fehlte und sein Gehirn verteilte sich auf meiner Uniform." Ich war ja einiges gewohnt und hatte Menschen in jeder Konsistenz gesehen. Mit Haut und ohne, mit Organen und ohne oder auch komplett zerquetscht unter einem Lastwagen. Dennoch würde ich mich nie daran gewöhnen können und umso mehr konnte ich mit Graham mitfühlen. Dieser Schock musste so wahnsinnig tief sitzen. Aber das war nicht der Höhepunkt seiner Geschichte. Fast emotionslos kam der Rest jetzt aus ihm gepresst. „Die Nacht war verdammt kalt und wir hatten keine Ausrüstung, weil alles verbrannt war. Am Schlimmsten empfand ich aber, dass ich keine Zigaretten mehr hatte" Er lachte kurz und trocken auf. „Zu dem Zeitpunkt hatte ich noch 5 Patronen. Ich muss gestehen, dass ich nicht der Paradeschütze bin. Ich wagte nun meinerseits einen Vorstoß, da mir nichts anderes mehr übrigblieb. In der Dunkelheit robbte ich mich immer weiter nach vorne. Stück für Stück, eroberte ich die Falklands auf meinem Bauch. Die beiden Argentinier hatten ihren Versuch aufgegeben und saßen gemütlich angelehnt an einem größeren Felsbrocken. Die dachten nicht im Traum daran, dass ich so verrückt sein würde. Zudem waren die ja noch immer der Meinung, dass in hundert Meter Entfernung an die 100 Mann saßen." Graham machte wieder eine Pause, um zum Finale auszuholen. „Ich stürmte auf die beiden zu und schrie wie ein Wahnsinniger. Die beiden waren zu überrascht um zu reagieren. Mein komplettes Magazin, mit den restlichen 5 Schuss, ballerte ich in die Brust des Vordermannes.

Der andere fiel auf den Rücken und verschränkte seine Arme vor dem Gesicht und ich hätte ihn einfach gefangen nehmen können, aber ich war so in Rage, dass ich ihn mit meinem Gewehrkolben erschlug, wie einen tollwütigen Fuchs. Danach brach ich zusammen und habe mich bestimmt eine halbe Stunde nicht mehr bewegt. Als ich wieder bei Sinnen war, sah ich, dass ich zwei Kinder getötet hatte. Keiner von den beiden war älter als 20. Den Rest der Nacht habe ich nur noch geweint. Immer wieder versuchte ich mir einzureden, dass es Notwehr war und wir schließlich im Krieg waren, aber es hat nicht geholfen. Ich wartete den Morgen ab und auf meinen sicheren Tod. Die Kameraden der beiden Toten mussten doch gehört haben, was da vorne vor sich ging, aber es rührte sich nichts." Graham lachte wieder kurz und freudlos auf. „Was dann kam, ist an Kuriosität nicht zu überbieten. Um 11 Uhr 30 am 29. Mai 1982 erhielten die Argentinier vor mir den Befehl, sich zu ergeben. Plötzlich legten die ihre Waffen vor sich auf den Boden, hoben ihre Hände über den Kopf und kamen auf mich zu. Sie können sich sicherlich vorstellen, wie blöd die schauten, als ein einziger Soldat, mit Gewehr im Anschlag, vor ihnen stand. Ich weiß nicht, was die gemacht hätten, hätten die gewusst, dass ich keine einzige Patrone mehr im Lauf hatte. So kam es dazu, dass ein einsamer, britischer Soldat mit 18 Kriegsgefangenen, ohne einen Schuss Munition, auf dem Flugplatz Goose Bay auftauchte. Ich habe dem befehlshabenden Offizier, mit Meldung der Verluste, die Argentinier übergeben. Die wurden noch im selben Augenblick freigelassen und nach Hause geschickt.

Im Oktober 1982, wurde mir der höchste Orden verliehen, den ein Unteroffizier erhalten kann und ehrenvoll, als Kriegsveteran, 20 Jahre später aus der Army entlassen." Graham endete hier, aber ich wusste, das war noch nicht alles. Beide verdauten wir die Geschichte wortlos, während wir weiter aufwärts nach Rabanal stiegen. Der starke Wind hatte wieder nachgelassen. Am Ortseingang war schon die erste Herberge. Da sie einen guten Eindruck machte, nahmen wir beide hier Quartier. Freudig erkannte ich, dass im Obergeschoß 4 Einzelzimmer waren und wir beide hatten als erste freie Auswahl. Nach den obligaten Nachbereitungen mit Dusche und Wäsche waschen, war auch der Abend eingetroffen. Ich traf Graham im Lokal der Herberge und in stillem Einverständnis nahmen wir auch das Abendmahl zusammen ein. "Jaden, ich hoffe, das ist kein Problem für sie, aber ich brauche jetzt ein Bier." Ich nickte lächelnd, "wenn das ein Problem wäre, dann hätte ich noch Schlimmes vor mir. Nein, ehrlich nicht, Graham, genießen sie ihr Bier und ich freue mich auf mein Wasser." Ich konnte gerade noch die Bestellung abwarten, aber dann siegte meine Neugierde. "Wie ging es nach dem Krieg weiter? Der hat ja, Gott sei Dank, nur drei Monate gedauert." Graham starrte vor sich hin als er antwortete:" Das war lang genug um 330 britische und 750 argentinische Soldaten zu massakrieren." Ich war schockiert über die Höhe der Verluste, da es eigentlich selten zu Kampfhandlungen kam. "Im November 1982 bekam ich plötzlich Fieber und hatte Lähmungen in den Beinen. In der Klinik konnten die nichts finden. Keine Entzündung oder ähnliches. Kein Bakterium oder Virus. Am Anfang vermuteten die Ärzte, dass ich einen Zeckenbiss gehabt hätte, aber auch diese Tests verliefen negativ."

Ich unterbrach ihn, „lassen sie mich raten? Nach zwei Wochen galten sie als Psycho!"

"Gut geraten, Jaden! Aber das war mein Glück. Ich traf dort einen uralten Professor, der sich als einziger meine Geschichte anhörte. Danach schickte er mich auf Reha, aber nicht in eine Psychoanstalt, sondern orthopädisch. Er sagte zu mir, dass die Seele meine Beine lähmt, obwohl ich eigentlich lieber davonlaufen würde. Dieser Widerspruch in mir, ließ die Heilung nur langsam zu. Er empfahl mir auch diese Pilgerschaft. Nach drei Monaten Behandlung konnte ich wieder laufen. Ja, und seither gehe ich alle zwei Jahre, ohne auf Besserung hoffen zu dürfen. Das ist meine Strafe und ich nehme sie an!" Ich wusste nicht, was ich sagen sollte und daher schwieg ich. Ich sah Tränen in seinen Augen, aber ich glaubte, dass er bestimmt schon genug geweint hatte. Schweigend verbrachten wir den Rest des Abends. Beim Hochgehen zu unseren Zimmern, musste ich aber noch etwas loswerden: „Graham, jedes Leid findet irgendwann ein Ende und ich bin mir sicher, das gilt auch für sie!" Wir schauten uns kurz an und gingen dann in unsere Zimmer. In der Nacht träumte ich von einem Krieg, an dem ich nie teilgenommen hatte. Die Bilder, die mir durch die Geschichte in den Kopf gepflanzt wurden, hatten aber alle meine eigenen Erlebnisse als Basis. Trotzdem empfand ich es nicht als Albtraum, vielmehr wachte ich am Morgen dankbar auf, dass ich nie in solche Kampfhandlungen verstrickt war. Ich hoffte, für meine und alle Söhne dieser Welt, dass die Regierungen auf unserem empfindlichen Globus Möglichkeiten fänden, um Streitigkeiten zu vermeiden bzw. friedlich beizulegen. Ich wusste aber auch, dass diese Hoffnung geringe Chancen hatte, ich war ja nicht blöd.

Wo sind die Hunde?

Ich bin auf der Strecke nicht schneller geworden, deshalb ging ich, bis auf die gestrige Ausnahme, früher los, um das zu kompensieren. Komisch, hätte ich nicht verschlafen, wäre ich viel früher beim Mittagessen gewesen und hätte Graham nicht kennengelernt. Manchmal machte mir dieser Weg ein wenig Angst. Es war natürlich dunkel, als ich frühmorgens auf die Piste sprang und ich musste höllisch aufpassen, da nach Rabanal der Weg nur durch eine Steppe mit hohem Gras ging. Der Weg war zwar mit Stirnlampe gut sichtbar, aber es war noch stockdunkel. Hinter mir raschelte es plötzlich und ich drehte mich erschrocken um. In meinem Lichtkegel erschien ein Hundewelpe, von gigantischer Größe. Er war mir gestern schon aufgefallen und der Pensionswirt hatte eigentlich versprochen, den Tierschutzverein anzurufen. Graham sprach ein gutes Spanisch und ich war mir sicher, dass dem Riesenbaby geholfen würde. Jetzt war er hinter mir und schaute mich an, als wollte er fragen, "Was'n los Alter, kannste nich mehr?" Er kam aber, im Gegensatz zu gestern, nicht näher heran. Da ließ er sich kraulen und streicheln. Da ich aber nach Foncebadon aufstieg, dem „Dorf der Hunde", nahm ich ihn ins Schlepptau. Ich hatte von dem Ort gelesen und im Gegensatz zu den häufigen Fake-meldungen, sollten die Hunde da oben absolut friedlich sein. Bei Morgendämmerung trafen ich und die Minibestie in Foncebadon ein. Vor mir erschien ein Hund in der Größe eines Bären. Mama hat die ganze Nacht gewartet und als der Ausreißer an mir vorbeilief, jaulte er vor Freude. Da war ich jetzt aber gespannt, welche Größe die restlichen Vierbeiner hatten.

Aber da waren keine! Der Ort schien verlassen, obwohl die Häuser renoviert aussahen. Meine Schritte hallten auf dem Boden und ich nahm den Stock auf die Schulter, weil das Geklapper mir ohrenbetäubend vorkam. Rechter Hand sah ich Licht in einem Gebäude und steuerte darauf zu. Die Wirtin, die hier ihr Restaurant und eine Herberge betrieb, hatte einen guten Riecher. Die Gaststätte war groß und fast voll. Ich setzte mich an einen freien Platz und orderte ein Desajuno, mittlerweile wusste ich auch was Frühstück heißt. Mit einem freundlichen „Hola ce tal" wurde mir das Bestellte geliefert und ich antwortete formvollendet: „Muy buen, Gracias!" Ich war schon jetzt der geborene Spanier. Sie lachte, aber wahrscheinlich mehr über meinen Inselakzent. Nach dem Frühstück fragte ich die Leute am Nebentisch: "Wo sind denn die Hunde, die diesen Ort so berühmt gemacht haben?"

„Die wurden alle entsorgt. Unsere Wirtin sagte, dass die alte Juana, mit ihrem Riesenbaby, die letzte Streunerin hier ist. Was mit den Hunden geschah, kann keiner sagen, aber so wie ich die Spanier bisher kennengelernt habe, sind die alle getötet worden." war die traurige Antwort von gegenüber. Ich war schockiert, aber nicht überrascht. Beklommen machte ich mich auf die Socken. Mein nächstes Ziel war das Cruz Ferro und da konnte ich endlich meinen blöden Stein loswerden. Ich war überhaupt nicht der Typ von symbolischen Dingen und entsprechend motiviert hatte ich diesen Stein eingepackt. Doch jetzt war das anders. Ich hatte eine etwas dünnere Haut bekommen und die war durchlässig für Dinge, die ich früher nicht kannte. Ich habe hier so oft geheult, wie nie in meinem Leben zuvor.

Ich entdeckte die Welt um mich herum, ohne mich wichtiger zu machen, als ich war und dennoch spürte ich intensiv, dass ich dazu gehörte. Ein schmaler Pfad führte weiter bergauf und irgendwann mündete dieser in eine Straße, an der man aber nur kurz seitlich entlangging. Danach verlief der Weg zwischen Bäumen oberhalb der Chaussee, die nun bis zum Cruz Ferro parallel verlief. Das berühmte Monument sah man schon aus weiter Entfernung. Am höchsten Punkt des Jakobsweges, auf ungefähr 1500 Metern, ragte eine dünne Holzstange in den Himmel. Der Berg auf dem das Kreuz stand, war praktisch mitten auf dem Weg aufgehäuft. Ich wollte es aus den Erzählungen kaum glauben, aber hier ist tatsächlich ein Hügel von gut vier Metern Höhe und locker 15 Metern Durchmesser entstanden, und das aus nichts anderem, als mitgebrachten Steinen. Steine hatten auf dem Jakobsweg sowieso eine andere Bedeutung als sonst irgendwo auf der Welt. Wo man hinsah, wurden die übereinandergestapelt oder bemalt. Vor einigen Tagen, ging ich durch ein kleines Tal, das praktisch nur aus Steinmännchen bestand. Ich bin ja ein Traditionalist und hab auch zwei Steine aufeinandergelegt. Das sah aber dann eher so aus, als hätte ein Hund seinen Haufen hinterlassen. Als ich also dann vor diesem Hügel stand, holte ich meinen Stein aus dem Rucksack. Ich wusste genau wo der war, weil der auch meinem täglichen Kontrollzwang unterworfen war. Ich besah mir das Ding zum ersten Mal genauer und musste an Julia, die deutsche Polizistin, denken, die vor zwei Wochen zu mir sagte: „Dann binde doch deine Zigarettenschachtel an deinen scheiß Stein." Sie hatte Recht, einen besseren Ort um mit Schwächen abzuschließen, konnte ich mir gar nicht vorstellen.

Wenn das so weiterging, müssen die den Pilgerweg in "Way of Jaden" umtaufen. Ich hatte dann praktisch keine Laster mehr, nur Dauerkopfschmerzen, weil mein Heiligenschein drückt. Nichts desto trotz, unternahm ich den Versuch und band meine letzte Schachtel, nachdem ich eine Zigarette entnommen hatte, an den Stein und warf ihn oben vor das Kreuz. Raufsteigen wollte ich nicht, bei meinem Talent fürs Grobe, hätte es einen Erdrutsch gegeben. Zufrieden rauchte ich meine, hoffentlich, letzte Zigarette vor dem spanischen Matterhorn und beobachtete die zuströmenden Pilger. Da waren welche dabei, die in hysterisches Heulen verfielen und fast kniend ihren Stein nach oben trugen. Andere gingen einfach vorbei, als wäre der Hügel gar nicht vorhanden. Die meisten aber nutzten den Platz zur Rast und fotografierten sich gegenseitig vor diesem markanten Zeichen. Ich hustete meinem letzten Glimmstängel hinterher und lief weiter auf den, nun sanft abwärts führenden, Pfad. Kurz darauf erschien vor mir ein seltsames Konglomerat aus Holzhütten und zugewachsenen Wohnanhängern. Das gestückelte Etwas hatte sogar einen Namen. "Manjarin" stand auf einer Tafel, darunter an die zehn Pfeile in alle Himmelsrichtungen, mit Orts- und Entfernungsangaben, wie z.B. Pfalz, Mexiko oder Rom. Hier stand auch, dass es nach Santiago de Compostela noch 222 km wären. Dann hatte ich ja schon 600 km geschafft! Ich war einigermaßen beeindruckt von mir. Vor der Holzhütte waren Tische mit Kaffee und Keksen aufgestellt. Zwischen Kanne und Gebäck tummelten sich sechs junge Kätzchen, tranken von der Dosenmilch und naschten von den Keksen. Ein surreales Bild entstand.

Im Schatten einer kleinen Scheune saß, angeleint etwas erhöht, ein junger Husky und jaulte mir entgegen. Ich erinnerte mich wieder an die Kerkeling Erzählung, die diesen Hund oder seinen Vorgänger betraf. In diesem Fall war die Leine lang genug und seine Wasserschüssel gut gefüllt. Ich streichelte meinen neuen Freund, der sich über die Zuwendung, die er sicherlich öfter bekam, sehr freute. Er legte sich entspannt wieder in den Schatten und beobachtete ein komisches Schauspiel. Da war jetzt ein vollbärtiger Mann in Kreuzrittertracht aus dem Holzhaus getreten und läutete eine Glocke. Ich fragte eine junge Frau, die wie ich, dieses Schauspiel beobachtete. „Was geschieht hier eigentlich?" Sie erwiderte voll Ehrfurcht: "Das ist ein Einsiedlermönch, der sich aus der modernen Welt zurückgezogen hat und allen Freuden des Lebens widersagt. Er erteilt den Pilgern einen Segen!" Ihre Augen waren feucht vor Ergriffenheit. "Das ist aber seltsam. Sehen sie die Satellitenschüssel auf dem Dach des Trailers? Das sieht so gar nicht nach Zurückgezogenheit aus, und warum verkleiden sich Mönche als Tempelritter?" Sie sah mich verständnislos an und wollte nicht einsehen, dass sie hier komplett verarscht wurde. Natürlich wurden auch Spenden angenommen. Ich war mir sicher, dass mehreren dieser verlogene Anachronismus auffiel, weil die Wenigsten anhielten, sondern nur im Vorbeigehen Fotos von den Wegweisern machten. Ein schöner Bergpfad führte, nun sanft ansteigend, von Manjarin weiter um den Gipfel herum. In der Ferne sah man eine kleine Garnison, die hoch umzäunt war. Ich hatte keine Möglichkeit mehr, vor El Acebo ein Mittagessen einzunehmen und mein Magen knurrte entsprechend.

Wenn es heute auch nicht anstrengend war, sehnte ich mir das kleine Bergdorf herbei. El Acebo nähert man sich von oben. Man sieht nur schwarze Dächer auf grauen Häusern. Das war wieder Mal ein Foto wert. Auf einer breiteren Gasse wanderte man in den Ort ein und in der Mitte war eine Wirtschaft mit integrierter Herberge. Die privaten Herbergen wurden auf dem zweiten Teil des Jakobsweges deutlich mehr. Mein Zweibettzimmer hatte ich für mich alleine und als ich mich so umblickte, erkannte ich, dass auch Hape Kerkeling in dieser Herberge abgestiegen war. Um meine These zu bestätigen, ging ich in den angrenzenden Garten und fand ihn, wie im Buch beschrieben, vor. Vielleicht war ich sogar im selben Zimmer untergebracht? Wow, ich versank geradezu in Ehrfurcht. Schluss mit dem bösen Sarkasmus. Immerhin hat der ein tolles Buch geschrieben und jeder Autor der Welt würde sich diesen Erfolg wünschen. Es war gut vorstellbar, dass so jeder 10. Pilger ein Buch über seine Wanderschaft schrieb. Wie langweilig! Ich hätte jetzt gerne eine Zigarette! Brav bleiben, Jaden, willst doch als Heiliger heimkommen! Ich war heute früh dran und schlenderte langsam durch den wunderschönen Ort, der sich hauptsächlich entlang der Gasse konzentrierte. Am Ortsausgang stand ein seltsames Denkmal. Auf einem hohen Felsen war ein geschmiedetes Fahrrad mit Pilgerstab. Auf der Gedenktafel stand, dass hier ein Radpilger bei einem Unfall ums Leben gekommen war. Ich wollte ja kein Rechthaber sein, aber ich war eigentlich verwundert, dass nicht mehr Unfälle mit den Radlern passierten, so wie die sich größtenteils hier benahmen. Kein Warnruf, kein Klingeln; wie auch, wenn man keine Glocke hat. Ich ging nach dem Abendessen gleich ins Bett.

Graham habe ich nicht mehr gesehen, obwohl ich Ausschau hielt. Diese vielen Geschichten und dazu die eigene, bilden einen seltsamen Kreis. Mancher meint, er wäre mit seinen Problemen alleine und dieses aufeinanderprallen der Schicksale hier hilft einem schon, alles in einem anderen Licht zu sehen. Oh was bin ich wieder für ein Philosoph. Eine ungewohnt ruhige Nacht, ohne wilde Träume, war die Belohnung für meinen Nikotinverzicht.

Langeweile

Ganz anders der Morgen, an dem ich nach meiner üblichen ersten Zigarette gierte. Kein Automat und kein anderer Pilger zum Anschnorren unterwegs. Das ließ mich schließlich übelst gelaunt den Weg aufnehmen. Unterwegs wurde es dann besser, da mir der Weg über Stock und Stein, teilweise extrem steil, alles an Konzentration abforderte. In Riego musste ich dann durch eine Felsrinne absteigen. Wäre es möglich gewesen, hätte ich mich angeseilt. Schritt für Schritt, immer wieder den Stock in den Boden rammend, tastete ich mich abwärts. Nach 200 Metern hörte die Rinne erfreulicherweise auf und ein schmaler Pfad führte weiter nach unten. Bis Molinaseca ging es teilweise im Zick-Zack vorwärts, durch eine herrliche Natur und getragen vom Gesang der vielen Vögel, vergaß ich sogar kurz meine Gier nach einer Zigarette. Molinaseca liegt an einem kleinen See, in dem ausnahmsweise sogar Wasser war. An einer kleinen Brücke fand ich eine winzige Bodega und orderte sofort einen Café. Ich ließ mich am Ufer des Weihers nieder und dachte an nichts anderes als an Zigaretten. Schade! Das machte die komplette Erholung hier zunichte. Aber die Zeit wird auch diese Wunde heilen. Nach einer halben Stunde zog es mich wieder vorwärts. Bis nach Ponferrada ging´s nur noch über geteerte Wege und durch kleine Vororte. Ödnis pur! Pünktlich zum Mittagessen erreichte ich mein Ziel. Diese Stadt hatte, außer der Burg und einer netten kleinen Altstadt, nicht viel zu bieten. Gegenüber dem Castillo de Los Templarios ließ ich mich vor einem Restaurant nieder und nahm eine schmackhafte Mahlzeit zu mir. Ich überlegte ernsthaft, ob ich bis Sarria mit dem Zug fahren sollte. Ich war genervt und gelangweilt.

Das ist eine ungesunde Kombination bei mir. Schließlich maßregelte ich mich selbst und zwang mich auf die Piste. Schon eine halbe Stunde nach dem Verlassen von Ponferrada, zog ich durch die kleine Ansiedlung Columbrianos. Der Weg war nicht mehr so öde wie vor der Stadt. Eine Zeit lang ging es am Rio Sil entlang und dann wild und flach an Weinfeldern vorbei. Auf manchen Freiflächen sah ich sogar Kirschbäume, die ich eigentlich hier nicht erwartet hätte. Meine Augen hatten eine gute Unterhaltung, zu meiner großen Überraschung zogen jetzt dunkle Wolken auf und die Temperatur ging merklich nach unten. Als ich durch Camponaraya kam, fing es zu tröpfeln an und ich verdrückte mich schnell in eine kleine Kneipe, die in der Mitte des Minidorfes geöffnet hatte. Anscheinend hatten Pilger einen guten Wetterriecher, weil die Pinte, bis auf einen Platz, voll besetzt war. Ich fragte den Besitzer des anderen Stuhles an einem Zweiertisch, ob ich mich setzen dürfe. Der sprang sofort auf und zog den Stuhl für mich vom Tisch, dass ich besser Platz nehmen konnte. Waren mir in der Nacht unbemerkt Brüste gewachsen oder war das einfach ein besonders zuvorkommender Zeitgenosse? Gott sei Dank, erwies sich Letzteres als richtig und weil mir langweilig war, kaute ich meinem Gegenüber ein Ohr ab. „Das war ja gerade supernett von ihnen, das erlebt man nicht alle Tage!"

Jamal

Der Angesprochene war offensichtlich aus dem arabischen Raum, trug, man höre und staune, einen echten Djellaba, hatte einen dunklen Teint und einen gepflegten schwarzen Vollbart. Nicht so wie bei mir. Nach 28 Tagen ohne Rasur, sah ich aus, als wäre ein Stachelschwein in meinem Gesicht explodiert. Meine Haarstoppel dazu ließen dann eher auf einen entflohenen Sträfling schließen. Die Antwort, die ich erhielt, passte zu der Erscheinung. „Ich wurde erzogen, meine Mitmenschen so zu behandeln, wie ich selbst behandelt werden möchte." Ich lachte kurz auf. „Wenn wir das alle beherzigen würden, gäbe es ein paar Probleme weniger auf diesem Planeten." Er lachte auch und sagte, „dann fangen wir beide jetzt an und machen die Welt ein bisschen besser!" „Ihr Wort in Gottes Gehörgang!" Ob meiner letzten Worte sah er mich erstaunt an. „Ist das nicht ein wenig respektlos, ihrem Gott gegenüber?" „Ach was, der kennt mich gut und weiß, wie ich es meine. Und was meinen sie mit „ihrem Gott, ist der nicht auch der ihrige?" Er lächelte wieder. „Eigentlich schon, ich nenne ihn aber Allah und würde es nicht wagen, von seinem Gehörgang zu sprechen." Jetzt war ich sprachlos, obwohl ich sofort fragen musste: „Sie sind Moslem? Sind sie da nicht etwas Fehl am Wege?" Nun lachte er höchst amüsiert. „Komisch, jeder der mit mir spricht, wundert sich. Dieser Weg ist ein uralter Initiationsweg und hat mit der christlichen Kirche so wenig zu tun, wie mit jeder anderen Religion. Ich sammle Eindrücke von der Reconquista, die entlang dieses Weges und in ganz Spanien stattfand. Mein Name ist übrigens Jamal, darf ich ihren erfahren?"

„Jaden, sehr erfreut, Jamal" und ich war wirklich erfreut, wieder was für meine Sammlung tun zu können. Draußen goss es mittlerweile in Strömen und machte es in der Hütte richtig gemütlich. „Ich glaube, wir kommen heute nicht mehr weiter." war meine Meinung. „Ich werde wohl hierbleiben." Wieder sprang er auf und eilte zur Theke. Hatte der ein Nadelkissen auf dem Stuhl? Aber die Erklärung kam sofort. „Glück gehabt, Jaden! Ich habe gerade das letzte Bett für sie ergattert. Die Herberge hier ist nicht besonders groß und die nächste kommt erst in Cacabellos, das wären nochmal 6 km zu laufen." Der tat so, als wäre das selbstverständlich. „Ich danke ihnen, Jamal. Ich erlebe leider diese Art an Höflichkeit viel zu selten." „Ist das nicht schade, Jaden? Das ist doch so einfach und hat mich nur Worte gekostet." „Und meinen Respekt gebracht! Ein kleiner Preis für so viel!" sagte ich und meinte jedes Wort todernst. Ich stand auf um mich zu revanchieren. "Geben sie mir ihren Rucksack, Jamal, dann belege ich schon mal die Betten und wir sind diese sperrigen Dinger los. "Jetzt war es an Jamal überrascht zu sein. "Gute Idee, Danke!" Ich fragte nur noch: "Oben oder unten?" Er sah mich fragend an. "Falls da Stockbetten sind, will ich sie richtig platzieren. Ich zum Beispiel, will nicht unten schlafen, weil ich immer Angst habe, dass der über mir durchbricht." "Ja, so geht es mir auch. Wenn möglich, bitte oben belegen." Ich nickte und entschwand. Meine Voraussicht lohnte sich. In zwei Zimmer mit jeweils vier Stockbetten, war erst ein Rucksack abgelegt und der oder diejenige wollte unten liegen. Ich ging zu den nächsten beiden Betten und legte jeweils einen Rucksack obenauf. Angst, dass etwas gestohlen wird, hatte ich zu keinem Zeitpunkt.

Ich ging zurück in den Schankraum und wurde Zeuge einer unschönen Szene. Vor Jamal hatte sich ein bierbäuchiger und sehr großer Mann aufgebaut und schaute drohend nach unten, auf meinen neuen Freund. Dieser wiederum war sehr gelassen, als er mit dem Mann sprach und diese Gelassenheit brachte den Riesen zur Weißglut. "Darf ich fragen, was hier los ist?" fragte ich beide. Die Antwort kam vom Hünen: "Ich wüsste nicht, was sie das angeht." Jetzt wurde ich auch mit einem drohenden Blick bedacht. "Na immerhin stehen sie vor meinem Platz, auf den ich mich gerne wieder setzen würde." Jetzt gehörte mir seine ganze Aufmerksamkeit. "Diesen Stuhl wollte ich mir gerade nehmen, als dieser Muselmane hier, meine Bitte verweigerte. Das geht doch wohl nicht an, dass hier Stühle besetzt werden. Wer aufsteht und die Bar verlässt, gibt seinen Platz auf, ganz einfach." Jetzt war ich so richtig sauer. „Aus welchem Busch sind sie denn gesprungen? Erstens, sollten sie nicht so respektlos über andere Menschen sprechen und zweitens, ist das sehr freundlich von diesem Mann, dass er mir den Platz freigehalten hat. Da ist überhaupt nichts Ungewöhnliches dabei, sondern Höflichkeit." Er sah so aus, als wollte er mir ins Gesicht spucken. "Sie setzen sich auch noch zu diesem Araber? Haben sie überhaupt keinen Stolz?" Perplex schaute ich in die, jetzt sehr stille, Runde. Ich konnte nicht glauben, was ich da hörte. "Du gute Güte! Meinen sie diesen Schwachsinn ernst? Wie kommen sie darauf, dass mein Freund Araber ist und wenn ja, was hat das mit meinem Stolz zu tun?" "Diese Fanatiker legen Bomben, oder überfahren aus purem Hass andere Menschen."

"Und das haben sie erkannt, als sie den Stuhl nicht bekamen? Lassen sie mich zusammenfassen: Sie kommen herein, sehen einen Araber und natürlich Moslem da sitzen und wollen sich den Stuhl nehmen, den der Terrorist für mich freigehalten hat. Da muss ich mich jetzt schon entschuldigen. Sie sind nicht nur unhöflich, sondern so was von behämmert, dass es ihnen eigentlich Schmerzen bereiten müsste. Wer hat sie eigentlich mit einem Stück Banane vom Baum gelockt?" Ich baute meine kompletten 1,67 vor ihm auf und rechnete mit meiner ersten Ohrfeige seit 50 Jahren. Aber die Umstehenden machten jetzt dermaßen Terz gegen Goliath, dass sich David in aller Ruhe setzen konnte. Mein Kontrahent merkte nun, dass er vollkommen alleine dastand, knurrte nochmal kurz in meine Richtung und eilte aus dem Restaurant. "Hoffentlich schüttet es noch weiter, dann kann der etwas abkühlen. Tut mir leid Jamal, aber sie haben sicher bemerkt, dass seine Meinung nicht die der Leute hier ist." Jamal lachte mich an. "Danke Jaden, aber das passiert von mal zu mal und da stehe ich drüber. Gut, dass der nicht gefragt hat wo ich herkomme, sonst hätten sie keine Argumente mehr gehabt. Ich bin ein richtiger Muselmane aus Saudi-Arabien, genauer gesagt komme ich aus Medina." Jetzt musste ich auch lachen. "Ich hatte gedacht, dass es diese Betonköpfe nicht mehr gibt und schon gar nicht hier." „Keine Angst Jaden, die gibt es auch unter den Moslems. Deshalb gibt es ja auch diese Terroristen, die alle Ungläubigen vernichten wollen." Ich nickte traurig. „Wie bringt man Menschen so weit, so unmenschliche Taten zu begehen.

Eine Bombe anonym irgendwo zu platzieren, ist pervers, aber noch nachvollziehbar, aber sich in eine Menge zu begeben und zu sehen, wie Männer, Frauen und vor allem Kinder vor einem sterben, muss doch eine natürliche Sperre auslösen!" Jamal wirkte nachdenklich und er überlegte lange, bis er mir antwortete. „Was würdest du tun, wenn grausame Außerirdische auf der Erde landen und deine Zivilisation mit der Waffe bedrohen? Du hast Angst um deine Familie, deine Freunde und dein Volk und du würdest keine Sekunde zögern, alles was du hast, auch dein Leben, dafür einzusetzen, um diese Aliens zu vernichten. Das ist, was sie mit den Leuten machen, Gehirnwäsche! Sie entfernen diese Sperre, in dem sie alle, die nicht die engstirnige Glaubensauffassung wie sie selbst haben, zu Aliens machen. Der erzeugte Terrorist sieht keinen Menschen, den er tötet, sondern nur den Feind vom anderen Planeten. Und die Kinder sind die Feinde von Morgen. Eine andere Erklärung habe ich nicht, Jaden. Der Koran gibt in keiner Zeile diesen Kampf vor. Ganz im Gegenteil, wird der Moslem angehalten, alle anderen Glaubensrichtungen zu respektieren und den positiven Dialog zu suchen." Ich war schockiert, wie einfach man so etwas erklären konnte. Der Gegner wird "entmenscht" und somit fällt einem das Töten leichter. Er fuhr fort. "Fanatismus ist die größte Geisel dieser Welt. Egal ob auf dem Fußballplatz oder im Krieg. Der Fanatiker setzt alle Regeln außer Kraft, um sein Denken zu verbreiten. Schau wie es in Afghanistan zugeht oder nimm Rechts-oder Linksradikale in jedem Land, die ohne mit der Wimper zu zucken Tote in Kauf nehmen." Ich fand einfach keine Worte mehr.

Aber Jamal war jetzt richtig warmgelaufen. "Deshalb bin ich auch hier unterwegs. Der heilige Jakobus wird ja auch Matamoros genannt, also "Maurentöter", obwohl es ihn hier nicht wirklich glaubwürdig gegeben hat. Ganz Nordspanien war 711 bis 1492 unter maurischer Herrschaft und die katholische Kirche konnte die Rückeroberung Spaniens nur mit einem Wunder erkaufen. Um 722 begann dann die Reconquista, mit den zu Fanatikern umfunktionierten Kreuzrittern. Ungeachtet davon, war die Zeit davor eine Blütezeit, die Nordspanien bereicherte. Alle Religionen wurden respektiert, aber die Kirche wurde enteignet. Spanien war nie wieder so reich wie damals. Wer zum Islam konvertierte, bekam alle bürgerlichen Rechte und durfte Grund besitzen. Die katholischen Herrscher vor den Mauren, waren um einiges grausamer zum gemeinen Volk. Auch die Wissenschaft wurde von den Mauren gefördert und viele Philosophen der damaligen Zeit hielten sich gerne z.B. in Salamanca oder Leon auf. Nur die eigenen Ränkespiele der maurischen Herrscher schwächten die Besatzer. Keiner konnte sich länger als fünf Jahre an der Macht halten. Der Islam wurde in Arabien und Nordafrika, seit der Zeit Mohameds, aber besonders nach dem Propheten, mit dem Schwert verbreitet. Du musst dir vorstellen, dass in Mekka hunderte Götter verehrt wurden bevor Mohamed den Monotheismus predigte. Das Schwert zieht sich durch die Geschichte aller Glaubensformen, seit Menschengedenken, und da gibt es kein besser oder schlechter. Wenn jeder Mensch Respekt, Toleranz und vor allem Demut übt, ist für alles andere kein Platz. Diese drei Dinge sind der Todfeind des Fanatismus, da er nicht gleichzeitig mit ihnen existieren kann."

Im gesamten Raum war es still, als er endete. Alle waren mittlerweile um unseren Tisch versammelt und hingen an Jamals Lippen. Es war spät geworden, aber keiner wollte ins Bett gehen. Es entspann sich eine fröhliche Diskussionsrunde, in der Jamal, mit seinem exorbitanten Wissen der Geschichte des Islams, als hervorragender Moderator fungierte. Ich sah, dass er diese Art des gegenseitigen Austauschs sehr genoss und ich hatte einiges dazugelernt. Nichts desto trotz musste ich jetzt ins Bett, sonst käme ich morgen nicht aus den Federn.

Camino Duro

Meine innere Uhr funktionierte wieder und trotz späten Zubettgehens, war ich ausgeschlafen und frisch. Die Luft war kühl und wirkte wie gewaschen. Der Regen hatte im Laufe der Nacht aufgehört. Einsame Pfützen waren ab und an zu sehen, aber das meiste Nass hatte der Boden gierig verschlungen. Die Reste wird die Sonne im Laufe des Tages zu sich nehmen. Ich trabte nun, mit den Riesenschritten eines Zwerges, auf Galicien zu. Die einzige größere Ortschaft vor Überquerung der Grenze war Villafranca del Bierzo. Die Weinfelder zogen sich auch weiterhin am Rand des Weges dahin. Die Strecke bis Cacabelos schaffte ich in anderthalb Stunden und die Sonne ging gerade auf, als ich auf einem schmalen, geteerten Weg in den Ort marschierte. Mitten durch die, doch größere, Ansiedlung führte der, sehr geizig mit gelben Pfeilen verzierte, Pfad. Ich suchte mir ein Restaurant für mein Desajuno und machte eine Stunde Pause, bevor ich weiterzog. Ca. 15 km nach Bierzo begann der Camino Duro und von dem habe ich nichts Positives gehört. Ich wollte aber meinen Rucksack nicht hochfahren lassen, wie in meinem Führer beschrieben. Da würde ich nach vorne umfallen, wenn das Gewicht nicht mehr da ist. Mittlerweile ist der sowieso unter Tags mit meinem Rücken verwachsen. Man darf nicht vergessen, dass Schmerzen hier was Alltägliches sind, die gehören einfach dazu. Das ist auch notwendig, denn wer Schmerzen hat, nimmt sich war und ist sich seiner selbst wieder bewusst. Auch ein Geheimnis dieses Weges. Entlang der vielbefahrenen Hauptstraße ging zwischen Olivenhainen und leeren Getreidefeldern der Weg voran.

An der Straße zu gehen, war in Spanien eine Sache für sich. Die sind der Meinung, wenn sie um einen Pilger herumfahren, muss der Abstand so eng wie möglich sein. Entweder um Sprit zu sparen, etwas spirituellen Geist aufzunehmen oder aus purem Sportsgeist, wie knapp man an jemandem vorbeifahren kann, ohne ihn zu überrollen. Wenn ich konnte, mied ich die Straßen wie die Pest. Vor Bierzo konnte man auf den Wegen zu den Weinfeldern ausweichen und später bog der Pilgerpfad von der großen Straße auf einen Wirtschaftsweg ab, der sich bis zur Stadt zwischen Gehöften und Feldern fortsetzte. Ich durchmaß die Ortschaft immer den großen Schildern nach, die hier angebracht waren, bis ich auf dem Marktplatz angekommen war. Es war zwar erst Mittag, aber ich wollte mir gleich nach dem Mittagessen eine Herberge suchen. Morgen soll`s auf den Camino Duro gehen und der gibt dem Pilger kurz vor Schluss noch den Rest. Das Essen schmeckte nur halb so gut, wie es aussah, aber es machte satt und ich hatte wieder mal große Lust auf Nikotin. Seltsamerweise war der Vormittag vollkommen reizfrei und gab mir Hoffnung, so nach und nach der Gier zu entkommen. Voller Bauch und Café waren der größte Feind im Entzug. Bevor die Lust noch größer wurde, machte ich mich auf die Suche nach einer Unterkunft. Schon wieder aus dem Ort, gleich nach einer Brücke über den Rio Sil, fand ich eine relativ neugebaute Herberge an eine Felswand geschmiegt. Ich betrat das Gebäude und war überrascht, wie groß es innen war. Mein Zimmer war klein und hatte nur ein Stockbett. Die Stahltüre hatte ein faustgroßes Guckloch und das Fenster war direkt auf den rohen Felsen des Berges gerichtet.

Nette Aussicht, wie aus einer Gefängniszelle. Aber hier wollte ich ja auch nicht wohnen, sondern nur die Nacht verbringen. Als ich am frühen Abend vor der Herberge stand, bot mir so ein dänischer Teufel eine Zigarette an. Ich wollte ihn anschreien und mit meiner Faust sein Lächeln aus dem Gesicht rammen. Aber ich lächelte zurück und nahm dankend an. Ich nahm einen Zug und mir hackte es die Beine weg. Der Schwindel wollte gar nicht mehr aufhören. Damit keiner was merkte, lehnte ich mich an die Hausmauer. Ich hatte keinen Tropfen Blut mehr im Kopf. Damit ich den dämlichen Dänen nicht verärgerte, behielt ich die Zigarette in der Hand, traute mich aber nicht, einen weiteren Zug zu machen. So in etwa hat es sich angefühlt, als ich mit dem Rauchen anfing. Seltsam, aber man muss sich tatsächlich zwingen, abhängig zu werden. Als ich aus dem Krankenhaus kam, habe ich auch einen starken Schwindel verspürt, als ich mir nach drei Tagen wieder eine ansteckte, aber das war nichts zu dem Zustand, in dem ich mich vor der Herberge befand. Anscheinend haben mich die Anstrengung und die viele Bewegung noch schneller gereinigt und entgiftet. In einem günstigen Augenblick warf ich die Zigarette weg und verdrückte mich in mein Zimmer. Das war`s jetzt mit dem Rauchen und das ist auch gut so. Immer, wenn mich die Sucht wieder packt, brauche ich mich nur daran zu erinnern, wie geschockt ich hier nach der dänischen Flumme war. Nach ruhiger Nacht stand ich im Dunklen vor der "Edelherberge" und studierte die heutige Strecke zum hundertsten Mal, sie wurde aber nicht schöner dadurch. Bis Ruitelan gab das gezeichnete Profil nur eine leichte Steigung an und ab da hob die gemalte Linie in steilem Flug vom Blatt ab.

Die übertraf sogar den ersten Tag über die Pyrenäen. Also los, der Weg geht sich auch nach längerem Überlegen nicht von selbst. Ich hätte hier schon eine Alternativroute über ein Bergdorf nehmen können, aber die war was für Hardcorepilger. Ich nahm also die Rentnerstrecke, brav an der Straße. Die wurde entschärft durch das Anbringen von Betonblöcken entlang der Straße und der Hauptverkehr lief über eine neue Schnellstraße. In der kompletten Zeit, wo ich da ging, fuhr ein einziges Auto vorbei. Höhe Pereje, zweigte eine kleine Straße links ab und es ging durch Wald und Feld nach Trabadelo. Dieser nette Ort lud zum Frühstück ein und was wäre ich für ein Stoffel, wenn ich so eine nette Einladung ausschlagen würde. Kraft sammeln war die Devise und veranlasste mich, ein "Desajuno grande" zu bestellen. Ich möchte noch auf eine Besonderheit dieses Weges hinweisen, die ich aber nicht beweisen kann, weil ich keinen Menschen dazu befragt habe. Also, mein Darm wollte nur entleert werden, wenn eine entsprechende Toilette in der Nähe war. Außer bei meinem Brechdurchfall am Anfang meiner Pilgerschaft, musste ich nie ein Feld oder einen Wald aufsuchen fürs gröbere Geschäft. Nicht, dass das besonders interessant wäre, aber man sollte darüber gesprochen haben. In Trabadelo also, habe ich diverse Gelüste in mir befriedigt und bin gefüllt und entleert weitermarschiert. Meine Laune war sehr gut und meine Angst vor dem bevorstehenden Aufstieg grenzenlos. Sechs Stunden nach Bierzo kam ich in Las Herrerias an. Ich füllte meine Wasserflaschen, nahm meinen ganzen Mut und machte mich an den vermeintlichen Aufstieg. Die Schilderungen der verschiedenen Bücher waren eindeutig und ich ging sehr langsam den steilen Weg bergan.

Das wird sich bestimmt noch steigern, dachte ich mir, weil die Strecke sehr gut zu gehen war und ich es überhaupt nicht strapaziös fand. Auch die vielen Mitpilger, die hier jetzt auf der Strecke waren, unterhielten sich und machten keinen angestrengten Eindruck. So marschierte ich nach anderthalb Stunden in La Faba ein, wo ich mir ein kleines Bocadillo leistete, das ich mit einer eiskalten und sauteuren Dose Cola hinunterspülte. Nach La Faba wurde es jetzt noch steiler, aber der Naturpfad war schön zu laufen. Nach einer Stunde hielt ich kurz an und schaute mich um. Eine wunderschöne Aussicht auf das nahe Galizien war die Belohnung für die Strapaze. Ungefähr 50 Meter hinter mir sah ich die markante Gestalt von Mordecai. Mir war nie aufgefallen, dass er gar keinen Rucksack trug, sondern eine große Umhängetasche aus Stoff. Das passte aber tatsächlich zu ihm. Er unterschied sich in jeglicher Art und Weise von den "Normalopilgern". Ich wollte schon warten, als ich erkannte, dass er sich in einem intensiven Gespräch mit einem Mann befand, den ich auch kannte; nämlich Graham. Mordecai fuchtelte teilweise wild mit den Händen während er sprach und Graham ging gebeugt. Ich machte mich schnell vom Acker, da wollte ich auf keinen Fall stören. Nach einer weiteren Stunde tauchte der Grenzstein von Galizien plötzlich vor mir auf. Buntbemalt war der ca. 1,50 m hohe und 1 m breite Stein ein willkommener Anblick für alle Wanderer, da er die letzte Region des Jakobsweges ankündigte, die man zu durchqueren hatte. In Galizien sollte es häufiger regnen als anderswo in Spanien. Heute aber nicht. Heute war wieder grillen angesagt. Ich fand es immer noch nicht so anstrengend, wie beschrieben und hätte gedacht, dass ich mich auf der falschen Strecke befand, wären da nicht all die Anderen gewesen. Um 19 Uhr kam ich in O`Cebreiro an und ging sofort in die kleine Kirche. Ich weiß nicht warum, aber ich wurde regelrecht angezogen von dieser wunderschönen Kapelle. Ich war alleine als ich eintrat und es brannte kein Licht, sondern viele, viele große Wachskerzen, die ein rötliches Licht verbreiteten. Ich bin ein Mann der Wissenschaft und stehe mit beiden Beinen fest auf dem Boden, aber was hier drin passierte, habe ich nie jemandem erzählt. Ich zündete eine Kerze für meine Familie und ganz Großbritannien an und setzte mich in die letzte Reihe. Plötzlich stellten sich mir alle Härchen auf, die ich am Körper hatte. Ein Gefühl der Präsenz machte sich in mir breit und ich kniete mich hin, weil ich es für angebracht hielt. Dieses Gefühl war ein angenehmes, nicht unheimliches, Spüren und hielt eine ganze Zeit an. Ich genoss jetzt zum ersten Mal die Einsamkeit. Ich wolle eigentlich nie mehr aus diesem Kleinod an Kirchlein. Meine Erklärung dafür könnte auch die eines Kindes sein: „Der liebe Gott besucht jeden Tag einmal jede Kirche dieser Welt und wir waren zufällig zur selben Zeit am selben Ort." Während ich diesen Gedanken formte, öffnete sich die Türe und Mordecai trat mit Graham an seiner Seite ein. Graham setzte sich vorne auf die erste Bank. Mordecai zündete eine Kerze an, stellte sie kurzer Hand auf den Altar und setzte sich neben Graham. Er legte ihm die Hand auf die Schulter und sprach leise und eindringlich auf den Veteranen ein. Unvermittelt bebten beide Schultern und Graham heulte laut auf. Ich bekam einen Kloß im Hals und verließ fluchtartig das zierliche Gebäude. Ich habe auch mal so geheult. Wie ein Wolf heulte ich, als ich meine tote Sally im Arm hielt und sie gegen meine Brust drückte.

Ich konnte sie eine halbe Stunde nicht loslassen und meine Söhne mussten sie aus meinen Armen befreien, um sie im Garten begraben zu können. Ziellos irrte ich in diesem Mikrodorf herum, bis ich mich wieder einigermaßen gefangen hatte. Dabei tat ich diesem Ort unrecht, der so stilecht geblieben war und hier so gut passte, wie sonst kein Dorf auf dem Weg. Es war jetzt 20 Uhr und schnell setzte die Dämmerung ein. Eine neue Herberge im klassischen Stahlbau, wie die letzten Gemeindeunterkünfte auch, hatte am Ende der Siedlung seinen Platz gefunden. Ich sicherte mir ein Bett und machte mich auf Nahrungssuche. Eine wunderschöne, alte Wirtschaft beseelte die Dorfmitte und lud zum Abendmahl. Ich war nicht schlecht erstaunt, als ich feststellte, dass die Galizischen Spezialitäten fast nur aus Meeresfrüchten bestanden. Natürlich die Jakobsmuschel, aber auch Austern, Entenmuscheln und besonders Pulpo, also Krake. Neugierig geworden, bestellte ich mir diesen Pulpo und bekam ein Holzbrett auf dem die Krakententakel mundgerecht zugeschnitten, zusammen mit gewürfelten Kartoffeln, aufgehäuft waren. Es kam mir, wegen meines starken Hungers, sehr wenig vor, aber ich tat mir zum Schluss fast schwer, die Portion zu vertilgen. Es war einfach nur köstlich. So gesättigt und gewässert setzte akute Müdigkeit ein. Ich schleppte mich in die Herberge, ließ mich aufs Bett fallen und war fast im selben Augenblick eingeschlafen.

Der Pechvogel

Die Nacht verschonte mich mit Träumen und ich wachte schon um halb 5 Uhr auf. Anscheinend gehen am O`Cebreiro die Pilger früher los, weil ich problemlos eine Tasse Café in der gestrigen Wirtschaft erstehen konnte. Ich ließ mir viel Zeit für diesen Wundertrank, ohne dessen Hilfe ich morgens keine Chance hätte auf die Beine zu kommen. Nach Triacastela, ging es fast nur bergab, sagte mein Pilgerführer und ich trabte gutgelaunt von dannen. Mir fiel auf, dass hier alles viel grüner war als vor Bierzo. In Galizien sollte es auch öfter regnen, hieß es, aber das fiel wieder mal aus. Eine heiße Sonne begleitete mich ab Linares. Der Weg führte an ummauerten Feldern vorbei und ab und zu durch kleine Wäldchen. Links sah man kurz nach dem Ort eine Pilgerstatue, die einen Wanderer darstellte, der offensichtlich mit Gegenwind kämpfte. Es ging zwar entlang der Verbindungstraße, aber einfach nur schön! In Condesa gab`s dann den zweiten Café heute, für den ich mir auch sehr viel Zeit nahm. Nicht nur, weil der auch wieder sehr gut war, sondern weil es zu meinem heutigen Ziel nur noch drei Stunden waren. Kurz nach Padornelo setzte sich der Abstieg jetzt merklicher fort. Am Alto do Poio gab`s aber dann plötzlich einen Anstieg von nur 50 Metern, der aber so steil war, dass ich ihn beinahe nicht gehen konnte. Das konnte man Camino Duro nennen! Als ich oben ankam, hatte es den Eindruck, als käme mein Kopf aus der Kanalisation, so plötzlich war das Ende der Steigung gekommen. Direkt vor einem größeren Restaurant stemmte ich meinen gestählten Körper aus dem Loch am Boden und ließ mich sofort auf den nächstbesten Stuhl fallen.

Ich war mir sicher, die haben erst das Restaurant gebaut und dann ein Loch in den Weg gesprengt. Wer hier nicht anhielt, war nicht von dieser Welt, wurde der Hexerei bezichtigt und an Ort und Stelle verbrannt. Ich brauchte eine komplette Stunde, also zwei Café und ein Liter Wasser, gekrönt mit zwei großen und sauteuren Bocadillos, um wieder zu Kräften zu kommen. Hier oben wehte zwar ein schneidiger Wind, aber Abkühlung sieht anders aus. Die Sonne im Genick, den Wind im Gesicht, Wanderer, was willst du mehr. Weiter an der Ortsverbindungsstraße, aber auf hartem Sand, gings weiter Richtung Triacastela. Es lag noch eine Strecke von drei Stunden vor mir und meine Gedanken formten ein Fazit. Vor ungefähr 30 Tagen war ich losgegangen, hatte unzählige tolle Menschen kennengelernt, aber auch genauso viele, die auf der Toilette waren, als der Herrgott das Hirn verteilte. Das war das Geheimnis! Die eigenen Sorgen verwischen, werden unklarer und irgendwann von anderen Dingen dominiert. Ich trank nichts mehr und aus mir unerklärlichen Gründen hatte ich nur kurz so was Ähnliches wie Entzugserscheinungen. Da war es mit dem Rauchen ganz was anderes. Nach wie vor überfiel mich der Drang, mir wieder eine anzuzünden, auch wenn ich mich dazu hinlegen müsste. Aber das Erlebnis in Bierzo, wo mich der erste Zug am Glimmstängel buchstäblich in die Knie zwang, ließ mich die Lust am Nikotin verdrängen. Also hatte ich meine Probleme hier im Griff. Wie es zuhause sein würde, musste ich einfach abwarten. Da ich aber vorhatte, Mary alles zu beichten, wäre es ein Wunder, wenn ich ohne schwerere Verletzungen nochmals an Alkohol dachte. Ich musste auch gestehen, dass meine Problemchen wirklich nicht ins Gewicht fielen, neben den ganzen anderen hier.

Ich hatte die Möglichkeit, selbst etwas dagegen zu unternehmen. Die meisten anderen nicht. Ich war also mehr oder weniger geheilt und das machte mich, trotz Nackensonne und Gesichtswind, extrem fröhlich. Der Pfad lief, leicht bergab geneigt, zwischen Feldern und Wäldchen weiter. Über Fonfria, Fillobal und Passantes, erreichte ich um 14 Uhr Triacastela. Das nette Dörflein war voll auf dem Pilgertrip. Herberge an Herberge, wohin das Auge blickte. Ich ging von einer zur anderen und als ich ein Einzelzimmer ergattern konnte, ließ ich mich nieder. Ich muss mir angewöhnen, entweder später loszugehen oder länger zu laufen, aber wenn man um 14 Uhr schon geparkt hatte, verging der Tag nicht. Ich räumte also zum Zeitvertreib meinen Rucksack aus, schmiss alles Waschbare, bis auf mein frisches Set, in die Waschmaschine der Herberge und beobachtete das Gerät bei der Arbeit. Das war mindestens so interessant, als wenn man Farbe beim Trocknen zusieht. Hinterher auf die Leine vor dem Prachtbau und eine Stunde später trocken und geordnet in den Rucksack zurück. Ich hatte Gänsehaut vor lauter Spannung. Irgendwann, gefühlte Tage später, kam dann doch noch der Abend, gefolgt von der Nacht, die ich dankbar begrüßte, aber vor Langweile nicht einschlafen konnte. Ich muss morgen unbedingt wieder mit jemand quatschen, sonst stürze ich mich aus dem Parterre. Schließlich war auch diese Nacht rum und ich auf der Piste. Höhe Balsa war bis San Xil ein steiler Anstieg verzeichnet und ich war gespannt. Nach Triacastela ging der Weg rechts gleich durch ein kleines Wäldchen und auch der restliche Pfad nach San Xil war meist von Bäumen umgeben. Der Anstieg mitten im Wald hätte es verdient, gemalt zu werden.

Über einen kleinen Bach gings über eine Steinbrücke, die aus drei großen, aber flachen Felsen bestand, die man in kleinem Abstand nebeneinander in das Rinnsal gelegt hatte. Danach ging es zwar steil nach oben und auch sehr felsig, aber trotzdem einfach zu laufen. So erreichte ich bei Sonnenaufgang San Xil de Carballo. So schön wie der Name, so klein war der Ort. drei Höfe boten an der Straße entlang zwar ein schönes Bild, aber keinen Kaffee. Enttäuscht enteilte ich dem Weiler. Heute waren auch extrem viele Pilger zusammen mit mir auf der Strecke. Man merkte, es geht dem Finale entgegen. Wer eine Compostela erhalten will, so heißt das Reifezeugnis, also die katholische Form des Abiturs, muss spätestens in Sarria, also meinem nächsten Ziel, mit der Pilgerschaft beginnen. Ab dort waren es genau noch 100 km bis Santiago de Compostela und das war das Minimum, um die nötige Zensur zu bekommen. Ansonsten hieß es „Durchgefallen, noch mal von vorn!" Das hätte gerade noch gefehlt. Ich musste jetzt bald nach Hause, sonst würde ich einen Koller kriegen. Ein Arzt mit Koller ist ein gefährliches Tier! Verarschen sie mal ihren Hausarzt, dann können sie es testen. Vor mir lief ein langer Lulatsch und in dem Augenblick, als ich ihn sah, stolperte der und fiel der Länge nach auf die Schnauze. Ich beschleunigte meinen Schritt, aber als ich bei ihm war, stand er bereits wieder und klopfte sich die staubige Kleidung ab. „Haben sie sich verletzt?" fragte ich ihn besorgt. „Nein, Nein, keine Angst, das bin ich gewöhnt!" war seine lakonische Antwort und er lächelte dabei. „Ihre Schuhbänder sind ja auf, da ist es kein Wunder!" Ich zeigte auf sein Schuhwerk, „Ach, die gehen immer wieder auf" erklärte er mir. Ich stutzte „Wie wäre es dann mal mit einem Doppelknoten?"

Er schaute mich verdutzt an, „verdammt gute Idee!" Er bückte sich sofort und zu schnell, da sein Rucksack ihn überholen wollte. Ich griff schnell zu und verhinderte den nächsten Sturz. Er bedankte sich, während er beide Schnürsenkel mit einem Doppelknoten verschnürte. „Schon besser", nickte er zufrieden, lächelte mich an und wollte weitermarschieren. Ich aber war alarmiert. „Passieren ihnen solche Sachen öfter?" „Eigentlich dauernd" war seine lockere Antwort. „Wissen sie", ich unterbrach ihn, „Jaden" er sah mich erstaunt an, „mein Name ist Jaden, " erklärte ich ihm. „Ah so, also weißt du Jaden, ich bin nicht dumm, auch wenn es den Anschein hat, aber meine Mutter sagt immer. ich wäre der größte Dussel seit Ron Wayne, der mit Steve Jobs Apple gründete und seine Anteile 12 Tage später für 800 Dollar verkaufte!" „Komischer Vergleich!" War mein spontaner Gedanke, aber der junge Fremde sprach einfach weiter, während wir nebeneinander gingen. „Ich bin einfach nur ein Pechvogel. Wenn ich einkaufen gehe, eiert mein Einkaufswagen oder quietscht ohrenbetäubend, wenn ich meinen besten Anzug anziehe, scheißt vor der Kirche ein Vogel drauf, wenn" „Stopp!" schrie ich fast: „Ich glaub`s dir ja. Wie heißt du eigentlich und wo kommst du her?" Er schaute mich erschrocken an: „Entschuldige! Ich heiße Benjamin Maximilian Trauter, für meine Freunde einfach nur Ben. Ich komme aus München und bin hier seit 40 Tagen unterwegs."

„Freut mich, Ben. Sag mal, ist in Bayern eigentlich noch jemand zuhause? Ich habe hier so viele Münchner bzw. Bayern getroffen, dass euer Bundesland eigentlich leergefegt sein müsste!" Wieder sein erstaunter Blick. „Das war Spaß!" ergänzte ich schnell. Jetzt blickte er verlegen.

„Sorry Jaden, ich bin nicht dumm" wiederholte er sich, „ich habe eine 1,0 im Abitur und wurde zum Medizinstudium zugelassen, aber ich kann Ernst nicht von Spaß unterscheiden. Geschweige denn Sarkasmus, da setzt`s bei mir aus. Ich habe eine seltene Variante des Asperger-Syndroms. Genaugenommen heißt das bei mir, ich kann nicht lügen bzw. Lügen erkennen. Da ein Witz ja eigentlich aus einer Lüge besteht, nehme ich den beim Wort." Jetzt tat er mir wirklich leid, aber ich musste ihm noch was Wichtiges mitteilen. „Ben, wenn du studierst, dann werde bitte kein Chirurg." ich meinte das bitter ernst, obwohl ich ihn schon in mein Herz geschlossen hatte. Ben konnte aber auch lachen. „Keine Angst Jaden, mich zieht`s in die Pathologie, besonders in die Forensik. Da kann ich nichts mehr kaputt machen." Der hat ja richtig Humor, dachte ich bei mir, somit ist noch nicht alles verloren. „Dann sind wir ja so etwas Ähnliches wie Kollegen, Ben." Ich teilte ihm mit, was ich beruflich machte und er sagte nur trocken: „Super Jaden, dann bleib bis Santiago bei mir und ich kann meine Mutter zuhause beruhigen." Wir zogen eben in Furela ein und mir wurde wieder bestätigt, dass der Weg viel schöner zu gehen ist, wenn ein interessanter Mensch neben einem marschiert. Im Ort gab es eine nette kleine Bodega und guten Kaffee. Plötzlich sagte Ben neben mir: „Ist dir aufgefallen, dass ich, seit du neben mir gehst, kein einziges Mal gestolpert bin"

„Nein", sagte ich, da ich es selten erlebe, dass Menschen neben mir dauernd taumeln. „Sorry Ben, da habe ich nicht aufgepasst. Solltest du dich nicht mal untersuchen lassen, wenn du dauernd stolperst?"

„Ich wurde schon 1000mal untersucht und das Fazit war immer: Der Kerl ist zu groß für sein Hirn." Das meinte der ernst, als er es sagte. „Wie wäre es mit Sport, das fördert die Koordination." war mein nächster Vorschlag. „Zog ich durch, bis meine Mum es nach dem dritten Bänderriss beendete und mich zum unheilbaren Fall erklärte. Sie sagte: Mein lieber Sohn, mach`s wie ich, gewöhn dich dran!" Er sagte das ohne Wehmut oder Selbstmitleid, einfach nur akzeptierend. „Wie sieht`s dann mit den Frauen aus?" Jetzt war ich schon extrem neugierig, aber irgendwie hat der bei mir einen Nerv berührt. „Da bin ich genauso dämlich. Ich trau mich einfach nicht. Ich warte bis ich über eine drüberfalle."

„Ja genau, Humor ist, wenn man trotzdem lacht." war meine Antwort. Seine stolperfreie Zeit ging weiter und schön langsam hatte ich Angst, dass der mich zu seinem Maskottchen erklärt. Wir unterhielten uns ohne Unterlass und irgendwann erkannten wir beide, dass wir erklärte Harry Potter Fans waren. Hauptthema waren natürlich, unter anderem, die klugen Hinweise der Autorin, bezüglich der dummen Politiker und der großen Macht der Presse. Plötzlich überraschte Ben mich mit der Aussage: „Ich habe unterwegs einen getroffen, der sah aus wie Albus Dumbledore!" Ich rief spontan „Mordecai!" Er blieb abrupt stehen und sah mich an, als würde mir Eiter aus den Augen laufen. „Das gibts ja gar nicht! Du kennst ihn?" Ich erzählte ihm von meinen verschiedenen Treffen, ohne ins Detail zu gehen. Ben sah mich mit großen Augen an und sagte: „Er meinte, dass meine Pechsträhne bald vorbei wäre!"

„Glaubst du das?" fragte ich ihn ernst.

„Ich weiß nicht, das ist schon so lange her, dass ich eigentlich nicht mehr dran glaube, obwohl er sich absolut sicher war!" Jetzt erst fiel mir auf: „Sag mal, du hast heute Morgen zu mir gesagt, du bist schon seit 40 Tagen unterwegs. Du müsstest doch schon lange in Santiago sein?" „Ich musste einmal pausieren, weil ich mir den Knöchel verstaucht hatte!" war seine nüchterne Erklärung. Ich glaubte ihm sofort. Weiter ging`s durch kleine Wäldchen und zwischen Feldern, die alle durch hüfthohe Mauern umgrenzt waren. Immer mehr Bauernhöfe lagen jetzt am Wegesrand und ich sah zum ersten Mal die kleinen, auf Stelzen stehenden, Vorratskammern, die jeden Hof zierten. Die meisten waren aber nur noch rudimentär vorhanden, da sie keiner mehr nutzte. In Galizien schien es aber tatsächlich öfter zu regnen, weil das Gras grün war und Bäche wie Flüsse ausreichend Wasser führten. Trotzdem war es heute wieder heiß wie im Hochsommer. Ich habe in Spanien genau einmal Regen gesehen, seit ich unterwegs war. Tja, wenn Engel reisen! Wir durchwanderten viele kleine Orte und einige waren nicht mehr bewohnt. Die Stadtflucht hatte dieses Land fest im Griff. Ich wettete, dass sich die meisten Dörfer nur noch durch den Jakobsweg halten konnten. Was natürlich für die Pilger von großem Vorteil war. Kurz vor Sarria kamen wir an einer privaten Herberge vorbei und entschlossen uns kurzfristig hier zu übernachten. Ben und ich bezogen eine Viererkabine und im Laufe der nächsten beiden Stunden kamen noch ein paar weitere Wallfahrer hinzu. Die Wirtin kochte einen exzellenten Eintopf und laut Ben war der Vino Tinto der Beste, den er jemals getrunken hatte. Entsprechend langte er beim Essen und Trinken zu.

Trotz meiner Warnung, hinsichtlich des bekannterweise starken Weines, holte er sich ein Glas nach dem anderen. Eine Stunde später war er so prall, dass er nicht mal mehr lallen konnte. Mit Hilfe des Wirtes brachte ich ihn ins Bett und begab mich auch zur Ruhe. Aus purer Vorsicht stellte ich einen Eimer vor sein Bett, den er im Laufe der Nacht öfter benutzen musste, weil er das Karussell, das in seinem Kopf spazieren fuhr, nicht zum Stehen brachte.

Böse Menschen

Als ich frühmorgens aufbrach, stellte ich den Eimer etwas weg, da ich ihm zutraute, dass er reinfiele, wenn er aufstand. Nach Sarria brauchte ich gut eine halbe Stunde und stellte erfreut fest, dass in der Stadt viele Cafés schon geöffnet hatten. So kam ich sehr früh zu meinem wichtigen ersten Koffein. Diese „Gutenmorgenzigarette" fehlte mir am meisten, aber ich merkte, dass die Sucht schon deutlich abnahm. Im Ort wurde es so richtig anstrengend. Viele, viele Treppen mussten überwunden werden, bevor es, an einer uralten dicken Eiche vorbei, hinaus in die Natur ging. Wunderschöne kleine Pfade, wieder durch kleine Orte, zwischen Gärten oder Feldern, dann wieder Wäldchen. Obwohl dauernd bergauf, war es ohne Anstrengung zu gehen. Mittags kam ich in Morgade an. Dieser Fleck bestand aus drei Häusern und eines davon eine kleine Perle an Wirtschaft. Gleich am Weg standen die Tische und man schaffte es einfach nicht, daran vorbei zu gehen. Nach Portomarin waren es nur noch 10 km, deshalb konnte ich mir zum Mittagessen viel Zeit nehmen, was ich gerne tat. Sitzen, essen und schauen. Ich wollte gar nicht mehr weitergehen, weil das Beobachten der Vorüberziehenden einfach nur genial war. Ich zählte, während der Stunde meiner Mittagspause, an die hundert Pilger. Die Meisten alleine, aber auch Gruppen von bis zu zehn Personen. Was das bringen sollte, war mir ein Rätsel. Und noch etwas fiel mir auf. Die Rucksäcke waren fast überall verschwunden. Meist hatten die Männer Minibeutel auf dem Rücken und die Frauen eine größere Handtasche. Alle sprachen Spanisch und mir fiel es wie Schuppen von den Haaren.

Ich hörte, dass es in Spanien bei Vorstellungsgesprächen von großem Vorteil wäre, wenn man mindestens eine Compostela vorweisen konnte. Die liefen alle ab Sarria, ließen sich die Koffer ins nächste Hotel fahren, holten sich die Stempel auf der Strecke und machten nichts anderes, als einen ausgedehnten Spaziergang. Ab dem Zeitpunkt nannte ich sie die "Lightpilger". Ohne despektierlich klingen zu wollen, aber zum Pilgern gehört nun mal, dass dir das Kreuz und alles rundherum höllisch weh tut. So selbstgerecht saß ich auf meinem Stuhl und urteilte alle ab, die ich zu Gesicht bekam. Mir ist es äußerst schwergefallen, die nette Pinte zu verlassen, aber ich wollte auch noch in Portomarin ankommen bevor die Herbergen schließen. Ben habe ich nicht mehr gesehen. Schätzte der brauchte wieder mal einen Erholungstag. In Santiago werde ich ihn und alle, die mich zeitweise begleitet haben, hoffentlich wiedersehen. Wieder mal tief in Gedanken, nahm mich der Weg wieder auf. Welche Themen hatte ich eigentlich noch nicht mit irgendeinem auf dieser „Straße des Lebens" durchgekaut? Oder besser gesagt, was kam schon alles dran? Da hatten wir Flüchtlinge und Terrorismus, vielleicht auch der Zusammenhang hierzu. Mord und Totschlag mit der ewigen Reue. Einen Nerd wie Sheldon Cooper, einen Moslem auf der Suche nach Wahrheit. Und leider auch so manches, intolerantes oder sexistisches Arschloch. Die Flucht vor den eigenen Problemen war aber sicherlich am meisten vertreten. Ging hier eigentlich auch jemand aus Spaß an der Freude? Da lief einer mit einem Rucksack voll Problemen, die er nicht lösen konnte und baggerte sich unterwegs noch welche dazu.

Ich glaube kaum, dass Heinrich von und zu in der Lage war, auch nur eines seiner Problemchen zu lösen. Dazu war der zu verbittert. Für Julia hoffte ich, dass sie ihren Beruf trotz der frühen Schicksalsschläge wiederaufnehmen konnte. Es wäre schade, wenn so eine tolle Frau ihrem Traumberuf nicht mehr nachgehen könnte und somit auch zum Opfer werden würde. Aber am Faszinierendsten, war dieser Mordecai Elohim. Der schien vollkommen über den Dingen zu schweben. Es machte den Eindruck, dass der nur unterwegs war, um Lösungen anzubieten oder Wasser mit Kräutern. Aber Mordecai hatte wahrscheinlich auch Recht mit seiner Aussage, dass 99,9 Prozent der Bewohner dieser Erde gute Menschen wären. Nimmt man von 7 Milliarden die 99,9 Prozent weg, bleiben 7 Millionen übrig, die, auf ca. 190 Länder dieser Welt aufgeteilt, knapp 37.000 böse Individuen pro Land ergäben. Dann müsste man noch definieren, was Böse ist. Das sieht wieder jeder für sich sehr individuell. Ein schlechter Mensch würde sich ja kaum als solcher bezeichnen. Jedenfalls möchte ich behaupten, dass 99,9 Prozent der Pilger, die mit mir auf dem Jakobsweg marschierten, gute Menschen waren. Ich hatte ja auch keinen Grund, etwas anderes von mir zu behaupten und sogar diejenigen, die ich so abwertend als Arschlöcher bezeichnete, mussten ja nicht automatisch böse sein, nur einfach erbärmlich und behämmert. Der Weg führte während meiner statistischen Berechnungen über Rozas, Parrocha und Vilacha, ohne seine Schönheit zu verlieren, nach Portomarin. Unvermittelt stand ich vor einer großen Brücke, die über den Rio Mino hinein nach Portomarin führte.

Während des Übergangs sah ich, auch aufgrund des niedrigen Wasserstandes, eine alte Römerbrücke, ca. 25 Meter unter mir, den Fluss queren. Ich glaube, dass das die Ortschaft war, die in den frühen Sechziger Jahren Stein für Stein höher gelegt wurde, weil hier ein Stausee entstehen sollte. Am Ende der Brücke konnte man nur über eine steile Treppe in die Innenstadt gelangen und der gelbe Pfeil zeigte unbarmherzig zu jener Treppe hin. Man kann es nicht beschreiben, dass man 800 km über Berg und Tal tigert, aber immer noch an einer Treppe scheitert. Das haben mir viele Leidensgenossen bestätigt. Matterhorn besteigen ja, aber bitte keine Stiege in den ersten Stock. Langsam erklomm ich sie Tritt für Tritt und das Brennen in meinen Oberschenkeln begann genauso wie in Sarria, wo so viele Stufen aus der Stadt führten. Im Ort sah man, dass der Wiederaufbau modernerer Art gestaltet wurde. Im Rechteck waren Häuserzeilen nebeneinander geschichtet worden. Die einzelnen Gassen liefen exakt parallel zueinander und führten zielgerichtet zur Ortsmitte, wo eine bedrohlich wirkende Kirche hoch über den Platz ragte. Die ganze Ortschaft war so düster wie das Gotteshaus und ich beschloss, nochmal 7 km dranzuhängen und nach Gonzar weiter zu gehen. Bergauf und mitten durch die kleinen aneinandergereihten Wäldchen, zog sich der Pfad vollkommen unspektakulär zu meinem Ziel hin. Mittlerweile war es schon 16 Uhr und ich hatte Angst, in dieser sehr kleinen Ortschaft, keinen Platz in der Herberge zu bekommen. Als ich aber dann vor jener stand, wollte ich gar kein Bett mehr in dieser neugebauten Absteige. Nach Ventas wären es aber nochmal fünf km und das würde ich nicht mehr schaffen.

Ich war am heutigen Tag über 30 km gelaufen und hatte mein persönliches Rekordergebnis erzielt. Verzweifelt überlegte ich mir schon, mich im Garten in den Schlafsack zu legen, als mir aus der Dorfmitte ein Typ entgegenkam, den ich vom Weg her kannte. In alter Pilgermanier sprach ich ihn einfach an: „Gibt`s hier noch eine weitere Herberge, weil die da," ich zeigte mit meinem Daumen hinter mich, „geht gar nicht." Der junge Mann sah mich kurz an und lächelte: „Ah! Der Doktor! Geh zurück in die Ortsmitte, da steht ein Haus, sieht aus wie ein Bauernhof und wie alle Häuser hier aus grauem Stein und schwarzem Dach. Da siehste ein Doppeltor aus Holz. Geh einfach rein und du wirst dich wundern." Er lächelte immer noch, als er, beladen mit meinem Dank, weiterzog. Woher wusste der, dass ich ein „Doktor" war? Wieder ein kleines Geheimnis des Weges. Nichts desto trotz, machte ich mich auf den Weg in die Ortsmitte und suchte nach einem Gebäude, das seiner Beschreibung entsprach. Da Gonzar nicht recht groß und der Hof exakt in der Mitte war, wurde ich schnell fündig. An der Außenwand war auch groß und deutlich „Casa Garcia, Restaurante y Alberge" auf eine Tafel geschrieben. Ich bin direkt vorbeigelaufen. Schnell schlüpfte ich durch das Tor und stand in einem halb überdachten kleinen Innenhof, der komplett umbaut war. Rechter Hand stand eine große Bar mit allerlei Getränken und eine Espressomaschine, sehr sympathisch. Rechts ging eine Treppe hoch zu den einzelnen Zimmern. Links ein kleines Restaurant und daneben die große Küche. Etwas weiter vorne war ein größerer Raum mit mehreren Betten und dem Durchgang zu Toiletten und Duschen. Alles sehr rustikal, aber neu und sehr gemütlich.

Der Innenhof war somit gefüllt, ohne deswegen beengt zu wirken. Alles in allem, hat da einer massiv investiert und etwas Tolles geschaffen, was kein Mensch in diesem Mini Dorf erwartet hätte. Ein sympathischer Mann kam mir entgegen und begrüßte mich sehr herzlich. Ich muss mittlerweile kein Spanisch sprechen, um diese gefühlvollen Menschen zu verstehen. Mit vielen Worten geleitete er mich zurück zu der Bar am Eingang. Er bat mich um mein Credencial und malte den Stempel auf eine freie Stelle. Ich nahm mir eines der beiden Einzelzimmer und bezahlte gerade mal 20 Euro. Toilette und Bad waren zwar für alle Zimmernutzer, aber da ich noch alleine war, nahm ich wieder mal allen das Wasser weg. Nach Erledigung aller Reinigungsmaßnahmen war es schon Zeit für das Abendessen. Das kleine Restaurant war urgemütlich und die Speisekarte kurz. Das heißt, eigentlich stand nur ein Menü darauf. Das machte die Wahl nicht allzu schwer. Aus der offenen Küchentüre lächelte mich eine schon etwas ältere Dame in Schürze an und winkte mich zu sich her. Voller Stolz zeigte sie mir ihre Küche, die fast so groß wie der Speiseraum war. Alles war aus blinkendem Stahl und nur vom Feinsten. Auf jeder Kochstelle des riesigen Gasherdes brutzelte etwas anderes. Bevor ich aber sehen konnte was mich erwartete, bugsierte mich Donna Fantastika wieder auf meinen Platz. Jetzt kamen auch weitere Gäste und wurden ebenso durch die Küche geführt. Alle Anwesenden waren genauso beeindruckt wie ich. Man sah keine Küchenhilfe, aber, ich nehme an, ihren Sohn, der die Bestellungen aufnahm, nicht ohne an jedem Tisch länger zu verweilen, um ein paar Worte zu wechseln. Als er bei mir ankam, parlierte er in feinstem Oxfordenglisch.

„Ich hoffe, sie haben sich gut von ihrer langen Wanderung erholt und können das Essen genießen." Ich war offensichtlich verdutzt, was er mit einem Lächeln quittierte und fügte erklärend hinzu: „Wenn man sich entschließt einen Bauernhof aufzugeben, um sich einen Traum zu erfüllen, dann gehört nicht nur der Umbau eines Bauwerkes dazu, sondern auch, dafür zu sorgen, dass man mit den Leuten sprechen kann, die hier zu Gast sind." Ich sah ihn bewundernd an. "Wenn sie nach dem Essen Zeit haben, würde mich diese Geschichte sehr interessieren." Ich sah ihn dabei hoffnungsvoll an. "Sehr gerne, aber jetzt genießen sie erst mal, was meine Mama aufkocht." Er stellte mir das bestellte Mineralwasser auf den Tisch und kam kurz danach mit einer kleinen Pfanne zurück, die fast randvoll war mit grünen Peperoni. "Sind die scharf?" fragte ich ängstlich. Er lachte: „Nein! Das sind Pimentos. Die sind überhaupt nicht scharf. Die werden nur in Olivenöl gebraten und mit grobem Salz bestreut. Sie brauchen nur ein Stück Brot dazu, dass meine Mutter gestern gebacken hat. „Mir lief das Wasser im Munde zusammen. Kurz gesagt, es war einfach köstlich. Die Pimentos und das frische, kräftige Brot ergänzten sich und mein kompletter Körper schrie "mehr, mehr!"

"Lassen sie noch Platz für den Hauptgang", lachte der junge Wirt stolz. Und dieser Hauptgang bestand aus einem 300 gr. Steak, das perfekt medium gebraten, vor mir lag. Das Fleisch war so zart, dass man es mit der Zunge zerdrücken konnte. Hinterher eine Crema Catalan, eigentlich die Nationalnachspeise Kataloniens.

Warum die alte Donna hier noch keinen Stern hatte, konnte nur daran liegen, dass die entsprechenden Redakteure des Guides Michelin noch nie pilgern waren. Ich werde dort mal anrufen, wenn ich wieder zuhause bin. Gegen 22 Uhr erhoben sich alle Gäste, außer mir, um zu Bett zu gehen. Vorher hatten wir alle der Köchin applaudiert, die kurz aus der Küche schaute und mit den Augen fragte, wie es denn war. Sergio, so hieß der junge Wirt, räumte noch grob auf, schenkte sich ein großes Glas Tinto ein und setzte sich zu mir. "Und wie war`s?" grinste er mich an. "Ich habe noch nie in meinem Leben ein Menü genossen, wie das heute Abend." Er erwiderte: „Da kommen aber mehr Sachen zum Tragen. Der Weg, das Ambiente, der Wareneinkauf und natürlich die Kochkünste der spanischen Mütter." Ich nickte anerkennend. „Sie haben ziemlich investiert und sind ein großes Risiko eingegangen." Er schüttelte den Kopf. "Wenn man beobachten kann, dann ist das kein so großes Risiko. Seit 10 Jahren verdoppeln sich die Pilgerzahlen und der Bedarf an Schlafplätzen natürlich auch. Mein Vater übergab mir vor zwei Jahren den Hof und unterstützte mich bei der Umsetzung meiner Ideen. Das ganze Dorf hat uns ausgelacht und jetzt sind alle am Überlegen, ob sie nicht auch auf diesen Zug aufspringen sollten." Er lächelte während er mir das mitteilte. "Ich bewundere ihren Mut Sergio. Ich hoffe, dass er auch belohnt wird." "Das wurde er schon! Vor zwei Jahren hätte ich für so ein Gespräch keine Zeit gehabt und wäre gerade aus dem Stall gekommen, um mich dann zu waschen und danach ins Bett zu fallen, weil ich um 4 Uhr wieder aufstehen musste." Ich nickte verstehend. "Und", fügte er hinzu, „ich kann meine kleine Familie genießen.

Meine Kinder sind 2 und 5 Jahre alt und gehören hier einfach mit dazu. Sie konnten sie leider nicht sehen, weil sie mit meiner Frau momentan Ferien bei meinen Schweigereltern am Meer machen. Das hätte ich mir vorher nicht leisten können." Ich erkannte den immensen Stolz in seiner Stimme und freute mich mit ihm. Jetzt war ich hundemüde und verzog mich in mein Zimmer. In der Nacht ging ein starkes Gewitter nieder und ich hoffte, dass am Morgen der Regen nicht zu stark sein würde.

Hunger

In der Früh war aber das Unwetter abgezogen und ein wolkenloser Sternenhimmel begrüßte die Frühaufsteher inklusive mir. Aber leider nur kurz, weil sich der Blick innerhalb kurzer Zeit trübte. Nebel waberte über die Straße und ließ den Blick über 20 Meter hinaus nicht zu. Ich musste höllisch aufpassen, dass ich keinen Pfeil übersah. Im Laufe der nächsten Stunde nahm der Nebel zu und ich schaltete die Stirnlampe aus, weil das Licht vom Nebel so stark reflektiert wurde, dass ich nichts mehr sah. Also noch langsamer voran. Nach Sonnenaufgang wurde es etwas leichter, aber weiter als 10 Meter konnte ich nicht sehen. Durch meine Monstertour gestern, hatte ich nur 14 km zu meinem Etappenziel Palas del Rei. Vom Weg oder der Umgebung sah ich gar nichts, ich hörte nur ab und zu ein Fahrzeug langsam an mir vorbeifahren, was mich zu der Erkenntnis brachte, dass der Pfad nahe einer größeren Straße entlangführte. Durch Hospital da Cruz ging ich, ohne den Ort zu sehen. Wenn man nichts sieht, verziehen sich Strecken in die Länge, da man keine Anhaltspunkte zur eigenen Geschwindigkeit hat. Hätten meine Oberschenkel nicht leicht gebrannt, wäre mir nicht mal aufgefallen, dass ich aufwärtsging. Erst als ich nach zwei Stunden in Ventas einlief, lichtete sich der Nebel soweit, dass ich die kleine Bodega links neben dem Weg identifizieren konnte. Nach einem längeren Frühstück, war der Dunst fast vollkommen verschwunden und die Sonne übernahm das Kommando. Als ich die Kneipe verließ, sah ich beim Betreten des Pfades zum ersten Mal bewusst einen kleinen Grenzstein mit der Aufschrift 77 km.

Anscheinend hatte ich 23 vorher nicht bemerkt, weil einen Kilometer später schon 76 km erschien. Jetzt konnte man auch wieder den schönen Weg und das Umland bewundern. Entlang einer schmalen, asphaltierten Straße ging es meist zwischen Nadelwäldern dahin. Wahnsinn, noch 76 km! Wenn ich jetzt in der Mitte Londons stände, wäre ich ungefähr genauso weit von zuhause weg. Nur würde ich zu Fuß gar nicht aus London raus finden, außer die malen mir da auch gelbe Pfeile auf den Boden. Weiter ging es an Prebisa, Lameiros hinein nach Ligonde. Diese Ortschaft war wieder groß genug für eine gute Wirtschaft, aber nix da. Die haben sich dem Jakobsweg total verweigert. Am Ortsende gab`s eine verfallene Herberge, sonst einfach nix! Verdammt! Das Frühstück hatte ich schon verbrannt, ich hatte Hunger und ich wusste nicht, ob es in der Nähe noch weitere Ortschaften gab. Nach zwei Kilometern kam Airexe, aber außer zwei Herbergen am Ortsende sah ich keine Örtlichkeiten, wo sich Pilger stärken konnten. Mein Magen knurrte so laut, dass die Herde Kühe vor mir erschrocken zur Seite sprang, oder war es doch mein ärgerliches, „Haut ab hier!" was die Euterträgerinnen zur Flucht zwang. Schnurgerade führte der Weg jetzt nach Portos. Mein Magen fing jetzt an sich selbst zu verdauen und er tat das mit großem Getöse. Ich hoffte nur, dass er wenigstens schwieg, wenn ich, wie üblich, überholt wurde. In Portos war wieder nix los in Sachen Bodega und ich schaute die weidenden Kühe nun mit ganz anderen Augen an. Terence sagte immer: „Männer trinken keine Milch, Männer fressen die Kuh!" Dieser Spruch kam mir immer öfter in den Sinn und ich sah die Viecher nur noch in Scheiben geschnitten auf dem Teller liegen.

Wahrscheinlich eine sehr männliche Fata-morgana. Auch in Lestedo Fehlanzeige. Will denn hier niemand Geld verdienen? Da liefen im Monat teilweise 40.000 Menschen vorbei und keiner streckt die Hand aus, um was dazu zu verdienen. Das Problem war, dass die hier keine Sorgen hatten. Große, schmucke Bauernhöfe hielten sehr viele Rinder und ernteten vom satten Boden. Die brauchten die Pilger nicht und erhielten sich ihre Identität. Fast an jedem Ortsende befand sich eine kommunale Herberge, die alle nach demselben Schema gebaut wurden und wirklich außen wie innen identisch waren. Also sterbe ich am Reichtum dieser Bauern. Es ging genauso deprimierend weiter. Wunderschöner Weg zwischen Feldern und kleinen Wäldchen, vorbei an traumhaften Bauernhöfen, aber nix zwischen meine Zähne, mit denen ich mittlerweile schaurig knirschte. Ich durchquerte Os Valos und gelangte schließlich nach O Brea. In diesem Mikrokaff gab es doch dann tatsächlich ein Restaurant und da ich heute das Glück mit beiden Händen über mich ausschüttete, war dieses geschlossen. Ich wünschte dem Wirt die Räude an den Hals und der Kugelblitz sollte seine Genitalien treffen. Ich ahnte es schon, mein Blutzucker war unter meine Hemmschwelle gerutscht. Jetzt würde mir auch ein Keks genügen, aber nicht mal den hatte ich zur Hand. So intensiv hatte ich Hunger auf der ganzen Strecke noch nie wahrgenommen. Noch dazu hatte ich ein gutes Frühstück. Das war wahrscheinlich im freien Fall durch mich hindurchgestürzt und stand schon wartend am Ausgang. Weiter vor mich hin grollend, wanderte ich über Lamelas und Rosario weiter auf Palas de Rei zu.

In die Stadt lief man über kleine Seitenstraßen ein, die sich fein verzweigend Richtung Zentrum zogen. Etwas erhöht thronte eine kleine gotische Kirche über einem kleinen Platz. Gegenüber der alten Kapelle stand ein Häuserkomplex, in dem eine moderne Herberge untergebracht war. Ich hielt meinen Hunger noch im Zaum und besorgte mir zuerst eine Unterkunft. Eigentlich ähnelte das Quartier mehr einem Hotel als einer typischen Pilgerpension. Kleine Zimmer mit höchstens vier Betten, sehr rustikal und gemütlich. An die 10 Waschmaschinen und Trockner standen gegen Gebühr zur Verfügung. Die Generalwäsche musste aber bis nach dem Essen warten. Im Ort fand ich ein Restaurant und ich ließ es richtig krachen, mit Vor-, Haupt- und Nachspeise. Mir ging es aber nur um Befüllung und dazu reichte die Qualität dieser Gaststätte aus. Den Genuss von gestern werde ich wohl hier in Spanien nicht mehr kriegen. Da hat einfach alles gepasst und bleibt als positive Erinnerung erhalten. Man neigt ja leider dazu, sich an schlechte Erlebnisse eher zu erinnern als an gute. Das ist wahrscheinlich aber evolutionär bedingt und begleitet die Menschheit, bis sich unsere Füße aus Mangel an Bewegung zurückgebildet haben und wir nicht mehr flüchten müssen. Nach dem Essen folgte die Routine, mit waschen und trocknen, für das ich tatsächlich das Gerät benutzen musste, da es keinerlei Möglichkeit gab seine Wäsche aufzuhängen. Mit Mary telefonierte ich sehr lange, aber es gab nur Belanglosigkeiten auszutauschen. Wieso meint man eigentlich immer, wenn man unterwegs ist, passieren zuhause Dinge, die man eigentlich nie erwartet, wenn man selbst vor Ort ist.

Daheim ging alles seinen Trott, nur meine Vertretung schien alle Patienten in die Arme meines so geachteten Kollegen Percy zu treiben. Der musste ja wirklich ein dermaßener Ekelbrocken sein, dass seine eigentliche Kompetenz nicht mehr zählte. Kein Wunder, dass der nur noch Vertretungen machte. Meine Patienten krieg ich zurück und wenn ich mit dem Megaphon durch den Ort rennen muss. Am Abend saß ich noch mit ein paar Leuten aus Amerika zusammen und wir hatten einen Riesen Spaß beim Austausch von unseren Erlebnissen. Die kannten sogar den Lucki aus Bayern und haben gegrölt vor Lachen. Der harte Tag klang harmonisch aus.

Der Sinn des Lebens

Ich hatte beschlossen, ab jetzt immer erst um halb sieben zu starten. Zum ersten, war ich dann länger bei Tageslicht unterwegs, was bei den herrlichen Wegen in Galizien mehr Spaß machte, und zum zweiten, kam ich nicht so früh am Etappenziel an, wo die Zeit einfach nicht vergehen wollte. Dass ich meist alleine unterwegs war, störte mich jetzt nicht mehr so, weil meine Gedanken meist schon zuhause verweilten. Ich musste mich zwingen, mit dem Kopf auf der Strecke zu bleiben. Bilanz und Fazit habe ich die letzten Tage schon gezogen. Seltsamerweise habe ich bei keinem Gespräch, das ich hier führte, die berühmteste Frage der Welt gehört. Keiner hier fragte nach dem Sinn des Lebens. Dann werde ich mir das Rätsel heute selbst stellen. Der Pfad zog sich über Felder und auch mal durch Wälder, wie die Tage zuvor, meinem heutigen Ziel Ribadiso entgegen. Nach Carballal ging es zwar steiler als sonst bergab, ich hatte aber keinerlei Schwierigkeiten dies zu bewältigen. Meistens lief ich auf einem geteerten Wirtschaftsweg, der wenig Aufmerksamkeit erforderte und lies nun meinen Gedanken freien Lauf. Also rein natürlich gesehen, hatten wir Menschen dieselbe Aufgabe wie alles rundherum, nämlich uns fortzupflanzen. Mir schien das aber, wie wahrscheinlich allen anderen auf der Welt, zu wenig, um Sinn zu ergeben. Da wäre dann noch die Liebe. Sind wir die einzigen, oder können sich Tiere auch verlieben? Dann wäre es doch wieder das, was die Wissenschaft behauptet, ein rein hormoneller Vorgang. Dem verweigerte ich mich aber entschieden. Nun weiter, wir haben jetzt die Fortpflanzung und die Liebe. Da wäre noch der soziale Bereich, der eigentlich grundlegend für unser Dasein ist.

Wir schließen uns in Klubs, Vereinen und manche auch in wohltätigen Vereinigungen zusammen. Wo liegt hier der Sinn? Die Affen lausen sich auch in der Gemeinschaft, ohne gleich eine Genossenschaft zu gründen. Die Festigung durch Statuten scheint uns ja in die Wiege gelegt. Wir streben nach Regeln und Normen, wer dagegen verstößt verlässt die Gruppe oder wird sanktioniert. Das heißt aber auch, dass wir unsere Freiheit zu Gunsten der Gesellschaft einengen. Wer aber mehr Freiheit will, muss das außerhalb dieser Grenzen machen und definiert somit seine eigene Norm. Das funktioniert aber nur für ein Individuum. Es klappt aber auch nach dem Prinzip des Stärkeren. So hat es eigentlich die Natur vorgesehen. Wie im Hühnerhof hacken wir aufeinander ein, bis der Stärkste ermittelt ist und nur der darf sich fortpflanzen. Dem steht aber wiederum der Intellekt entgegen. Stärke und Intelligenz gehen selten gemeinsam einher. Unsere höhere Lebenserwartung haben wir aber doch zum größten Teil der Wissenschaft zu verdanken und da ist die körperliche Stärke eher sekundär. Ich kam einfach auf keinen Nenner und unterbrach meine Gedanken für ein Frühstück in O Coto. Am Straßenrand ließ ich mich, auf den hier typischen, roten Plastikstuhl nieder und orderte mein Desajuno. Mein Frühstück genießend, sah ich den vorbeiziehenden Wanderern zu, lästerte in Gedanken wieder über die spanischen "Lightpilger", die meist in größeren Gruppen unterwegs waren. Ich wurde sehr demütig, als ein junger Mann mit zwei Unterschenkelprothesen in schnellem Schritt an mir vorbeiging. Wie kann man nur so schnell sein, mit diesem Handicap.

Ich schämte mich angemessen und trottete dann auch in meinem Schneckentempo wieder weiter. Die Umgebung wechselte nur selten ihr

Bild und ich verfiel wieder ins Tagträumen. So, wo war ich? Also Fortpflanzung, Liebe und Sozialisation hatte ich durch. Was war mit der Freiheit? Was ist Freiheit? Wieder so eine Definitionssache. Solange wir auf Nahrung und Flüssigkeit angewiesen sind und auch deren Entledigung uns vorgeschrieben ist, haben wir schon mal natürliche Einschränkungen. Dann kommen die gesellschaftlichen Widernisse. Die wiederum werden von der jeweiligen Gesellschaftsform vorgegeben. Bei den Bantus in Afrika pudelnackt rumlaufen, hat eine vollkommene andere Bedeutung, als dies bei der Wachablösung vor dem Kensington Palace zu tun. Hier komme ich auch nicht weiter. Nächster Punkt Religion! Da war ich hier ja genau richtig. Wenn ich alle hier richtig verstanden habe, ist das sekundär. Fast jeder hatte hier eine Vorstellung von Gott oder Göttlichkeit. Jamal, zum Beispiel, hatte dahingehend seine festen Werte, aber war hier nicht deswegen unterwegs. Kann es sein, dass der Sinn darin bestand, sich zu entscheiden? Dass eine höhere Macht uns die Freiheit gab zu glauben, uns aber aufnötigte eine Entscheidung zu treffen? Das würde einiges erklären. Dann wäre die erste Entscheidung, die wichtigste nämlich, der Monotheismus. Da wären uns die Moslems weit voraus. Was die katholische Kirche und all ihre Ableger veranstalteten, hatte mit Monotheismus nichts mehr zu tun. Gott wurde in drei Teile zerlegt und von tausend Heiligen umstellt. Wobei ich auch die Heiligkeit von so manchem historischen Helden, in Abrede stellen möchte. Fazit! Der Sinn des Lebens ist, oh Wunder, eine individuelle Entscheidung, mit all ihren Möglichkeiten, um in alle Richtungen ausweichen zu können. Für diese Erkenntnis habe ich tatsächlich vier Stunden benötigt.

Als ich in Melide ankam, war praktisch auch der Sinn des Lebens für mich definiert. Zeit für`s Mittagessen. Ich ging etwas ziellos durch den Ort. Die Geschäfte waren zu, weil Sonntag war. Den Kontakt zu den Wochentagen hatte ich schon nach vier Tagen verloren und wunderte mich immer wieder darüber, dass es an manchen Tagen nichts zu kaufen gab. Im Ort sah ich plötzlich eine Menschenmenge vor einer Wirtschaft und meine natürliche Neugierde befriedigend, schloss ich mich an. Terence gab mir mal nen heißen Tipp: „Wenn du gut essen willst und dich nicht auskennst, dann geh dorthin wo auch die Einheimischen essen!" Danke, mein Freund! Ich sah, dass die meisten Spanier vor mir einen Topf dabeihatten, aber hatte es vorher schon lange aufgegeben, mich über dieses Volk zu wundern. In der Mauer vor dem Eingang war eine Öffnung, wie bei einem Kiosk, eingelassen. Die Leute, die an der Reihe waren, reichten ihren Topf in die Wirtschaft und bekamen ihn befüllt zurück. Topflos überholte ich die Schlange und ging in den Schankraum. Hier ging es zu wie bei Harrods im Schlussverkauf. Und was wurde angeboten? Pulpo! 200 km von jeder Küste entfernt, war die hiesige Spezialität: Pulpo. Mit dieser Krakenart habe ich schon auf dem O'Cebreiro gute Erfahrung gemacht und bestellte mir auch eine Portion. Einfach nur lecker. Magenfüllend, auch bei kleinen Portionen. So gestärkt durchmaß ich Melide in Richtung Arzua. Ich lag gut in der Zeit und die heutigen Temperaturen von ca. 25Grad, ließen ein klagloses Wandern durchaus zu, obwohl ich immer Gründe fand, um zu jammern. Ich war bestimmt der letzte, der zum Märtyrer geeignet wäre. Wenn man meine Fußsohlen kitzelt, schwöre ich von jedem Gott ab, da hätte ich keinen Hahn gebraucht, der dreimal kräht.

Letzte Schritte

Ab Raido ging es kurz an der viel befahrenen N-547 entlang und dann wieder auf Feldwegen durch Wald und Flur. Bis Boente vorbei an vielen schmucken Bauernhäusern und mit hüfthohen Mauern umzäunten Feldern. Immer wieder sah ich aber an einigen Gebäuden „Se Vende" stehen, zu verkaufen, hieß das. In Galizien zwar weniger als in den anderen Regierungsbezirken, aber doch auffallend. Ganz Spanien schien zum Verkauf freigegeben. Mir tat dieses schöne Land ein bisschen leid. In Boente aß ich eine Kleinigkeit, hatte aber irgendwie keine Ruhe um länger zu verweilen. Meist lief ich jetzt über geteerte, aber sehr kleine Straßen. Das machte auch nichts, da es unbeschwerlich und flach dahinging. Zwar weniger interessant, aber nach dem langen Weg heute waren sogar meine Augen müde. In Ribadiso, meinem eigentlichen Etappenziel, war in der Miniherberge kein Platz mehr und ich war gezwungen, weiter nach Arzua zu gehen. Da es aber nur zwei km zu der größeren Ortschaft waren, blieb ein Klagelied meinerseits aus. Ziemlich nah am Ortseingang waren eine große Herberge und eine Pension nebeneinander. Wenn man schon die Wahl hat! Die Pension war schon sehr baufällig, aber ein Einzelzimmer ist einfach schöner als Massentierhaltung. In der Nacht träumte ich intensiv davon, dass ich fliegen konnte und schwebte leicht über Berge und Wälder. Jedes Mal, wenn ich mir unsicher wurde, stürzte ich ein Stück abwärts und konnte mich nur abfangen, wenn ich ganz fest daran glaubte fliegen zu können. Trotz des intensiven Traums, wachte ich erholt auf.

Ich überlegte kurz, ob das von meinen gestrigen Überlegungen bezüglich der Entscheidungsfindung in Sachen Glauben herrührte, es konnte aber auch daran liegen, dass ich dem großen Finale immer näherkam. Noch zwei Tage und dann war`s das. Komisches Gefühl, wenn man seit 33 Tagen unterwegs war und das Ende der Reise kurz vor einem stand. Mit gehobener Stimmung trat ich vor meine Pension auf die Straße, holte mir in der nächsten Bäckerei einen Kaffee "to go" und schlenderte durch die dunklen Gassen von Arzua dem Ortsausgang entgegen. Wieder an kleinen Weilern vorbei, durch Wald und Feld, stapfte ich durch Cortobe und sah jetzt deutlich mehr Ruinen verlassener Bauernhöfe als vorher. Auch hier war Schlussverkauf. Oft wurden die Gebäude mit den anrainenden Feldern angeboten und ich überlegte ernsthaft, auf Olivenanbau umzusatteln. Im Laufe meiner Pilgerschaft hatte ich oft mein Wirken als Arzt in Frage gestellt. Auf keinen Fall mache ich weiter wie bisher. Noch dieses Jahr würde ich zumindest einen erweiterten Lehrgang in Homöopathie besuchen und meine Ansichten zur Schulmedizin streng überdenken. Es muss doch eine Möglichkeit geben, beide Fächer sinnvoll miteinander zu verbinden. Sollte das nicht möglich sein, werde ich auch Alternativen ernsthaft in Erwägung ziehen und da gehört der Anbau von Oliven, hier in Spanien, mit zu den Favoriten. Vielleicht wende ich mich auch den Tieren zu und suche mir irgendwo einen Bauernhof und baue den zum "Gnadenhof" um. Auf alle Fälle werde ich zusammen mit Mary alle Punkte prüfen und auf ihre Meinung hören. Mary hat keine Angst vor Neuerungen und stellt sich jedem Problem. Ihre Bodenständigkeit hat mir hier am meisten gefehlt.

"Todo Loco Chris" hätte sie als Vorspeise benutzt, um sich dann meinen lieben Kollegen "Dr. Bums" einzuverleiben. Sie hätte aber auch für Graham und Julia bessere Worte gefunden als ich. Mann, wie sehr mir diese Frau fehlt! Meine erste Pause machte ich erst Höhe Ras und erledigte Frühstück und Mittagessen auf einmal, da es bereits nach 11 Uhr war. In einem der Nadelwälder, die ich durchstreifen durfte, fand ich einen Pinienzapfen in der Größe meines Schuhs. So ein Riesending an Zapfen hatte ich vorher noch nie gesehen. Ich packte einen von diesen Giganten für meine kleine Sophie ein. Die wird Augen machen, wenn Opa aus dem Land der Riesen zurück ist, und auch noch was Tolles mitbringt. Der weitere Weg verlief ereignislos, bis auf die Tatsache, dass ich mittlerweile in einem Pilgerstrom schwamm, der fast stündlich anstieg. So wurde ich regelrecht in Pedrouzo eingespült. Um eine Herberge brauchte ich mir aber keine Sorgen zu machen. Die waren hier gut aufgestellt. Ich betrat eine Wirtschaft in einer kleinen Nebenstraße, die farbenfroh auf ihre Appartements hinwies und mietete mich in einem kleinen Anbau hinter dem Gebäude ein. Die Preise zogen mit der Nähe zu Santiago kräftig an. Sogar die kommunalen Unterkünfte verlangten hier 15 Euro für die Nacht. Meine Einraumwohnung mit Direktanschluss an die hiesige Kanalisation kostete immerhin 40 Euro, nur der „angenehme" Geruch war gratis. Zum letzten Mal leerte ich meinen Rucksack und kontrollierte den Inhalt, ohne aber zur Großwäsche zu schreiten, da Waschmaschinen in näherer Umgebung unbekannt waren. Die gingen wahrscheinlich mit der Wäsche noch zum Fluss. Meinen Sarkasmus habe ich auf alle Fälle unterwegs nicht verloren.

Die letzte Pilgernacht verlief traumlos, aber immer wieder von kurzen Unterbrechungen begleitet. Eine innere Unruhe hatte mich ergriffen und verließ mich auch auf den letzten Kilometern nicht mehr.

Entpilgert

Nach Pedrouzo war es eine bunte Mischung an Pfaden, Feldwegen und Teerstraßen. Über San Anton kam ich am Flughafen vorbei nach San Paio, wo ein, für den Ort überdimensioniertes, Hotel inklusive Restaurant den Weg überragte. Ich sah mal gnädig über die Größe hinweg und nahm zum letzten Mal ein Pilgerfrühstück de Luxe. Ich nutzte meinen Aufenthalt noch für einen ausgedehnten Toilettenbesuch, was sich später als fatal erweisen sollte. Es war halb 10, als ich meinen Rucksack wieder schulterte und die letzten 15 km in Angriff nahm. Es war sehr laut unterwegs, weil die Pilgermassen, die mich umgaben, meist schreiend Konversation machten. Vor dem Monte do Gozo ging ich an den Studios des spanischen Fernsehens vorbei. Das war gut mitgedacht, die hier zu platzieren. Wollten die einen Bericht vom Jakobsweg drehen, brauchten sie die Kamera nur aus dem Fenster zu halten und die Pilger für`s Interview anbrüllen, die waren das hier gewohnt. Vor do Gozo gab`s den letzten Anstieg des Jakobsweges, den ich lässig überwand. Jetzt begannen auch die Vororte von Santiago und auf einem kleinen Hügel war ein Riesenmonument, das an den Besuch von Papst Johannes Paul II, oder wie er hier hieß, Juan Pablo secondo, erinnerte. Die kleine Kapelle dort oben war eine unverzierte Perle und faszinierte mich mit ihrer Schlichtheit. Ich ging kurz hinein und dankte meinem Herrgott für alles, was er mich auf dem Weg lehrte und gelobte, mich nicht mehr in eine Abhängigkeit, welcher Art auch immer, zu begeben. Um meinen Dank noch, wie katholisch üblich, mit einer Kerze zu verstärken, ging ich ganz nach vorne zum Altar.

Wie mittlerweile in ganz Spanien üblich, konnte ich keine herkömmliche Kerze anzünden, sondern musste ein Geldstück in einen Automaten werfen und entsprechend der Summe gingen dann im Gerät kerzenähnliche Lampen an. Als ich an meine Gesäßtasche griff, um meinen Geldbeutel zu entnehmen, traf mich fast der Schlag. Die Tasche war leer. Hastig durchsuchte ich alle Hosentaschen, wusste aber, dass ich nicht fündig werden konnte, da meine Börse immer in der rechten hinteren Tasche war. 300 Euro und meine ganzen Papiere waren darin. Mir fiel auch sofort ein, wo ich ihn verloren hatte, nämlich in der Toilette der Wirtschaft in San Paio. Hastig verließ ich die Kapelle und rannte zur Straße. Als ich hier ankam, sah ich drei Taxen am Straßenrand stehen, die Touristen aus Santiago hier hochkarrten und bestimmt nicht schlecht dabei verdienten. Jetzt aber mussten sie einen momentan Zahlungsunfähigen transportieren, der unter Umständen auch später nicht dazu in der Lage wäre. Mir war klar, dass ich meine Brieftasche nicht wiederbekommen würde. Ich wurde regelrecht kaltschweißig, wie bei einem Schock. Das änderte alles! Wie sollte ich ohne Ausweis nach Hause kommen, und meine Kreditkarten waren auch in der Börse. Ich konnte mir nicht mal Geld holen. Wieso nahm dieser Weg ein so unrühmliches Ende? Mein ganzer Körper bebte und ich schlich mich zur nahen Straße. Ich suchte mir ein Taxi aus und sprach den davorstehenden Fahrer an und hoffte, der konnte Englisch. Der konnte das hervorragend und verstand meine Not sofort. "Einsteigen" rief er mir kurz zu und sprang auch in seine Kutsche. Bei der kurzen Fahrt zur Wirtschaft sah er mich mitleidig an und sagte: "Wir Spanier sind ein ehrliches Volk.

Ich bin mir sicher, dass sie ihre Börse sofort wiederhaben." Ich sah ihn ungläubig an und erwiderte. "Da in dieser Wirtschaft sehr wenig Spanier waren, ist meine Hoffnung da nicht so groß." Den Rest der Strecke schwiegen wir. Ich starrte aus dem Fenster und sah die Strecke, die ich zuvor guten Mutes zurückgelegt hatte, und jetzt saß ich wie ein Häufchen Elend im Taxi, jenseits aller Hoffnung mein Portmonaie wieder zu sehen. Nach 10 Minuten war ich wieder in San Paio. Ich sprang aus dem Taxi und sprintete ins Restaurant, wo mir die Wirtin schon von Weitem mit meinem Geldbeutel zuwinkte. Sie lachte als sie mein Gesicht sah. "Wir Spanier sind ein ehrliches Volk. Sie können nachsehen, es fehlt nichts." Ich nickte ihr dankbar zu und nahm, nachdem ich mich jetzt ausweisen konnte, mein Portemonnaie, natürlich ohne nachzusehen, entgegen. Der Taxifahrer freute sich ein Bein ab und war sichtlich stolz. Seine Freude war so groß, dass er zurück am Do Gozo kein Geld haben wollte. Ich drängte aber, ihm zumindest ein Trinkgeld geben zu dürfen. Wenn sich das einer verdient hatte, dann er. Er verabschiedete sich per Handschlag von mir, immer noch rundum grinsend. Zum Kotzen erleichtert, machte ich mich wieder auf die letzten Pilgerschritte. Als ich mich der Stadt zuwandte und den Kamm des Hügels erklommen hatte, konnte ich zum ersten Mal Santiago de Compostela sehen und war erschüttert. Eine hässliche, graue Stadt sprang mir ins Auge, die mir aber noch einige Kilometer und auch Zeit abverlangen würde. Weit im Hintergrund sah ich die Türme der Kathedrale die Häuser überragen. Das helle Braun des Domes schien der einzige Farbtupfer der Stadt zu sein. Über eine Brücke, die die Gleise des hiesigen Hauptbahnhofes überspannte, gelangte ich ins gelobte Land.

Plötzlich waren die Pfeile weg und nicht das geringste Zeichen wies den Weg. Die Einheimischen zogen mit gelangweilten Gesichtern an mir vorbei. Die waren sicherlich übersättigt vom Anblick rucksacktragender Menschen. Ich sah in viele fragende Gesichter anderer Pilger, die ich hier traf und nicht wenige fragten mich nach dem Weg. Sah ich wie ein Einheimischer aus, der aus purer Freude an Kreuzschmerzen einen Tornister auf dem Rücken trug? Ich zuckte also mehrmals meine Schultern und zeigte mit diesem internationalen Zeichen, dass ich genauso überfordert war wie mein Gegenüber. Nach einer knappen Stunde intensiver Suche hörte ich dann von weitem einen Dudelsack, eine mir unbekannte, aber sehr melodische Weise pfeifen. Ich folgte der Musik, wie die Ratten dem Rattenfänger. Kurze Zeit später stand ich vor einer mittelalterlichen Unterführung und hatte den leisen Verdacht, dass mich in Kürze der Pilgertod ereilen würde. Tatsächlich, nach dem Verlassen des Tunnels stand ich auf dem Vorplatz der Kathedrale. Eine riesige freie Fläche vor der Basilika war überfüllt mit Pilgern und Touristen. Rechter Hand stand das berühmte 5 Sterne Hotel „Parador". Ich ging zur Mitte des Platzes und sah hoch auf die beiden Türme der Compostela Kirche, die mir wie das Gotteshaus in Porto Marin, sehr bedrohlich vorkam. Dunkel überragte das Monument den Betrachter und wirkte alles andere als einladend. Umgitterte Treppen führten zum hohen Portal, das weit geöffnet die Massen in sich aufnahm. Bus um Bus fuhr auf die Placa und kotzte seine Insassen aus, um sofort Platz zu machen für den nächsten Transporter. Ich setzte mich auf den Boden und versenkte meinen Kopf zwischen meine Knie.

Abschied

Plötzlich sah ich, nur kurz, einen Schatten auf mich zulaufen. Ich sprang auf und fing den Schatten auf, eine Frauenstimme schrie: „Jaden, bin ich froh dich zu sehen!" Ich schob sie mit sanfter Gewalt so weit von mir weg, um sie identifizieren zu können und jubelte vor Freude: „Julia, Mensch, ich freue mich auch, dich zu sehen. Wie geht es dir?"

„Oh, mir geht`s prächtig. Ich habe meinen Frieden gefunden und kann meine Arbeit wiederaufnehmen!" Ich war erleichtert. „Ich kann dir gar nicht sagen, wie mich das freut. Wir haben eigentlich nur einen Tag zusammen verbracht, aber ich konnte dich die ganze Zeit nicht mehr vergessen." Julia nickte aufgeregt, „mir ging`s genauso. Ich habe so viele Idioten getroffen und musste mich einmal sogar handgreiflich wehren. Ich dachte, weil der Arzt war wie du, könnte ich ihm vertrauen. Dieses Arschloch wollte mir aber nur an die Wäsche. Ich habe dem so in die Eier getreten, dass der bestimmt zwei Tage nicht mehr gehen konnte." Ich konnte mein Lachen nicht mehr unterdrücken und brüllte los. „Super! Du hast Dr. Bums abgeschossen!" Sie sah mich verwundert an und ich erzählte ihr schnell mein Erlebnis mit diesem schwanzgesteuerten Gebilde. „Wie kam es eigentlich zu deiner Erkenntnis, dass du weiter machst in deinem Beruf?" wollte ich jetzt wissen. „Ich hatte ein langes Gespräch mit einem sehr weisen Mann, den du auch kennst. Zumindest hat er mal kurz erwähnt, dass er dich getroffen hat." Jetzt fiel es mir wieder ein, dass Mordecai es erwähnt hatte. „Ja, dieser Jediritter war auch meine Rettung. Irgendwie hat der was.

Ich weiß zwar nicht was das ist, aber zumindest eine Begabung zu helfen."

„Es gibt so Menschen, Gott sei Dank" erwiderte Julia. „Es war kein Rat von ihm, sondern viel mehr sein Zuhören und seine Aura. Mir ist einmal richtig schwindelig geworden während eines Gespräches mit ihm!" „Mir auch!" fiel ich ihr ins Wort. „Das gibt`s doch gar nicht. Das ist ja fast schon gruselig." „Ne, gruselig ist was anderes. Viel mehr wunderlich. Ich hoffe, ich treffe ihn nochmal, bevor ich abreise." In diesem Augenblick sah ich Graham auf den Platz kommen. Er sah vollkommen verändert aus. Aufrecht und mit frohem Blick kam er schnurstracks auf uns zu. Julia jubelte wieder. „Graham, mein Freund, wo warst du denn so lange?" Ich hatte schon lange aufgehört mich zu wundern. Natürlich lernte man die gleichen Menschen kennen, wenn man auf dem gleichen Weg marschiert. Breit grinsend blieb er vor uns stehen." Schön, dass ich die zwei nettesten Menschen auf der Strecke sofort wiedergefunden habe!" Ich lachte, "Danke für`s Kompliment, das ich sehr gerne zurückgebe!" Julia starrte uns beide an und erstaunte mich aufs Neue: "Ich geh mal eben einen jungen Freund holen, den ich vorgestern getroffen habe. Der ist so süß, aber ein richtiger Tollpatsch. Der ist mir praktisch in den Rücken gefallen, als ich vor Arca durch einen Wald ging. Zuerst dachte ich, das wäre eine komische Art der Anmache aber der ist wirklich so." Ich grinste sie an: "Heißt der zufällig Benjamin Maximilian Trauter?" Jetzt war sie dran verblüfft zu sein. "Ja genau, woher kennst du ihn?" Ich erwiderte:" Der ist mir auch vor die Füße gefallen. So etwas wie den gibt`s nur einmal, also kann es nur Ben sein." Graham schaute abwechselnd auf mich, dann wieder auf Julia, wie wenn er ein Tennisspiel beobachtet hätte.

"Ihr hattet anscheinend auch gute Unterhaltung unterwegs?" Ich sah beide an und entschied, "Wir gehen heute Abend essen und erzählen uns gegenseitig, was wir erlebt haben. Julia du suchst Ben und ich schaue ob ich Mordecai finden kann. Um 20 Uhr treffen wir uns wieder hier". Die beiden nickten zustimmend und zogen von dannen. Es war jetzt 16 Uhr und ich machte mich zuerst auf die Suche nach einer Unterkunft. 200 Meter unterhalb des Vorplatzes fand ich eine kleine Pension und mietete mich für eine Nacht ein. Morgen fahre ich nach Hause, so viel war sicher. Meine Vermieterin wies mir den Weg zu einem Reisebüro, das ich sofort aufsuchte. Ich blechte stolze 700 Euro für eine drei Stopp Flugreise nach London, aber das war es mir wert. Ich werde mich nicht anmelden und alle überraschen. Mit den nötigen Reisepapieren ausgerüstet, verließ ich das Büro und machte mich auf den Weg zur Kathedrale. Ich hatte das Gefühl, Mordecai dort anzutreffen. Das war ja auch die einzige Chance, da alle Pilger hier aufschlagen. Auf der Placa de Obradoiro war es etwas ruhiger geworden, weil keine neuen Busse für Nachschub sorgten. Ich betrat zum ersten Mal die Kirche und wurde von der Größe förmlich erschlagen. Innen war sie bedeutend freundlicher und weit vor mir sah ich die Büste des heiligen Jakobus über dem Altar thronen. Immer wieder sah ich auch, dass der von hinten umarmt und auch geküsst wurde. Das ersparte ich mir lieber und nicht nur aus Angst vor Herpes. Mehr denn je war ich davon überzeugt, dass das „Wunder vom Sternenfeld" nicht stattgefunden hatte und nur dem Zweck des heiligen Krieges gegen die Mauren diente. Ich war aber nicht hier zum Verurteilen, sondern um mich zu verabschieden.

Ich nickte kurz Richtung der Büste und sprach „mach`s gut alter Junge, man sieht sich!" Ich drehte mich schnell um und eilte aus der Kirche. Mir war gerade eingefallen, dass ich noch was zu erledigen hatte. Ich lief schnell zur Pension, holte mein Credencial und hetzte in eine Seitenstraße neben dem Parador. Ich hatte ein Schild mit dem mehrsprachigen Hinweis auf das hiesige Pilgerbüro gesehen. Ich ging in das Gebäude und stieg in den ersten Stock. Vor der Türe warteten sieben weitere Pilger mit ihren Ausweisen in der Hand. Da hier drei Beamte tätig waren, dauerte es nur 10 Minuten, bis ich an der Reihe war. Eine bildhübsche Mitarbeiterin lächelte mich an und ich überreichte ihr feierlich mein Pilgerdokument. Sie setzte den finalen Stempel und trug meinen Namen und mein Herkunftsland in ihren Computer ein. Ein Drucker lief an und malte meine Compostela. Zusammen mit meinem Credencial, übergab sie mir auch eine Urkunde, die bewies, dass ich bei dem katholischen Wettkampf erfolgreich teilgenommen hatte. Wäre ich Moslem, dürfte ich mich jetzt Hadschi nennen, das ist keine Krankheit, sondern der Titel nach einer erfolgreichen „Hadsch", also Pilgerfahrt. Hier jedoch wurde nur mein Name auf dem Pamphlet ins Lateinische verdreht und meine beendete Pilgerschaft bestätigt. Ich kaufte mir noch eine Transportrolle aus Pappe, rollte meine Compostela darin ein und verließ das Gebäude Richtung Kirche. Es war jetzt 17 Uhr und Zeit, dass ich Mordecai fand. Nach über vier Wochen der wundersamen Dinge, war es keine Überraschung, dass ich ihm vor dem Pilgerbüro beinahe vor die Füße fiel. Ich sagte kein Wort und umarmte ihn einfach. Vor fünf Wochen wäre ich nicht in der Lage gewesen, einen anderen Mann, außer meine Söhne, zu umarmen.

Selbst bei Terence, meinem einzigen und besten Freund, tat ich das nie. Am Flughafen hatte er mich spontan umarmt und das fühlte sich jetzt noch komisch an. Jetzt aber war es mir ein dringendes Bedürfnis gewesen, meinen Retter zu herzen. Der war gar nicht so verwundert und erwiderte meine Geste herzlich. „Na Jaden, hast es geschafft?" Ich nickte nur und hob meine Papprolle, als ob Mordecai einen Röntgenblick hätte. „Gratuliere! Komm, begleite mich das letzte Stück." Ich sah ihn überrascht an, „wollen sie nicht auch gleich ihre Urkunde mitnehmen." Nein Danke, das wäre meine zwanzigste und auf der Toilette ist kein Platz mehr an der Wand. Gehst du nun mit?" „Gerne, aber sollten sie eigentlich nicht weit vor mir sein? Ich dachte, sie wären bereits gestern eingetroffen." Er sah mich entspannt an und erwiderte: „Ich habe am Monte do Gozo in der kleinen Kapelle übernachtet. Hier sind mir entschieden zu viele Menschen!" Ich bestätigte mein Verständnis, da ich die gleiche Abneigung vor Massen hatte. Mordecai setzte sich gegenüber der Kathedrale auf den Boden und lehnte seinen Rücken gegen einen Stützpfeiler des Gebäudes hinter uns. Jetzt war es soweit und ich musste ihm die finale Frage stellen. „Mordecai, was waren sie von Beruf?" Er lächelte und ich bekam meine Antwort. „Bis vor 20 Jahren war ich Psychiater und Mentaltrainer."

„Ich wusste es!" rief ich jubilierend. Lachend ob meiner Reaktion fuhr er fort. „Weißt du Jaden, wir rufen Dinge aus, die wir eigentlich gar nicht sagen wollten. Als wir uns das erste Mal trafen kamst du voll Sorge zu mir und sagtest, „alles in Ordnung? Kann ich ihnen helfen? „du hast den Satz, den du eigentlich sagen wolltest, aber nicht beendet.

Du wolltest noch sagen, „ich bin Arzt", hast es aber unterlassen, weil du einem Fremden nicht gleich alles von dir preisgeben wolltest. Trotzdem war es so, als hättest du es laut ausgesprochen." Ich war erstaunt. „Und sowas erkennen sie?" fragte ich. „Jeder kann das erkennen. Wenn ein Patient in deine Praxis kommt, spricht er ungesagt mehr als er äußert. Hört sich komisch an, ist aber die bestmögliche Beschreibung für nonverbale Kommunikation." Ich verstand genau was er meinte. „Wie haben sie mir und Julia dann helfen können?" Er überlegte kurz, „Ich habe euch und euer Immunsystem aktiviert. So wart ihr in der Lage, euch selbst zu heilen. Man kann jeden Menschen soweit bringen, jede Krankheit mit eigenen Kräften zu heilen, wenn man es schafft, die individuellen Abwehrmechanismen des Einzelnen zu aktivieren. Das klappt leider nur selten und manchmal nehme ich Hypnose zu Hilfe." Ich sprang auf, „sie haben mich hypnotisiert?" Er sah zu mir auf „setz dich wieder, Jaden, ich habe dich nicht hypnotisiert. Ich bin nur ein kleines Stück unter die Haut gekrochen und habe dich aktiviert. Deshalb war dir schwindelig, als du aus dem Sekundenschlaf aufgewacht bist. Das ist keine Hypnose. Das kann man nur mit der Zustimmung des Patienten machen. Ich habe lediglich einen Schalter umgelegt und du hast dich selbst geheilt." Meine Reaktion tat mir schon wieder leid. „Entschuldigen sie mein Verhalten, aber ich habe immer schon Angst davor gehabt, die Kontrolle über mich zu verlieren." „Und dennoch hast du dich deiner Sucht unterworfen." machte er mir eindeutig klar. Peinlich berührt sah ich zur Seite. „Aber das ist jetzt Vergangenheit. Schau nur nach vorne, das was hinter dir liegt, ist eine Erinnerung und Mahnung!"

Ich wollte nur noch eine Frage loswerden, „warum machen sie das? Sie haben nicht nur mir geholfen, sondern auch noch vielen anderen auf dem Weg." Erst schien es so, als würde er meine Frage ignorieren, aber dann entschloss er sich doch zu antworten. „Weißt du Jaden, ich habe lange gearbeitet, war ein gut bezahlter Spezialist und in jedem Winkel dieser Erde. Geholfen habe ich aber nur denen, die sich mich auch leisten konnten. Meine Arroganz war unendlich. Eines Tages musste ich erkennen, dass ich vergessen hatte zu leben und zu lieben, ich war alleine. Der Herrgott hatte erbarmen und sandte mir Verständnis. Ab dem Zeitpunkt reiste ich durch die Welt und half, wo ich helfen konnte. Meine Einsamkeit war beendet und ich mache solange weiter bis ich abberufen werde." Er hatte Tränen in den Augen. Ich wusste nicht, was ich sagen sollte. Er stand abrupt auf, wischte sich über die Augen und sagte. „Ich mache mich dann auf den Weg." Ich war bestürzt, „Nein Mordecai, kommen sie mit mir. Wir treffen um 20 Uhr hier Graham, Julia und Ben. Ein kleines Abendessen zum Abschied und vielleicht ein paar nette Geschichten von unserer Pilgerschaft." Er sah mich traurig an, „tut mir leid Jaden, aber ich fliege in drei Stunden schon Richtung Australien! Grüß mir die Anderen, ich bin mir sicher wir sehen uns wieder!"

„Was tun sie denn in Australien?" Jetzt lächelte er wieder. „Ich gehe auf den Grand Ocean Walk, an der Küste Australiens entlang. Das ist einer der schönsten Wanderwege der Welt und hat ausnahmsweise nichts mit Religion zu tun. Mach`s gut Jaden." Er hob die Hand zum Gruß und beim Weggehen sagte er noch.

„Wieso magst du eigentlich keine großen Kaffeelöffel?" Er wartete meine Antwort gar nicht ab und war nach Sekunden in der kleinen Menschenmenge vor der Kirche verschwunden. „Komisch," dachte ich bei mir „ich habe ihm doch nie was von meiner Abneigung gegen große Kaffeelöffel gesagt. Das weiß eigentlich nur Mary!" Ich stand einige Zeit einfach nur da und dachte nach. War das eben wirklich geschehen, oder habe ich mir die Sache mit Mordecai einfach nur eingebildet, so wie bei dem Film „Mein Freund Harvey", wo James Steward mit einem, nur für ihn sichtbaren, Hasen, sprach. Nein, das konnte nicht sein, weil Graham, Julia und Ben ihn ja auch gesehen hatten. Dennoch war ich mir sicher, dass sich hinter dem Pseudonym „Mordecai" mehr verbarg, als ich sehen konnte. Morgen um diese Zeit werde ich wieder zuhause sein und der Alltag wird versuchen, wieder meiner habhaft zu werden. Ich werde sofort einige Weichen für die kommende Zeit stellen und sehen, was da kommt. Mancher mag das vielleicht für Träumerei halten, aber was wären wir, wenn wir keine Träume mehr hätten. Meine Zukunft habe ich auf alle Fälle wieder selbst in der Hand und da wird sie auch bleiben. Ich blickte wieder hoch zu den Türmen der Kathedrale und dachte: „Eigentlich solltet ihr das Ziel der Route sein und doch seid ihr nur ein Punkt auf der Karte eines viel längeren Weges, den man „Leben" nennt.

Danksagung

Man sollte immer das Ende eines Buches nutzen, um jenen zu danken, die einen großen Beitrag zum Entstehen des Werkes beigetragen haben. In diesem Fall, ist der Personenkreis überschaubar, aber unendlich wichtig. Gabi, und Kathi danke ich fürs Probelesen und gutgemeinter Kritik. Natürlich war ich mir deren Subjektivität bewusst. Ich würde einem bekannten Choleriker auch nicht unbedingt die volle Wahrheit aufs Auge drücken. Ganz besonders danke ich aber meiner Schwägerin Andrea, die eigentlich Promotionsschriften nach Fehlern durchsucht. Die Aufgabe, die ich ihr mit diesem Buch stellte, war ungleich schwerer. Eigentlich habe ich bei der Niederschrift auf die Kommas vollkommen verzichtet, da sie mich beim Nachdenken störten. Später setzte ich dann einfach zu viele, um dieses Manko wieder auszugleichen. Kurzum, ich habe es ihr sehr schwer gemacht. Schlussendlich möchte ich noch den Mitarbeitern von tredition danken. Mit meinen Computerkenntnissen habe ich sicherlich einige zum Verzweifeln gebracht, aber immer nur freundliche Unterstützung erfahren.

Ralf Göring Eching den 24.11.2017

Bitte beachten Sie noch, dass im Frühjahr 2018 der zweite Teil mit Jaden Spooner erscheint. „Zitronen und Oliven" ist gerade in Arbeit!

Zeitfracht Medien GmbH
Ferdinand-Jühlke-Straße 7
99095 Erfurt, Deutschland
produktsicherheit@kolibri360.de